艾凡里的安

L. M. Montgomery
露西·蒙哥瑪麗

王筱婷——譯

清秀佳人 vol 2.

ANNE *of* AVONLEA

目錄

CONTENTS

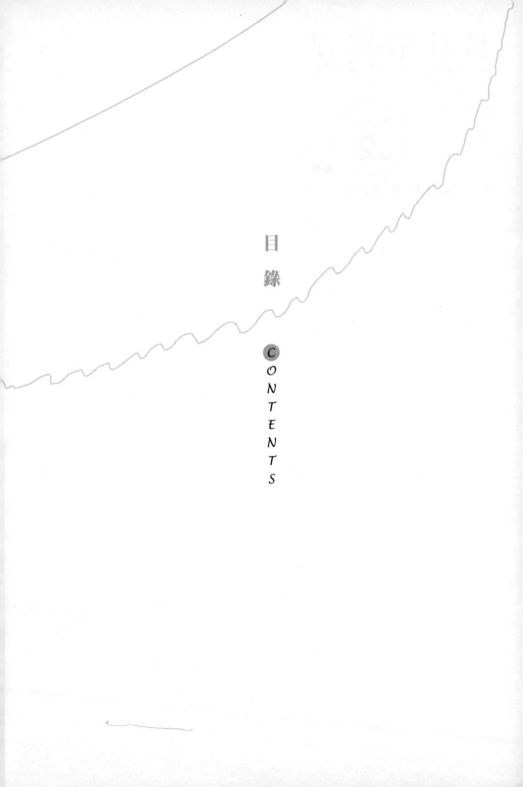

第1章 怒火沖天的鄰居……8
第2章 急賣與後悔……20
第3章 在家的哈里森……28
第4章 意見相左……37
第5章 初試啼聲……44
第6章 衆生百態……52
第7章 責任歸屬……65
第8章 瑪麗拉收養雙胞胎……72
第9章 顏色問題……83
第10章 德比的作弄……91

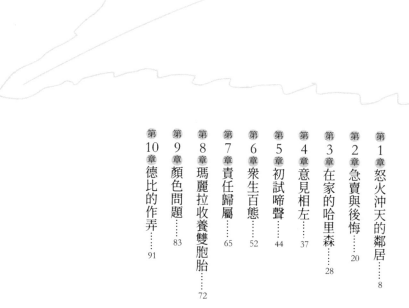

CONTENTS

第11章 事實與想像……103
第12章 倒楣的一天……115
第13章 金色的野餐……123
第14章 避開威脅……135
第15章 揭開假期的序幕……148
第16章 如願以償……156
第17章 意外之章……163
第18章 托利街的探險……174
第19章 美好的一天……183
第20章 意外總是說來就來……194

第21章 親愛的拉文達小姐……203
第22章 遺留下的結局……216
第23章 拉文達小姐的浪漫情史……222
第24章 活在自己國度中的預言家……230
第25章 艾凡里的醜聞……240
第26章 順其自然……250
第27章 在石屋的下午……263
第28章 王子回歸眩惑宮殿……277
第29章 詩與文……290
第30章 石屋的婚禮……298
延伸閱讀 愛德華王子島……307

第1章 怒火沖天的鄰居

在八月一個宜人午後，陽光和煦，一名身材高眺纖細的十六歲半少女，正坐在愛德華王子島上一棟農舍前的紅砂岩台階上。她擁有一雙嚴肅深邃的灰眸，還有一頭朋友稱爲「赭色」的紅褐色長髮，她一臉堅定地打算將好幾行維吉爾詩集裡的詩句，一句句解釋翻譯出來，不容變卦。

但在八月的午後，青色薄霧淡淡覆蓋在即將豐收的斜坡上，陣陣輕風吹來，傳出沙沙聲響，有如小妖精一般在楊樹叢裡嬉戲。在那櫻桃園一角的小樅木叢陰影下，對映著綻放出火紅光輝的罌粟花，隨著輕風絢麗起舞。在這樣詩情畫意的情境下，做做神遊四海的白日夢也比研讀那些死板的詩句更爲合適。不知何時，攤放在膝上的維吉爾詩集已從腿上滑落，橫臥在安的腳邊。安將雙手交扣撐住下巴，雙眼迷濛閃爍地瞧著那一朵朵絢爛奪目的軟綿飛雲，有如一座白色大山，囤積在哈里森家的屋頂上。她的心漸漸遠離目光所及的一切，飛向另一個遙遠美好的世界，那裡有一位非常了不起的學校教師，承擔了教育下一代的神聖職務，被賦予塑造出未來政治家的命運，啓發激勵年輕一代的心靈及意志，使他們邁向更加崇高的未來。

就現狀而言，假如你靜下心來，就會知道一個很殘酷的現實：大家所公認的艾凡里學校，其實並不如安所認爲的那樣有名氣，可惜安很難去感受到大家的看法。她深信，只要她堅守教師職責，專心一意教化學生，就算是沒人料想得到的未來，也有可能將輝煌的成果展現在大家眼前。也許在四十年後的某一天，會有個功成名就的人出現在她眼前——最好是某所大學的校長，不然就是加拿大內閣總理——那人會垂下頭，將他的額頭靠在安滿是皺紋的雙手上，恭敬地對安說：「我最敬愛的師長啊！我由衷地感謝您在我年幼的時候，啟發我對未來的雄心壯志，成就了我現在所擁有的一切！今天，我的成功都要歸功於您，這都是您賜予我的！」

安正沉醉在自己編織的白日夢裡，突然間，一些令人不愉快的狀況無情地打壞了她的好夢。一頭呆臉小牛在此刻漫步踏入小徑，隔壁的哈里森省掉麻煩的開門手續，有如輕巧的飛鳥般飛越過院子籬笆，怒氣沖天地直奔到安眼前。他面露兇光，凶神惡煞地擋住安的去路。呆掉的安只能不知所措地杵在那兒，兩眼發直與哈里森互瞪，腦中不由自主浮現出關於他的一些傳聞。

哈里森是剛搬到綠色屋頂之家右邊的新鄰居，安也只見過他兩次面，都還沒跟他打過招呼。原本居住在綠色屋頂之家右邊的鄰居——羅伯．貝爾，在四月時將他的農場給賣了，舉家遷移到夏洛特鎮去，而哈里森就是在那時買下農場搬過來的人。這一切都是在安還沒從皇后學院回來前所發生的事，安只知道哈里森是從新布藍茲維搬過來的，至於其他事情就一概不知了。

但哈里森在艾凡里還待不到一個月，大家便一致認為他是個很古怪的傢伙，林德夫人更稱呼他為「怪胎」。說真的，林德夫人是個心直口快的人，並不是她對哈里森有什麼偏見而故意這樣稱呼，況且哈里森跟艾凡里的大家本就不一樣，所以叫他是怪胎也就十分理所當然了！

哈里森沒有老婆，自己打點家中一切，甚至他也說過根本就不想跟女人這種愚蠢的生物住在一起——這實在太令人反感啦！艾凡里的女性同胞們爲了回報他的狂妄自大，於是將聽到的消息四處宣傳，說哈里森做的食物實在難吃死了，讓人無法入口，家事也做得隨隨便便，到處亂七八糟，一點整潔感都沒有。

這小道消息的起始人呢，是一名住在白沙鎭，在哈里森農場工作的少年強・亨利・卡特散播出來的。據他透露，哈里森並沒有固定的三餐時間，必須等到哈里森餓了，才會很勉強地隨便弄幾樣東西吃。若剛好這個時間強・亨利在場，他當然也吃得到；然而，若他剛好不在的話，就只能等到下一次哈里森餓的時候了，但前提是——強・亨利也要剛好在場。

可憐的強・亨利老是一副被餓個半死的悲慘模樣，唯一能讓他逃離這種地獄生活的方法，就是等到星期日休假回家。每次回家，強・亨利就會瘋狂進食，往自己肚子裡塞進滿滿的食物，到了週一，他母親就會在他出發去哈里森家上工前，爲他準備一整籃的糧食。

還有件事非常誇張，講出來可能沒人要信，那就是哈里森從來不洗碗盤。除非碰到週日又剛好下雨，他才會從積滿雨水的大桶子裡撈些水，就用那些水來清洗碗盤，洗好以後，也隨便擺著讓它們自己乾。

而且啊，哈里森眞正是吝嗇到一種極致，每當請他捐獻一點錢給牧師亞倫先生作爲教會俸給時，他就會要求等到牧師傳道結束再說。他總要聽完牧師的傳道，衡量究竟得到多少利益，再決定捐獻的金額，這就是哈里森——不做蝕本生意。更有一次，當林德夫人上門請他捐獻給布道會——並且偶然往他的屋子裡瞥了一眼時——他跟林德夫人說，有些艾凡里的老女人愛嚼舌根又不信奉上帝，如果能讓她們都信了基督教，他就慷慨地捐錢出來。林德夫人聽了這些話，氣得漲紅著臉回家去了。想當初，羅伯的老婆總是把廚房整理得乾乾淨淨，一點灰塵都沒有，她還為此感到多麼驕傲呢！看看現在，躺在墳裡的她一定感到萬般寒心啊！

某天，林德夫人氣憤地對瑪麗拉說：「哈里森那個骯髒老頭子，他家廚房地板已經很久沒擦了，連我要從那邊走過去，都還必須提起裙襬，否則幾乎沒法子走，根本是一步也跨不出去啊！」

此外，哈里森養了一隻名叫「生薑」的鸚鵡，艾凡里的居民們從沒養過鸚鵡，也因此，大家並不認同在村裡養一隻鸚鵡是一種風雅的行為。再說那隻鸚鵡的所作所為，只是惡劣得令人咬牙切齒。強．亨利形容牠是一隻惡賊鳥，幾乎幹盡所有壞事，卡特夫人已在積極尋找新東家，好讓強．亨利趕緊跳槽，遠離那個爛地方。

有天，強．亨利站在鳥籠邊，生薑就趁他不注意時，以迅雷不及掩耳的速度啄下他後頸一塊肉！倒楣的強．亨利星期日回家時，他媽媽就抓著他，展示他的傷口讓人看，看看哈里森有多麼不人道。

就這麼短短一瞬間，這一堆傳聞快速越過安的腦海，而哈里森依舊氣吁吁地站在那兒。就算他現在是心平氣和的，也和英俊一詞根本搭不上邊——他的身材矮小又臃腫，頭頂光明照人，而那原本就有點凸出的藍眼睛，鑲在這時氣成紫色的圓臉上，可說顯得更爲突兀了！

看他這副模樣，安心中想著：眞是破天荒第一次見到如此難看的人啊！

過了一會兒，哈里森終於開口：「我再也受不了了！多一天也不行！我專程過來，一定要聽聽你是怎麼說的！喂！你到底有沒有在聽啊？已經第三次了！你知道嗎？我的忍耐也是有極限的！上次我交代過你阿姨，千萬別再讓這種事發生，沒想到又來了！事情一而再地發生，煩不煩啊！」

安以威嚴的語氣說：「這樣？那……請您把您的不滿表達出來。」爲了開學後能夠派上用場，安一直很認眞在練習所謂的「威嚴」。

「我的不滿？當然，我當然覺得不滿！就在半小時前，你阿姨的澤西小牛竟然第三次出現在我的燕麥田裡！上星期四牠就來糟蹋過一次了，昨天又一次！我還專程跑去跟你阿姨千叮嚀萬囑咐，請她一定要看好她的乳牛，別再讓牠闖進我的田裡摧殘！誰知道牠今天又進去啦！你阿姨在哪裡？我要去跟她說說！」

「假如您是指瑪麗拉．卡伯特小姐，她並不是我阿姨。她外出到東葛夫頓探病了，目前不在家。」安一板一眼地說：「眞的很抱歉，我的牛竟然闖進您的麥田。這頭牛在牠還是小牛的時候，馬修就從貝爾先生那兒買下牠，三年前馬修將牠送給了我，所以牠是我的牛，並不是卡伯特小姐的牛。」

「啊？什麼？你只說了一句抱歉就想了事？這怎麼成？你最好去看看牠把我的燕麥弄成什麼德行！」

「我對您真的感到十二萬分抱歉，那道籬笆是屬於您那邊的吧？我上次瞧了一下，看起來並不怎麼牢固。只要您將您的籬笆修好，完美地將您的燕麥田還有我的牧場隔開，到時朵莉也就無法再進入您的田地了。」

「我的籬笆牢固得很！」哈里森受到反駁，怒火越燒越旺，宛如惡龍噴火般地說：「就算是監獄裡的鐵牢也關不住那頭呆牛！我說你這個紅髮小妮子，如果那頭呆牛真的是你的，那你最好將牠看牢點，別再放任牠去踐踏別人的農場！別死命看那些一文不值的書本，一點用處都沒有！」說完，哈里森惡狠狠地瞪了一眼那本無辜的詩集，它此刻就躺在安的腳邊。然而，對安來說，她最在意的就是她那一頭醒目的紅髮，一聽到哈里森提起她的頭髮，安不僅頭髮發紅，就連臉也漲成火紅色的了。

「我說哈里森先生啊，」安的眼中閃爍出狡黠的光芒，「不管怎麼說，紅色的頭髮也比頂上無毛來得好，您說是吧？」此話一出，完全切中哈里森要害。哈里森十分在意他的禿頭，被安這麼一說，他也只能雙眼冒火地乾瞪著安，一句話也說不出來。

安很快便恢復平靜，對他說：「我能夠體會您的心情，我擁有足夠的想像力，可以想像牛隻進入您的田裡，會對您造成多大的困擾，所以我也不會去計較您剛才對我說過的話。請您放心吧，我以我的名譽擔保，不會再讓朵莉進入您的燕麥田了！」

「那好吧，你就多注意一點。」哈里森的態度溫和了許多，但依舊是嘴裡嘀嘀咕咕、大步大步地離去。

美夢被打醒的安走過後院，將闖禍的乳牛關進圍欄裡。

「除非圍欄被破壞，要不然，牠就再也出不去了。唉，上星期席爾先生說要買朵莉時就該賣給他了，但我覺得，還是在拍賣會上跟其他牲口一起出售會比較好。看來哈里森先生的確是個奇怪的人，他跟我根本就在不同的世界。」

在瑪麗拉駕車進入院子的同時，安剛好回到屋子裡。她迅速將午茶準備好，兩人稍後就在茶桌上，一邊喝茶一邊討論剛才發生的事情。

「拍賣結束後，我肯定會感到非常高興。」瑪麗拉說：「我們有相當多的牲口，那需要更多的照料，但卻只有一個不太可靠的馬丁在看管牠們。你看看，他到現在都還沒有回來，可是他向我保證過，一定會在昨天晚上回來的。他跟我請了一天的假，說要去參加他伯母的葬禮，真不知道他到底有幾個伯母。雇用他也已經一年了，他先後參加了四個伯母的葬禮，哪來這麼多伯母的葬禮可參加？真希望今年收成後，貝瑞先生能將田接過去種，這樣我們才能鬆口氣。安，在馬丁回來前，若牧場後頭的籬笆還沒修好，千萬別讓朵莉到那兒去，好好看緊牠。我現在的想法的確就像瑞雪講的，這真是個煩憂的世界啊！可憐的瑪莉．凱西身染重病，身旁還有兩個孩子不知該怎麼辦。她有個哥哥在英屬哥倫比亞，她爲了這兩個孩子寫過信給他，但她始終沒有收到她哥哥的任何回音。」

「那兩個小孩怎麼樣？多大了？」

「六歲多……他們是一對雙胞胎。」

「噢，我最喜歡雙胞胎了，哈蒙特夫人那兒還有好幾對呢！」安急切地問：「他們可愛嗎？」

「天啊，這該怎麼說呢……他們實在是太髒了。那時德比在外頭玩泥巴，拿著泥巴做派，朵拉跑去叫德比進屋，誰知德比趁機把朵拉的頭壓進泥派裡，朵拉爲此嚎啕大哭，德比爲了向朵拉證明那沒什麼好哭的，也把自己的臉塞進泥派裡，還在泥堆裡打滾。瑪莉說朵拉是個好女孩，但德比眞是太調皮了，只有滿肚子的鬼點子。你可能會覺得德比沒什麼教養，但他爸爸在他很小的時候就去世了，而瑪莉也從那時起一直病到現在，所以沒人能教他什麼。」

「對於那些沒有受到教育的孩子，我感到非常遺憾。」安嚴肅地說道：「您知道的，在我被您撫養前，我並沒有受過任何教育，我希望他們的舅舅能夠接手照顧他們。瑪麗拉，瑪莉跟您是親戚嗎？」

「瑪莉嗎？她跟我沒有任何血緣關係，倒是她丈夫是我的三表哥。你看！林德夫人正要穿過我們的院子哩，我想她一定是來打聽瑪莉的消息。」

「別跟她說有關哈里森或是朵莉的事，拜託。」安向瑪麗拉請求，瑪麗拉也答應了她。

但瑪麗拉的承諾很快就變成多餘的了，因爲林德夫人一坐下來便說：「我今天從卡摩地回來的時候，看見哈里森將你的牛趕出他的田地，我看他快被氣瘋了！他來跟你鬼叫過了吧？」

安與瑪麗拉兩人交換過一抹會心的微笑，在艾凡里所發生的事，從未能自林德夫人眼下逃過。安早上才在說：「假如你在半夜走進你房間，把房門鎖上，將窗簾拉上，然後打了個小──小的噴嚏，林德夫人隔天就會來慰問你怎麼感冒啦……之類的。」

「我相信他已經來過了。」瑪麗拉承認：「但我那時不在，他倒是跟安發了一頓脾氣。」

「他的脾氣可眞壞啊！」安甩了甩她的紅髮。

「你講得可眞含蓄啊！」林德夫人愼重地說：「當羅伯．貝爾將他的房子賣給那個新布藍茲維來的傢伙時，我就知道以後的日子必定不好過囉！眞不知道艾凡里會變成什麼樣，最近很多外地人陸陸續續搬進我們艾凡里，再這樣下去啊！我看連睡覺都睡不安穩啦！」

「爲什麼？怎麼又有外地人要搬進來？」瑪麗拉詢問道。

「你沒聽說嗎？就是那個多尼爾家呀！他們就是其中之一，彼得．史隆因爲雇了他們一人在麵粉廠裡工作，所以他們就住在彼得的舊房子裡。多尼爾一家是從東部搬過來的，沒人知道他們以前做過什麼。

「還有那個像廢物一樣的提摩西．卡特家族，也準備要從白沙鎭搬過來這兒，那會對大家造成負擔的！提摩西那傢伙啊，沒偷東西時就假裝自己有肺癆，他夫人啊！眞是個被懶惰蟲附身的大懶人，連換手拿個東西也懶，她甚至還坐著洗碗盤呢！

「那個喬治．帕伊的夫人也收養了她老公的外甥——安東尼．帕伊，等他上了學校，安啊，你就有得受囉！事情可不只這樣，有個叫保羅．艾文的小鬼也要從美國來和他奶奶同住，瑪麗拉，你還記得他爸爸嗎？史蒂芬．艾文就是拋棄拉文達．路易斯的那個人啊！」

「我並不認爲是他拋棄了她，我記得他們兩人大吵了一架，其實雙方都有錯。」

「好吧，不管怎麼說，他不娶她了，拉文達也開始變得怪怪的，自己一個人住在那棟小小的石屋裡，她把它取名叫『回聲莊』。史蒂芬卻回到美國跟他叔叔一起做生意，在那邊娶了個美國新娘，自此之後就沒回家過了。他媽媽還去看過他一兩次呢！兩年前他老婆死了，他只好把他兒子帶回來給他媽媽照顧。那孩子也十歲了，但沒人能保證他會是個好學生，這些美國人都不值得信任。」

很不幸地，林德夫人老是以非常輕蔑的眼光看待來到艾凡里的外來者們，或許對方並沒有任何不妥之處，但小心駛得萬年船，她相信這樣是不會有什麼問題的。她尤其討厭美國人，因爲之前她丈夫在美國波士頓工作的時候，他的雇主竟然騙走他十塊錢美金。

「艾凡里小學不會因爲這些新血的加入而變差吧。」瑪麗拉冷冷地說：「如果保羅眞像他爸爸那樣，那就很好啦！以我們艾凡里這個地方來說，史蒂芬．艾文是一個氣質高尚的人，還有些人覺得他高傲呢！看樣子，史蒂芬的母親會很樂意照顧她孫子的，自從她老伴離開人世後，她一直相當寂寞。」

「呃……那孩子可能不錯，但他終究跟艾凡里的小孩不一樣。」林德夫人堅決地說，反正不管任何人、事、地點，林德夫人總會發表出偏袒的言論。「安，聽說你們發起一個『村善會』，這是什麼東西啊？」

「也沒什麼啦。只是上次在討論社裡，跟一些同儕在討論而已。」安臉紅了，「大家都覺得那是個不錯的計畫，亞倫夫婦也很贊成這個提議，現在大多數村莊都有一個這樣的村善會呢。」

「好吧，如果你眞想進行你的計畫，那的確是件很耗時間的大工程。我說啊，你最好還是放棄吧，安，大部分的人都不想改變他們自己啊！」

「喔，不是的，我們不是要改變人們，而是想改變艾凡里這個村子。村裡有很多好地方，若可以將它變得美一點，讓艾凡里成爲一個更美麗的村莊，那不是一件很棒的事嗎？例如雷維．波爾特先生在他田裡那棟可怕的老房子，如果我們可以說服他拆掉那棟房子，不就可以改善那一帶的景致了嗎？」

「這的確是一個很不錯的提議！」林德夫人也認同地說：「好幾年囉！那棟破房子又舊又難看，實在是礙眼得很。如果不用給雷維．波爾特一些甜頭，就可以哄得他把那棟房子拆了，我是樂見其成啦！我會注意這整個過程的。安啊，我不是故意要漏你的氣，或是跟你唱反調，我猜你有些想法，是從那些像廢物的美國雜誌中得到的吧？但你可別忘了，你還有學校的事夠你忙的！

我只是像個朋友一樣給你忠告，你怎麼還有時間再去從事那些什麼改善計畫呢？不過，依你的性子，決定要做的事就會做到底，所以啊，我覺得你是做得到的啦！」

安將她的唇抿成一條僵直的線，林德夫人所說的話與實際情況相去不遠，安整個心思都放在組織村善會上頭。吉伯雖然在白沙鎮教書，但他對村善會的活動也相當熱中，他星期五晚上會回到艾凡里，星期一早上再回白沙鎮。不少青年男女都參加了村善會，既然都是年輕人的組合，當然偶有輕鬆娛樂。

不過話再說回來，真正瞭解「改善」所傳達的意義的，恐怕也只有安與吉伯而已了。

林德夫人除了帶來這些消息外，還帶來另一個消息：「聽說卡摩地小學要聘普莉希拉．格蘭特來教書呢！安，她不是跟你一樣都是皇后學院的嗎？」

「是呀！想不到普莉希拉要到卡摩地教書了，真是太好了！」安歡呼起來，灰色大眼有如星光一般閃耀著。

第2章 急賣與後悔

隔天下午，安帶上黛安娜，駕駛馬車前往卡摩地進行一趟愉快的採購之旅。黛安娜也是村善會的熱心會員之一，想當然耳，在來回卡摩地的路途中，兩人幾乎都在談論關於改善的話題。

「在動手進行改善工作以前，我們必須先將我們的公會堂重新粉刷過。」在她們經過森林窪地時，寒酸的艾凡里公會堂就佇立在那兒，四周被針樅樹圍繞起來。看著艾凡里公會堂，黛安娜有感而發地開口：「公會堂看起來眞是讓人丟臉，在讓雷維．波爾特先生同意拆掉那間老房子前，我們要先把公會堂做個整頓。我父親說那不可能成功，像波爾特先生這麼自私的人，怎麼可能會花時間去做這些事。」

「如果男生們可以將拆下來的木板劈成柴薪，或許他會同意讓我們拆掉那棟破房子。」安充滿了自信與希望：「我們要盡我們的力量去做好每件事，凡事慢慢地一步步來。當然無法一次就將所有事情全都改善完畢，總而言之，我們應該先引起大家的關注。」

黛安娜不太清楚什麼是引起大家的關注，但聽起來滿不錯的，而且她對於能參加這個村善會還感到有些驕傲呢！

「昨晚我想到一件我們可以做的事。你知道卡摩地、新橋鎮還有白沙鎮那三條路所匯集的地方嗎？那裡長滿了許多小針樅，不如我們將那些小針樅全部拔掉，只留兩三棵樺樹在那邊如何？」

「這點子眞是太好了！」安高興地說：「然後在樺樹下放幾張典雅的長椅，當春天來臨，再弄個花圃在中間，種上點天竺葵。」

「沒錯沒錯！我們只要想辦法，別讓希拉姆·史隆夫人的牛在那邊路上出現就好了，不然天竺葵會被牠們吃掉的。」黛安娜笑著說：「我開始慢慢明白，你所說的引起大家關注是什麼意思了。看看老波爾特先生的房子，你有看過那麼破舊的房子嗎？而且還離路邊這麼近。每次經過這棟沒有窗戶的破房子，都讓我聯想到被挖掉雙眼的死人。」

「我覺得那棟老舊荒廢的房子就像是悲哀的嘆息一樣。」安如夢似幻地嘆道。「它總讓我想起有關它那段過去，還有那被遺忘的歡樂時光。瑪麗拉之前跟我說過，在很久以前，這裡曾住著一個大家庭，那是個多麼漂亮的莊園啊！有著美麗的院子，屋子四周都被玫瑰纏繞，屋裡充滿孩子們嬉鬧的笑聲與歌聲。可是如今，所有一切都消失了，所有美好的事物都不存在了，只有風還在。風能感受到屋子的孤寂與哀傷！也許，在月夜時分，那些人會再度回來……到時，小孩們、玫瑰以及歌聲的殘影魂魄都會……在那時，屋子將重回以往那燦爛的時光，歡笑將再次降臨。」

黛安娜搖了搖頭。

「我現在已經沒辦法像以前那樣幻想了。安，你還記得嗎？以前我們想像幽靈森林中有鬼魂出沒的時候，我媽媽還有瑪麗拉把我們大罵了一頓。一直到現在，如果在天黑的時候經過那裡，我心裡都還是會覺得毛毛的。如果我又像你這樣去幻想波爾特先生的房子，以後我一定不敢再經過那裡了，而且，以前住在那裡的孩子，並沒有人死掉，全都長大成人並且頗有一番成就，其中一人還是肉店的老闆呢！花還有歌聲怎麼可能會有魂魄呢？」

安在心中不住地嘆息。她深深喜愛著黛安娜，從以前到現在，她們的感情總是那麼融洽，但她從很久以前就已經知道，她只能獨自一人徜徉在想像的世界裡，連最心愛的人也無法跟上她的步伐，未必能一同步上前往幻想殿堂的魔幻小徑。

兩人在卡摩地的時候，下了一場短暫的雷雨。回程路上，路旁的枝葉間閃耀的水滴懸掛其中，被綠葉覆蓋的山谷裡，被雨水淋濕的蕨類植物傳來令人提神的陣陣香氣，眞令人感到心曠神怡。但當她們轉入卡伯特小路時，安看到一些東西，破壞了她欣賞美景的心情。

在她們右前方是哈里森先生的燕麥田，晚播的燕麥沾上雨水，一片綠油油地往前延伸成一大片。在那麥田中央，竟然正站著一隻背部被麥子遮住，若無其事向她們眨眼睛的澤西小牛！

安死抿著唇，放下轠繩站了起來，沉默地跳下馬車。在黛安娜還沒來得及搞懂到底發生什麼事之前，安已經迅速越過籬笆往田裡跑去。

「安！回來啊！」黛安娜喊叫起來，過了一會兒，她找回她的聲音：「你這樣在濕田裡奔跑會毀掉你的洋裝的！噢，天，她根本就聽不到我說什麼！好吧，她是無法獨自一人抓到那頭牛的，我得快點過去幫她！」

安像失心瘋一樣在麥田裡狂奔。黛安娜則像小鳥一般輕盈地跳下馬車，將馬綁在木樁上，再把美麗的方格花裙下襬撩到肩頭，越過籬笆，開始追她那發瘋的朋友。黛安娜跑得比安還快，安被她濕透的裙襬纏住了腳，黛安娜很快就追上她。如果哈里森先生見到她倆在麥田裡奔跑、踐踏他的麥子，他一定會氣得說不出話來的。

「安，拜託你！停一下！」可憐的黛安娜痛苦地說：「我快沒辦法呼吸了……而你已經全身濕透了！」

「我必須……在……哈里森先生……看到……前……抓到……那頭……牛……」安同樣氣喘吁吁。「我……不在……乎……我是……否……全……身都……濕透……只要……抓到……那頭牛……怎……樣……都好……」

那頭牛正在吃嫩芽，一點都沒有自覺待在這裡做亂有什麼不對，所以當她倆好不容易接近牠時，牠就往另一頭跑走了。

「快點到牠前面擋住牠！」安尖叫道：「跑啊！黛安娜！快跑！」

黛安娜死命狂奔，安也在後頭跟著，但那頭牛像中邪似的到處亂跑。兩人耗上十分鐘才擋住牠，把牠從籬笆角落帶到卡伯特小路上。

安快氣死了，又看到卡摩地的席爾父子在馬車邊露牙大笑。

「我想如果你上星期就把牛賣給我，不就好了嘛！」席爾先生邊笑邊說。

「如果你還要的話，我可以馬上賣給你。」安漲紅著臉，全身凌亂。

「沒問題！就像我上次出的價錢，二十元，這樣吉姆就可以先將牠帶回去卡摩地，晚上可以跟其他東西一起運進城，布萊特的里德先生正想要一頭澤西牛呢！」

五分鐘後，吉姆．席爾跟那頭澤西牛緩緩地在路上移動，衝動的安則帶上二十元，駕駛馬車走向返回綠色屋頂之家的路上。

「瑪麗拉會說什麼嗎？」黛安娜問道。

「哦，她不會在意這個的。朵莉是我的牛，而且在拍賣會上賣的話也賣不到二十元，但是，如果哈里森先生看到麥田的話，就知道朵莉又進去做亂了。我先前還用名譽跟他保證會好好看住朵莉，不再讓牠闖進麥田的。這回又替我自己上了一課，千萬別用名譽替牛擔保任何事。因爲朵莉連擠奶場的圍欄都可以弄壞，關在哪裡都一樣教人放不下心。」

瑪麗拉去了林德夫人家一趟，當她回來的時候，她已經知道朵莉被賣掉的事了。因爲林德夫人從她家窗口看到了整件事情的經過。

「把牠賣了也好，不過你也眞是大膽，牠到底是怎麼從圍欄裡出來的？可能已經弄壞好幾塊木板了吧！」

「我想應該是這樣吧。」安說：「我現在就去看看。馬丁到現在都還沒回來，可能又是他哪個伯母死掉了吧？這讓我想起他有點像彼得．史隆先生還有『歐特珍那利恩※』。有天晚上史隆夫人正在看報紙，有個『歐特珍那利恩』死了，她問史隆先生什麼是『歐特珍那利恩』，而史隆先生回答說他也不知道。雖然不知道那是什麼，但是常聽到牠們死亡的消息，大概是一種體弱多病的動物吧！馬丁的伯母就像史隆先生說的那樣，是體弱多病的動物吧？」

「馬丁就像那些法國人一樣，一點都不值得信任！」瑪麗拉嫌惡地說。

她正在將安從卡摩地買回來的東西拿出來看，突然一陣尖叫聲從後院裡傳出來，過了一會兒，安匆匆忙忙跑進廚房，焦慮地絞著雙手。

「安·雪莉，現在到底發生了什麼事？」

「喔！瑪麗拉，我該怎麼辦？這眞是太糟糕了！這全都是我的錯！喔，爲何我做事總是這樣莽撞呢？林德夫人老愛告訴我，說我總有一天一定會做出令人震驚的可怕事情來——天啊！眞被她說中了！」

「安，你說得太誇張了。你到底做了什麼？」

「我把哈里森先生的澤西小牛給賣了……而從貝爾先生那裡買來……要賣給席爾先生的那隻牛——朵莉，牠還在圍欄裡啊！」

※Octogenarian，指八十至八十九歲的老人。

「安．雪莉，你在作夢嗎？」

「我眞希望我是在作夢呀！但根本沒有任何夢存在，只有可怕的惡夢！而且哈里森先生的牛現在就在前往卡摩地的路上。喔！瑪麗拉，我以爲我已經終結了我那莽撞的歲月，現在我卻做出以前從沒做過的可怕事情，我該怎麼辦才好？」

「怎麼辦？不怎麼辦啊，孩子。你最好到哈里森先生家走一趟，如果他不肯把錢收下，你可以拿我們家的澤西牛跟他換。我們家的朵莉這麼好，可是不輸給他家那一頭的。」

「我可以想像他聽到這件事的時候，會有多憤怒啊！」安呻吟起來。

「他一定會的，他是個脾氣十分差勁的男人，假如你願意的話，我可以跟你一起去向他解釋清楚。」

「不用了、不用了！我沒那麼不負責任。」安大聲道：「這些都是我的錯，怎麼可以讓您去幫我承擔呢？我會自己去的，而且越快越好，免得一直記在心裡難受。」

可憐的安戴上帽子，帶著她的二十元。當她準備出門經過廚房時，看見門沒關的廚房裡，桌上正擺著她早上烤好的核桃餅乾，上頭裹了一層粉紅色糖霜，中間用核桃裝飾著，令人忍不住想品嘗一下。這餅乾本來是爲了星期五烤的，艾凡里的年輕人要在那天晚上來綠色屋頂之家討論村善會的創立。但跟那個恐怖的哈里森先生比起來，顯然哈里森先生來得重要多了！安思忖著，這些餅乾一定也能軟化男人的心，尤其是只能自己下廚的男人更是喜歡。想到這兒，她就將餅乾放進盒子裡，準備把它當作和平示好的禮物。

「希望他能給我機會向他解釋啊！」安懊惱地翻過籬笆，走上捷徑，穿越過夕陽映照的金黃色田畝。她在那八月夢幻般的傍晚裡想道：「我終於能體會那些犯人上絞刑台前的感覺了。」

第3章 在家的哈里森

哈里森先生的房子是棟傳統式建築——低矮的屋簷，粉刷成白色的牆壁，倚著一大片針樅林而建。

哈里森先生坐在陽台上，上方有葡萄幫他遮陽。他沒穿上衣，坐在那兒悠閒地抽著菸，但當他看清楚小路上的人影是誰以後，他迅速地起身跑進屋子，趕緊把門關上。他會這麼做是因爲上次對安大發脾氣後，心裡感到後悔和不好意思，但是這樣的情形對安來說，卻讓她心中最後一絲勇氣也逃離得無影無蹤。

「現在他就已經氣成這樣了，等一下他聽到我做的好事，不知道還會氣成什麼樣子啊？」安一臉悽慘地敲敲門。

然而，哈里森先生居然開門了，他面帶微笑，顯得既靦腆又友善，還透出一絲絲的不安。哈里森先生將安請進門，他將菸斗收好，穿上衣服，很有禮貌地請安坐在滿布灰塵的椅子上。如果不是那隻有一雙邪佞金眼又愛搬弄是非的鸚鵡，安將會受到非常親切的招待。沒多久，當安要坐下來的同時，生薑就開始亂叫了。

「保佑我的靈魂吧！那個紅毛小妮子來這裡幹麼啊？」

眞不知道到底是哈里森先生的臉比較紅還是安的臉比較紅。

「請別介意那隻鸚鵡。」哈里森狠狠地瞪向生薑，「牠……常會說些很沒意義的話，請別理牠。牠是從我一個水手兄弟那兒拿來的，水手講話總是口無遮攔，說些有的沒的，鸚鵡又相當愛模仿。」

「是啊，是這樣的。」可憐的安，只要一想到她是爲了什麼要在這邊受氣，就覺得自己沒有立場可以向哈里森抱怨了。竟然在他不知情也不同意的情況下，把他的牛賣了！就算他的鸚鵡對你說了什麼不禮貌的話，你也不可以生氣，就算「紅毛小妮子」聽起來是多麼地讓人不舒服。

「我是來向您道歉的，哈里森先生。」安毅然決然地說：「有關……那頭……澤西牛。」

「天啊！」哈里森先生感到不安起來，「牠又到我的燕麥田裡作亂了嗎？呃，別太在意……並不要緊……那沒什麼大不了的……說實在的，我昨天也太暴躁了……如果牠又跑進去的話，別放在心上。」

「喔！假如就只是那樣……」安嘆了口氣道：「但比那還糟糕了十倍，我不……」

「天啊！你的意思是說，牠跑進去的是小麥田？」

「不！不是……不是麥田，但是……」

「接下來換包心菜園了嗎？牠跑進我的包心菜園了嗎？那是我辛苦種來要展覽用的呀！嘿？」

「不是包心菜園，哈里森先生，我會全部告訴您……這就是我來這邊的原因。但是，請您不要打斷我，不然會讓我緊張，先讓我把整個經過完整地告訴您好嗎？等我說完就換您有很多話要說了。」安一口氣說完，但那最後一句，只有放在心裡偷偷想而已。

「我不會說任何一句話的。」哈里森先生雖然這麼說也做到了，但生薑可沒答應任何人要保持沉默。這時的牠一直鬼叫著「紅髮小妮子！」弄得安都快要抓狂了！

「我昨天把澤西牛關進我家的圍欄裡，今早去了一趟卡摩地，回來的時候，我看到有頭澤西牛正在您的麥田裡。黛安娜跟我合力將牠趕出來，而且您難以想像我們有多麼地累、多麼地狼狽。我全身濕透，又累又氣，而剛好席爾先生經過那兒，我二話不說，馬上將朵莉以二十元的價格賣給了他。那都是我的錯，我應該先等一下，跟瑪麗拉商量過後再行動的。但我真的太糟糕了，就像大家告訴您的那樣，我做事太不經大腦了，席爾先生在下午已經將牛運上火車了。」

「紅毛小妮子！」生薑用輕蔑的語調在籠子裡叫囂。

哈里森先生兇惡地瞪著牠，但那似乎對鸚鵡發揮不了什麼作用。於是，他提起生薑的籠子，帶到隔壁房間裡，然後關上房門。被關的生薑以牠一貫的風格在裡頭不停尖叫咒罵，直到牠發現房裡只有牠自己一個以後，才慢慢安靜下來。

「對不起啊，你繼續說吧！」哈里森先生坐下來，「我那做水手的兄弟沒教過牠任何禮節。」

「我回到家用過茶後，到圍欄那邊一看，哈里森先生……」安向前傾，雙手緊扣，就像她小時候的習慣那樣。她那雙又圓又大的灰眼，哀求地凝視著哈里森那張侷促不安的臉。「我的牛依然在我的圍欄裡，我賣給席爾先生的，是您的牛呀！」

「我的天啊！」哈里森大喊。對於這令人吃驚的結果，他呆掉了。「怎麼會有這種事？」

「喔，請別太過驚訝，我常做這種讓別人也讓自己麻煩的事。」安沉痛地說：「我已經被貼上那樣的標籤了，也許您會認爲我早該過了莽撞的年紀，明年三月我就滿十七歲了，但這樣的缺點似乎沒有成爲過去。哈里森先生，我可以請您原諒我嗎？我會不會要求得太多？我很害怕現在已經太晚了，沒辦法把您的牛要回來，所以，這些是賣掉那頭牛的錢……或者您不介意的話，可以改用朶莉賠給您也沒關係！牠是一頭很好的牛，我實在不知道該怎麼表達對您的歉意了。」

「嘖！嘖！」哈里森先生輕快地說：「別再說那件事了，這也沒什麼大不了的呀……根本沒什麼。這種突發狀況偶爾都會發生的，有時我也很容易生氣，想到什麼就說什麼。如果那頭牛有在我的包心菜園……沒關係，反正牠也沒進去，所以就沒什麼事啦！我想你還是把你那頭牛給我就好，也省得你在那邊麻煩。」

「喔！謝謝您，哈里森先生！我眞的很高興您沒有生我的氣，我原本很擔心您會對我破口大罵的。」

「我想，要到我這邊來跟我講這件事，你一定怕得要死，尤其是在我昨天才對你大發了一頓脾氣以後，是吧？你不用害怕啦，我只是個講話比較直的老男人而已，就是這樣……只是話都講得太直接了當了，直接得一針見血。」

「林德夫人也是這樣呢！」安才一開口就覺得不妥了。

「你說誰？林德夫人？別跟我說我像那長舌老八婆一樣！」哈里森先生暴躁地說，「我才不像她……一點也不像！你那盒子裡裝了什麼啊？」

「是餅乾呢！」安淘氣地說。哈里森先生的態度意外地親切，讓安的心再度活絡起來。「這是我特地帶來送您的，想說您可能不常吃到像這樣的小點心。」

「是啊，我眞的不常吃到呢！而且我很喜歡吃這些甜食，眞是太謝謝你了！那糖霜看起來眞是漂亮，希望餅乾很可口。」

「當然可口了！」安很自信地說：「雖然我以前也做過難以入口的點心，這件事亞倫夫人她最清楚了。這些餅乾本來是爲了村善會做的，不過沒關係，我還可以再做。」

「那好，我們就一起吃吧，我去燒個水，這樣我們就有茶可以喝了。嗯……該怎麼做好呢？」

「還是讓我來泡茶吧？」安有點懷疑地問。

哈里森先生咯咯笑出來。「你好像對我泡茶的功力很沒信心，這你就錯囉！我可是有一手泡茶的好功夫，肯定要讓你知道，這是你從沒喝過的好茶！但還是要請你幫個忙啦，幸好，上星期有下雨，所以我們有很多乾淨的盤子可以用了。」

安輕盈地跳下椅子，準備開始工作。她在泡茶前用了些水將茶壺洗乾淨，然後清掃了爐子、把桌子整理好、從餐具間拿出盤子。其實，餐具間的景象讓安嚇了一跳，但她很明智地什麼也沒說。哈里森先生告訴她哪裡可以找到麵包、奶油和桃子罐頭，她並從花園裡採了一束花裝飾在桌上，然後假裝沒看見桌布上的汙漬。很快地，茶泡好了，安與哈里森先生在餐桌兩邊面對面而坐，她先幫哈里森先生倒了杯茶，很輕鬆地與他談論起學校、朋友以及一些計畫。安難以相信這種事會發生在他們兩人身上。

哈里森先生怕可憐的生薑會感到孤單，於是將牠從房裡帶了出來。而安覺得她應該要原諒每一個人跟每一件事，所以她拿了一塊核桃餵牠。然而，生薑覺得將牠獨自關在房間裡讓牠十分地傷心，所以悶悶不樂地站在籠子的橫杆上，就連安對牠友好的表示也不理不睬。牠把自己整個縮了起來，像顆綠金交雜的圓球。

「爲什麼要叫牠生薑呢？」安發問，她很喜歡讓每樣東西都有個適合它們的名字，況且生薑擁有那麼多絢麗的色彩，這跟牠的名字不太搭。

「是我那個水手兄弟幫牠取的，也有可能是因爲牠的性子吧。我替這隻鳥想過很多事，多到你會嚇到的。當然牠有牠的缺點，像很多人就不喜歡牠在那邊鬼吼鬼叫，有些人想改掉牠那壞習慣，我試了，其他人也試了，但都沒有用。有些人還不讓我養鸚鵡，眞是無聊，對吧？我自己很喜歡牠，因爲牠是我的好夥伴，不管這世界發生了什麼事，我都不會遺棄牠的。」

哈里森先生在說最後一句話時，口氣十分堅定，他隱約感覺到安想讓他棄養生薑。不管怎樣，安開始慢慢喜歡這位性情古怪、脾氣暴躁、坐立不安的男人了。在茶會還沒結束前，他們已經變成好朋友了，哈里森先生得知關於村善會的成立，他也表示贊成。

「就是這樣，要趕快去做喲！的確有許多地方需要改一改的，還有住在這裡的人也是。」

「喔！我不知道。」安迅速地回答。就她或是她的好友而言，都得承認艾凡里尚有些村民、有些部分不是那麼完美，而且總是變來變去。但聽到像哈里森先生這樣的外來者這麼直接了當的評論，卻又不是那麼一回事了。「我認爲艾凡里是個很棒的地方，而且住在這裡的大家也都是好人。」

「我想你的脾氣也是挺倔強的。」哈里森先生評論道，他審視起坐在他對面的女孩。此刻的她臉頰發紅，雙眸裡也盛了些憤怒。「我想你的脾氣就像你的頭髮一樣。艾凡里是一個美麗高雅的地方，不然我也不會來這邊住。但我認爲，卽使是你，也會承認艾凡里確實是有些缺點的吧？」

「就因爲有缺點，我才更喜歡這一切呀！」安忠誠地說：「我不喜歡一個地方或是人們沒有任何缺點。我覺得一個眞正完美的人，會讓人感到興致缺缺。密爾頓．懷特阿姨曾經跟我說過，她從沒遇過完美的人，但她聽過很多關於一個完美的人的事——她先生的前妻。您不覺得嫁給一個男人，而他前妻完美得不得了，那種感覺相當令人不自在嗎？」

「娶一個完美的女人當老婆會讓人更不自在！」哈里森先生極其突兀地吐出這段宣言。

喝完茶後，雖然哈里森先生說他還有很多碗盤，夠他用一個禮拜，安還是進了廚房將杯盤洗乾淨。當她想順便連地板一起掃的時候卻找不到掃把，她也沒問哈里森先生掃把在哪裡，要是他家連根掃把都沒有，那可眞是令人尷尬啊！

「你偶爾可以過來跟我聊聊天。」當安準備告辭的時候，哈里森先生如此建議著：「不遠嘛！而且我們又是鄰居，我對你的村善會還滿感興趣的，我覺得那挺有趣的！誰是你第一個想解決的目標啊？」

「我們並沒有要干涉任何人，我們只針對地方上的事物，要做的就只是『改善』，就這樣，沒有其他意思。」安用嚴肅的語氣回答，她寧願懷疑哈里森先生只是想拿這個計畫開玩笑。

哈里森先生從窗戶裡目送離去的安——一個柔軟的年輕身影，正無憂無慮地輕輕跳躍，越過那夕陽照耀的金黃田畝。

「我是個頑固、孤單、易怒的老男人。」他自言自語，「但是那女孩卻能讓我感覺，我好像又年輕了起來，這種感覺再來幾次都無妨啊！」

「紅髮小妮子！」生薑發出低沉粗嘎的聲音，嘲笑起牠的主人。

哈里森先生對生薑揮舞他的拳頭，「你這隻爛鳥！」他抱怨：「當我那水手兄弟把你帶來的時候，我眞該在那時就把你一掌掐死。你到底還要讓我困擾多久才高興啊！」

安愉快地跑回家，告訴瑪麗拉整件事情的經過，瑪麗拉那時正擔心著是否要出門找安，因爲她去得太久了。

「在一切都結束後，這世界是多麼地美妙呀！您說對不對，瑪麗拉？」安高興地說：「林德夫人曾抱怨過，美好的一天在這世界上並不多。她說如果你要每件事都如你所想的那樣順順利利，或多或少就會有失望降臨——沒有任何一件事可以符合自己的期望。也許那是眞的，但每件事都有它美好的一面，惡運也不見得會一直阻礙你的期望，他們會發展出讓你意想不到的好結果也說不定。

「今天傍晚，我要去哈里森先生家前，本以爲我會有一段很糟糕、很不愉快的經驗；可是，他對我非常親切，我度過了一段很美好的時光。假如我們可以互相體諒彼此，我想我們會成爲很好的朋友，每件事都將變得更好。但總而言之，瑪麗拉，我確信我不會再犯同樣的錯了！在賣牛之前，我會先確認那是誰家的牛。還有，我一點也不喜歡那隻鸚鵡！」

第4章 意見相左

在某天黃昏，琴．安德羅斯、吉伯．布萊斯還有安．雪莉，三個人在針樅的影子裡，順著路旁籬笆漫步在與樺樹道相會之處。優美的針樅伸長了枝椏，隨著風在金橘色的天空中搖曳。琴與安一起度過了一整個下午，而現在安要陪伴琴走在回家路上。她們在籬笆那頭遇到吉伯，於是三人就一邊走，一邊討論明天的事；明天開始就是九月了，學校也將在明天開學。琴會到新橋鎮的學校教書，而吉伯則將到白沙鎮的學校任教。

「你們兩個都比我還好。」安嘆了口氣。「你們都是教一群不認識你們的孩子，而我卻必須教一群我以前的同學。林德夫人就跟我說了，我一定要板著臉才教得動那些孩子，不然他們不會把我放在眼裡。但我覺得，如果當一個老師要天天板著臉，那對我來說顯然太過沉重了。」

「我倒覺得沒那麼糟，我們一定可以勝任的！」琴很輕鬆地說。

琴對於教導孩子並沒有什麼太大的願景，她只要如期領到她應得的薪水，取得理事會的好感，然後讓督學在榮譽教師報告中寫上她的名字，這樣就好了。「最主要的呢，就是讓孩子們維持秩序，而要讓他們這麼做的話，就要板著臉啦。如果那些孩子不聽話，那就只好處罰他們囉。」

「你要怎麼處罰那些孩子？」

「當然是賞他們一頓教鞭啊。」

「喔！琴！你不會的！」安驚訝地說。「琴，你不能這麼做！」

「必要的話，我會這麼做，該打的時候還是要打。」琴說得斬釘截鐵。

「我絕對不會鞭打孩子的！」安也很堅決地說：「我不認爲那是個好方法。史黛西老師從未打過我們任何一個人，我們也都乖乖地聽從她的指導。反而是菲利普老師常常打我們，我們還不是照樣不理他。如果教育學生必須用到教鞭，那我寧願不教。肯定有比教鞭更好的方式去對待那些孩子的，我會試著去贏得孩子們對我的敬愛，這樣他們就會遵從我的教導了。」

「如果他們還是不聽話呢？」琴很實際地說出她的問題。

「不管怎樣我都不會體罰他們，體罰對他們絕對不會有幫助。喔，親愛的琴，不管他們做了什麼，千萬別動手打你的學生呀。」

「對這件事你有什麼看法，吉伯？」琴詢問吉伯。

「你不覺得鞭打孩子是一件殘忍蠻橫的行爲嗎？」安大聲地說，連耳朵都紅了。

「這個嘛……」吉伯緩慢地說，他的心正在自己的信念與希望能符合安的理想標準中撕扯著，「你們兩邊說的都很有道理，我相信過度鞭打孩子並不恰當，我認爲，就像你說的，安，會有更好的方法，就像規定一樣讓他們遵從你的教導，而體罰是要到最後無計可施的情況下才使用的手段。但從另一個方面來思考，就像琴說的，我相信會有些頑劣的孩子，不管用什麼方法或任何人去感化都沒用時，體罰會是最有效、最直接的做法。在我的規則中，這是最後最不得已的時刻所使用的手段。」

吉伯感到相當疲憊，要成功地同時取悅兩位各執一詞的女孩，實在是困難萬分。

琴搖搖頭。「當我的學生頑劣不聽話的時候，我就會鞭打他們。這是讓他們聽話最迅速也最有效的方法。」

安給了吉伯失望的一瞥。

「我絕不鞭打小孩。」安重複聲明她的堅決。「體罰並不是個正確而且必要的方式。」

「假設你叫個男孩去做某件事，他不要，還向你頂嘴，你會怎麼做？」琴問。

「在下課後我會把他留下來，用嚴肅但是和藹的態度去開導他們。」安繼續說：「你可以在每個人身上發現他的長處，這就是當老師該有的職責，去發掘並且啓發那個孩子。那是皇后學院管理部的教授說過的，你知道，你以爲用教鞭去鞭打他們就可以發現他們的長處嗎？雷妮教授說過：『以長遠的眼光看來，正確地感化他們，比教會他們讀書、寫字、算數還來得重要。』」

「但教學督察只審查你有沒有把讀書、寫字還有算數教好，如果孩子沒有達到他們要的標準，你就沒辦法得到一份好報告了。」琴反駁。

「我希望我的學生在離校之後依然敬愛我，會回來看我，這比得到榮譽紀錄還要來得有助益。」

「當孩子們的品行不端的時候，你也不打算處罰他們嗎？」吉伯問。

「不是的！雖然我知道我討厭這麼做，但我還是會處罰他們。你可以在休息時間把他留下來，或是在課堂上罰站，或是罰他抄寫之類的。」

「我想你應該不會爲了懲罰女孩子，而讓她去坐在男孩子旁邊吧？」琴狡猾地說。

吉伯與安互相對望，尷尬地笑了一下。曾經有一次，安被處罰必須和吉伯坐在一起，那一次讓安感到十分傷心與不平。

「那麼，我們就等時間來證明，哪一種方法會是最好的。」在分手之際，琴有如哲學家般地說了這句話。

安順著樺樹道緩步走回綠色屋頂之家，樹蔭搖曳著，葉子與枝椏間傳來沙沙聲響，空氣中瀰漫著蕨類植物的清新香氣。她穿過紫丁花谷和柳樹湖畔，樅樹下，光影相互擁吻交錯，安繼續往下走過戀人小徑，這些都是在很久很久以前安與黛安娜一起取的名字。她慢慢地一步一步享受森林、田野，還有夢幻的夏日黃昏，嚴肅地思考明天開始的新任務。正當安回到綠色屋頂之家的院子時，林德夫人那堅定的大嗓門正從廚房越過敞開的窗戶傳來。

「林德夫人一定是爲了明天的事來向我建議加油的。」安想到這兒，不由得扮了扮鬼臉，「要我進去是不可能了，只要想到林德夫人的勸告像老婆婆的裹腳布一樣又臭又長，眞是讓人卻步三分，我想……不如就到哈里森先生家吧，跟他聊個天也不錯！」

自從乳牛事件後，安去哈里森家拜訪也不是第一次了。她常在傍晚的時候去找他，之後兩人就成了好朋友。不過，安有時也不大能忍受哈里森先生的直言直語，生薑也總是用懷疑的眼神盯著安，並用嘲笑她「紅毛小妮子」的態度跟她打招呼。

哈里森先生試圖把生薑這個壞習慣改掉，所以每次看見安來找他時，就會跳起來說：「哦！天啊！那漂亮的小女孩又再一次地造訪我們了！」或是講出其他類似的稱讚語句給生薑聽。可惜的是，生薑不但看穿了哈里森的陰謀，還因此十分瞧不起哈里森。安永遠都不知道，哈里森在她背地裡說了多少她的好話給生薑聽，他從不在安的面前稱讚她，讓她知道當然就更不用說了。

「嗯，我猜你在回來的森林裡一定已經準備好明天要用的藤條了吧！」當安從步道走上陽台階梯的時候，哈里森先生如此對她問候著。

「不。怎麼可能？」安生氣地回答。她是個絕佳的開玩笑對象，因爲她對事情總是太過嚴肅。「我在學校絕對不會使用鞭子，哈里森先生。當然，我還是會需要一支用來指黑板的藤條，但那也僅止於拿來指示物品而已。」

「所以你的意思是說要用鞭子囉？好吧，我不清楚你想用什麼打他們，但你是對的，用藤條打才痛那麼一下子而已，用鞭子打的話，會痛比較久是眞的。」

「我是不會用那些東西的，我不會打我的學生！」安堅持地說。

「我的天呀！」哈里森先生大大地嚇了一跳，「那你要怎麼管你那群學生呀？」

「我會用我的愛去感化他們，哈里森先生。」

「那是不可能的！」哈里森先生說：「千萬別這樣做呀，安。『放棄教鞭，就是寵壞孩子！』當我是個孩子的時候，我的老師每天都會定時鞭打我，就算我沒有犯錯，他們也認為我企圖想造反。」

「但現在已經跟您那時的上課方式不同了，哈里森先生。」

「可是人的本性還是一樣的啦！記住我的話，如果你不時常鞭打他們，你就無法管得動他們。鞭打才是最可行的。」

「嗯，但我想先用我的方法試試。」安非常堅持自己的信念，而且她有耐心去實現。

「你眞是頑固呀！」哈里森先生妥協了：「好吧！好吧！我們等著看吧，當你有天脾氣來的時候——像你這種有紅頭髮的人更容易生起氣來，你就會忘記你那美好的小堅持，然後賞他們一頓排頭的。你太年輕、太小孩子氣了，教書對你來說還太遙遠了。」

總而言之，安當晚帶著沉重的心情躺回床上，幾乎整晚都無法入睡。隔天，安臉色蒼白地吃著早餐，瑪麗拉被她的臉色嚇到，弄了碗薑茶直要她喝，安無法想像薑茶對她有什麼實質上的幫助，但還是默默地喝完它。如果薑茶能帶給她神奇的成長效果，讓她可以再多個幾歲，擁有更多的經驗，再多的薑茶她也甘之如飴。

「瑪麗拉，萬一我失敗了怎麼辦？」

「你不會失敗的，今天才剛開始，更何況還有明天、後天、大後天，日子會一天一天來臨。」

瑪麗拉說道：「你的困擾是因爲你想一次把孩子們都教好，也想一次就把他們的缺點全部糾正。而且，如果你做不到，你當然會覺得你是失敗的了。」

第5章 初試啼聲

安在早上到達學校，這是她生平第一次，有如眼盲耳聾一般走過美麗的樺樹道。學校四周顯得非常安靜，因爲上一任老師已經告訴過孩子，在安到達以前，一定要坐在他們的位子上。所以當安進入教室的時候，許多明亮且洋溢晨光的小臉充滿著好奇眼神，欣喜地迎接安的到來。安將帽子掛好，站到他們面前，可是心裡十分害怕不安，她希望她的惶然不會表現在臉上，也不會被孩子們發現她在發抖。

安昨晚將近十二點都還沒上床就寢，爲了星期一開學要說給學生們聽的一篇演講詞，她絞盡腦汁、盡其所能地寫出一篇字字珠璣的講稿，裡頭還寫到要互相幫助追求知識等美好的理想。她在反覆修改後再將稿子的內容牢記在心，但誰知道站到孩子面前的她卻一個字也想不起來。

安覺得時間有如過了一年那般久，但實際上也只經過十秒鐘，她才很小聲地說：「請大家把聖經拿出來。」

說完，安喘不過氣地倒進椅子裡，隨著桌子掀蓋的沙沙及喀嗒聲後，孩子們開始朗讀聖經。安鎮靜下來，看著這群前往大人國度的小旅行者。

當然，這群孩子大部分是安所認識的，安的同學要不是去年已經畢業，不然就是和她一樣繼續升學，再來就是低年級的學生，還有十位新加入的孩子。跟之前就已經熟識的學弟妹相比，安偷偷注意著這新來的十個孩子，也許他們平凡得就和其他人一樣，但另一方面，也可能會有出類拔萃的人在他們之間也不一定，只要想到這裡，安就會特別開心。

獨自坐在角落那張書桌的是安東尼．帕伊，他的皮膚黝黑，陰鬱著一張小臉，正用他黑色的雙眼滿懷敵意地注視安。安一見到他，便立即下了決定，她要贏得這個小男孩的愛，設法完全打破帕伊一家人的想法。

在另一個角落坐著亞提．史隆和一個陌生的男孩——一個看起來很快樂的小傢伙。他有一個短扁的鼻子，臉上長滿雀斑，還有一雙明亮的藍色眼眸，上緣鑲著白色的睫毛，這可能是多尼爾家的孩子。若要說同一家人長得像的話，那與瑪莉．貝爾隔一條走道相鄰而坐的那位就是她的妹妹了，安很驚訝地想著，到底是怎麼樣的母親，能夠將自己的孩子打扮得如此無懈可擊，竟讓她穿一襲已褪色的粉紅絲質洋裝，裙襬鑲著棉質蕾絲，腳上穿著髒兮兮的兒童拖鞋和絲質長襪。她那頭沙色捲髮互相糾纏著，呈現出相當不自然的弧度，頭上還綁一個比她的頭還要大的粉紅色寬緞帶蝴蝶結，而她似乎相當滿意今天的打扮。

安認爲那蒼白的小東西——一頭柔順如絲綢般的褐色長髮披覆在肩上的那個女孩，一定就是安妮塔．貝爾了。她的雙親原本住在新橋校區，但由於他們的住家往北遷徙五十碼，就編到艾凡里校區了。而那三個面色蒼白、一起擠在同一個位子的女孩們一定是卡頓家的孩子了。有一頭棕色長捲髮、淺褐色雙眸、正從聖經後面側對傑克．吉利斯頻頻拋媚眼的小美人一定就是普莉．羅傑森，她的父親最近娶了第二個妻子，也一同把住在葛夫頓奶奶家的普莉接回家住。而坐在她身後那個高大笨拙、看起來不知手腳該往哪兒擺的女孩，安起先不知道她是誰，後來才知道原來她的名字叫芭芭拉．蕭，她住在艾凡里的阿姨那兒，安更發現校門口的牆上就寫著「芭芭拉無法控制自己的步伐，不是被自己絆倒，就是被別人絆倒」。

但當安與坐在她正前方的男孩眼神相對時，一種奇異的感覺溜過全身，她知道，她找到她夢想中的天才了。她知道他一定就是保羅．艾文，如同林德夫人說的那樣，他看起來一點也不像艾凡里的孩子，但不僅如此，她知道不管從哪個方面來看，他也不像其他孩子。那雙熱切的深藍色雙眼正直視著安，讓她敏銳地感受到他們擁有相同的靈魂。

安知道保羅已經十歲了，但他看起來只有八歲大，她還從未看過其他孩子有如此漂亮的小臉蛋——優雅精緻的五官、有如光圈般的栗色頭髮，他的雙唇豐盈但不噘，深紅色的嘴唇輕輕合起，彎成一條柔和的弧線，融化在嘴角的酒窩裡。保羅的神態嚴肅、莊重有如沉思，看來，他的精神年齡必定大於他的實際年齡。當安對他溫柔一笑，他也立即回給安有如能點燃心中之火般的燦爛笑容。那笑容照亮了他整個人，而且是沒有外在努力及動機迫使他的微笑，那純粹發自內心，自然而成，如此難得的美麗、柔和。只是短暫交換過彼此的笑容，在尚未說任何一句話以前，安與保羅就成了永遠的朋友。

開學的第一天猶如在夢中一般，安也無法完整回想起當天經過，就好像那天在教導學生的人不是她；她只是聽學生朗讀課文、算算數、教他們寫字，就像一部機器一樣。孩子們的表現大致良好，只有兩個人除外，一個是莫利．安德羅斯，他捉了兩隻訓練過的蟋蟀，將牠們放在走廊上亂跑。安發現並處罰莫利在講台上站一個小時，這對莫利來說是很嚴厲的處罰，而蟋蟀則被安帶到紫羅蘭谷中放生，莫利卻認為安將那些蟋蟀帶回家自己收起來了。

另一個調皮的孩子是安東尼．帕伊，他把裝在瓶子裡的水——那是用石板練字時用的擦板水，從奧蕾莉雅．克蕾的頸後倒了下去！安在休息時間把安東尼留下來，告訴他身為一個紳士該做些什麼，而不是把水倒在女孩子後頸裡。安希望她所教導出來的男孩都像紳士一般，親切地對安東尼說了一番動人的勸誡，不幸的是，安東尼完全聽不進去，他沉默地板起臉，一副瞧不起安的樣子，吹著口哨走出教室。安嘆了一口氣，然後對自己打氣，總有一天她一定可以贏得安東尼的崇敬，就像羅馬不是一日造成的。事實上，要能夠贏得帕伊一家人的愛，這點也是令人相當懷疑，不過安樂觀地想著：也許只要找出安東尼美好的一面，就可以發現他也是個不錯的男孩。

在一整天的課程結束後，孩子們都下課回家了，安疲憊地坐在椅子上，覺得頭痛且氣餒，雖然她擔心的事都沒有發生，也沒有什麼事值得讓她如此沮喪，但她還是感到心力交瘁，覺得這並非她所想要的工作，她甚至對此失去信心。一想到她必須這樣日復一日、年復一年地教書……嗯，約四十載，恐懼感頓時在她心頭盤據，想大叫的感覺油然而生。她的心中冒出一道選擇題，是在教室裡叫一叫好呢？還是安全地待在自己的房間亂吼的好？正當她躊躇之時，門廊外傳來一陣腳步聲，伴隨衣服摩擦的聲響，一名婦人隨即出現在安眼前。這位婦人讓安想起哈里森先生在葛夫頓街上的商店裡，看到那些衣著過度裝飾的女性時所下的評論：她看起來眞像是流行與惡夢的結合體啊！

這位婦人身穿藍色絲質夏日公主袖洋裝，全身上下鑲滿許多蕾絲、打了許多褶子，在白色雪紡紗製成的大帽子上頭，還插上三根長長的鴕鳥羽毛，羽毛的末端開叉，布滿大黑圓點斑紋，粉紅色雪紡紗罩從帽緣垂到肩膀，像兩面旗子在她身後飄揚。她的雙手戴滿寶石，不禁令人懷疑她是怎麼將這麼多珠寶戴上去的，從她身上甚至瀰漫出濃郁的香水味。

「我是多尼爾夫人，H．B．多尼爾。」這位華麗的夫人如此宣告，「我來這兒找你，是關於克拉瑞絲．阿米拉在回家吃晚餐的時候，告訴了我一個讓我十分苦惱的事情。」

「眞是抱歉。」安支支吾吾地說，徒勞無功地嘗試回想，今天早上多尼爾家的孩子們發生過什麼事。

「克拉瑞絲．阿米拉告訴我，你將我們家多尼爾的音念錯了。現在我來告訴你，雪莉小姐，我們名字的正確念法是多——尼爾，重音在最後一個音節上，我希望你能記住這一點。」

「我會試著做到的。」安喘著氣，忍住想要大笑出聲的衝動，「我知道被人念錯名字那種不被尊重的感覺，我也曾有過這樣的經驗——被人拼錯名字，同理，發音上的錯誤也是一樣的。」

「的確是如此，還有克拉瑞絲．阿米拉也告訴我，你稱呼我的兒子『雅各』，是嗎？」

「他是這樣告訴我的，他說他的名字叫雅各。」安反駁。

「我料想得到。」多尼爾夫人說。從她的口氣聽來，她似乎不太受孩子們愛戴，「這孩子有著如平民一般的興趣，雪莉小姐，當他出生之時，我將他命名為聖．克雷爾——這名字聽起來就像貴族一樣，不是嗎？但他的父親堅持要用他叔父的名字，命名為雅各，我也只好同意了，因為雅各叔父是個有錢老單身漢。你認為後來怎麼著，雪莉小姐？當我們可愛的聖．克雷爾五歲的時候，這個老單身漢居然結婚了，還生了三個孩子，你有聽過這麼忘恩負義的事嗎？他不但邀請我們去參加婚禮，還很厚臉皮地寄喜帖來呀，雪莉小姐，回到家以後我就說：『不准再叫雅各了！謝謝！』自此之後，我就稱呼我兒子為聖．克雷爾直到現在，但他父親頑固地繼續叫他雅各，而且這孩子，簡直莫名其妙，竟然也比較喜歡這個粗俗的名字。但聖．克雷爾就是聖．克雷爾，你會好心地記住，是吧，雪莉小姐？謝謝你。我告訴過克拉瑞絲．阿米拉，這只是個小小誤會，改過來就沒事了。而多尼爾的重音在最後一個音節，哦！還有，是聖．克雷爾，不是雅各，你會記住對吧？謝謝你啊！」

當多尼爾夫人翩然離去後，安鎖上教室門打道回府。在步行至山丘的時候，她看見保羅．艾文在樺樹道那兒等她。他叫住安，手上拿著他摘的野生蘭花，艾凡里的孩子們都稱呼這花為「白米百合」。

「老師，請你收下這個，這是我在懷特先生的牧場發現的。」他害羞地說：「我把它摘回來給你，因爲我覺得老師會喜歡這些花，也因爲……」他抬起他那又大又美麗的眼眸，「我喜歡你，老師。」

「眞是謝謝你！」安收下芳香的花束。保羅的話有如魔法一般，輕易地將她的滿身疲憊與灰心全都驅離了。希望重新在她心中燃起，有如跳躍的泉水，她邁著輕盈的腳步穿過樺樹道，蘭花的香氣有如祝福一般伴隨她。

「今天跟那些學生相處得怎樣呀？」瑪麗拉急切地問。

「您得在一個月之後問我，我才有辦法告訴您我的感受，現在的我沒辦法……我不知道，我說不上來，我的思緒就好像布滿泥濘一般渾沌，全部亂成一團。唯一讓我確實感覺到的，就是我在今天教了克利非．懷特正確地把『A』寫出來，在這之前他從不認識這個字，這種感覺……嗯……就像啓發一個靈魂，朝著莎士比亞及失樂園的境界邁進。」

林德夫人不久後出現在綠色屋頂之家，她帶來令人振奮的消息，她在校門口耐心地等候放學的孩子，並將他們攔下，詢問他們對新老師的感想。

「每一個孩子都說他們很喜歡你呀，安！除了那個安東尼．帕伊以外，就只有他不這麼認爲，他說你：『並沒有哪裡比較好，跟所有的女老師都一樣！』這是他在離開前講的，但你毋須太過在意！」

「我並不在意。」安很平靜地說：「只要我耐心親切地對待他，總有一天，安東尼．帕伊一定會喜歡我的。」

「我可不認爲你能說動他。」林德夫人愼重地說：「他們的行事作風非常不可測，老是變來變去。還有那個多尼爾家的女人，我可以很肯定地告訴你，我可不會叫她多——尼爾，因爲眞正的念法應該是重音在前面才對。那女人眞的神經有問題！打個比方說吧，她把她的狗取個名字叫『皇后』，而且還讓牠跟他們全家人一起在桌上吃飯，還用中國的瓷器裝食物給牠，哇！我的天啊！如果我是她，我眞害怕會遭天譴哦！托馬斯說，多尼爾是個明白事理又認眞工作的人，可惜他挑老婆卻一點也不精明啊！」

第6章 眾生百態

九月的某一天，愛德華王子島的山丘上，一陣從海上吹起的清風拂過沙丘，那條長長的紅沙道蜿蜒穿過原野和森林，在長滿濃密針樅的一角形成一個弧線，再盤繞過有如大羽毛一般的蕨類植物，像張大帆覆蓋這一整片清新的楓樹林，最後順著窪地而下。那兒有條小溪，在森林外閃爍著波光滑入林中，安然穿越在有如緞帶一般的金色籬笆和如煙霧般的藍色紫苑紅沙道中。徜徉在絢爛的陽光之下，空氣伴隨夏日山丘上蟋蟀的鳴叫聲而震動，圓胖的褐色小馬正沿著紅沙道緩緩而行，兩個女孩坐在牠身後的馬車上，她們的唇邊洋溢著青春與生活中最簡單又無價的快樂。

「噢，這是個有如置身在伊甸園般的日子，對不對？黛安娜。」安感到全然幸福地嘆息道，「空氣中有如蘊藏著魔法，黛安娜，你看，整片的紫滿溢在那已經收成、有如高腳杯的山谷，噢，你聞那樅樹枯葉的香氣！那是從伊文．懷特先生劈來圍欄杆的那個充滿陽光的小窪地傳來的，真希望它們仍像之前一樣青翠，但聞著枯樅樹葉的香味就有如置身天堂一樣。這句話有三分之二出自渥茲華斯※，而三分之一出自於我——安．雪莉。在天堂裡可能沒有枯樅樹葉，是吧？若在經過森林的時候卻無法聞到已經枯萎的樅樹香氣，我想這樣的天堂還不夠完美。也許在那兒沒有枯萎的氣味，是的，我想一定是這樣的，那種濃郁的香味一定是樅樹的靈魂……而且也早已有這樣的形態在天堂裡。」

「樹是沒有靈魂的。」黛安娜很實際地說道，「但枯樅樹葉的香味的確讓人喜愛。我要做個墊子，在裡頭裝滿樅樹葉，你也做一個吧，安。」

「我也是這麼想的……拿來午睡的時候用，這樣我就可以夢到自己化身爲木精靈，或是森林女神，但現在的我是艾凡里學校的老師，在這令人懷念甜美的日子裡駕著車。」

「這眞是個令人愉悅的日子，但在我們面前的卻是個一點也不愉悅的工作呀！」黛安娜嘆著氣，「爲什麼我們要負責這條路呢？安，幾乎艾凡里所有的怪人都住在這條路上，而且我們很可能被認爲是爲了賺自己的零用錢才來募款的，這是所有路線中最糟糕的一條了！」

「這就是爲什麼我會選擇這條路的原因。當然，如果我請吉伯和佛雷德來負責這條路，他們會同意，但你知道，黛安娜，我認爲我有這個責任去推動村善會的工作，畢竟這是由我發起的，所以我要做那些較令人不快的事物。連累到你我感到很抱歉，不過在那些怪人面前你什麼都不必說，所有對談都由我來就可以了。林德夫人也覺得這種事由我出面就夠了，她還沒有決定是否要支持我們，雖然當她想到亞倫夫婦也同意這個計畫時，她也會想投入，可是想到村善會的構想是

※渥茲華斯（William Wordsworth, 1770-1850），十九世紀英國桂冠詩人。

源自於美國，這又會令她不快。她一直在這兩種想法上猶豫，所以我們得讓她看到我們的成功，才能贏得她的支持。普莉希拉正在為下次的改善集會寫稿，而她的阿姨是一位傑出的作家，我預期這會是一篇很棒的演講稿，我相信她們家族都有這樣的才能。我無法忘記，當我知道喬洛特．E．摩根是普莉希拉阿姨時的那種震撼！與有個寫了《林邊日子》還有《玫瑰園》的作家阿姨的女孩是朋友，眞是萬般榮幸呀！」

「摩根夫人住在哪兒呢？」

「她住在多倫多，普莉希拉說她明年夏天會來一趟愛德華王子島，如果可以的話，她會安排我們見面。這眞是太棒了！簡直令人不敢相信！在就寢之後想像那種情境，就足以令人感到非常愉快呢。」

艾凡里村善會實際上已變得相當有組織，吉伯是會長，佛雷德是副會長，安是秘書，而黛安娜是會計，很快地，他們就被稱為村善人。村善會每兩星期就會在其中一名會員家中集會，他們認為在今年結束前，其實無法如預期般做出許多改善，但他們開始計畫起明年夏天的工作了，蒐集並討論大家的意見，將它們寫下來做成報導，如同安所說的引起大家關注。

總有些人抱持反對態度，這是當然的啦，不過最讓會員們無法忍受的是其他人的嘲諷——伊利夏．懷特先生對大家說村善會應該把名字改成「求愛俱樂部」較為適當，希拉姆．史隆夫人說她聽說那些村善會的人要在所有路旁種植天竺葵，雷維．波爾特先生則向村善會的成員發出警告，他向他的鄰居說村善會的人們會來將他們的房子全拆了，再依照村善會的計畫重新建造；詹姆士．史班賽先生則要人告訴他們，希望他們能把教堂小丘給剷平；伊文．懷特先生告訴安，希望他們能說服老喬西亞．史隆先生把他的大鬍子刮掉；勞倫斯．貝爾先生則說他可以很勉強地接受村善會的人將他的倉庫漆成白色，但絕對無法忍受在牛舍的窗戶上掛上蕾絲窗簾；馬喬．史班賽先生則問同爲村善會會員、載著牛奶到卡摩地乳酪工廠的克利夫頓．史隆，到了明年夏天，是不是每個人都必須將自己的擠乳台重新漆過，然後在上頭擺設刺繡桌巾。

雖然這樣的情況不少，但也許這就是人性，正因爲如此，村善會成員們更不屈不撓地去推行他們的工作，他們計畫在秋天時完成其中一件。第二次集會在貝瑞家的客廳舉行，奧利佛．史隆提議要先爲公會堂的重新粉刷募集資金，茱麗葉．貝爾也表示贊同，但在同時也感到十分不安，因爲她覺得那不是一件女孩子該做的事，那顯得一點也不嫻淑。吉伯也支持這個提案，大家都同意通過了，安慎重地將這一切記錄下來。接下來就是工作的分派，伽蒂．帕伊爲了不落茱麗葉．貝爾之後，大膽地推舉琴．安德羅斯爲負責此項工作的執行長，而大家也都同意了，所以琴爲了回報伽蒂的好心，將伽蒂、吉伯、安、黛安娜、佛雷德一同列爲本次工作人員。負責這次募款工作的村善會會員們再私下召開會議，將負責的路線還有人員都分配妥當：安與黛安娜負責新橋街的募集工作，吉伯與佛雷德負責白沙街，琴與伽蒂則負責卡摩地街的捐募。

「因爲……」吉伯在與安經過幽靈森林回家的路上時，向她說：「帕伊他們一家人都住在卡摩地街上，如果沒有親友去遊說他們，我們就什麼也募不到了。」

第二個星期六，安與黛安娜開始了她們的募款工作，她們從新橋街的另一頭往自己家的方向出發，第一站爲安德羅斯家的熟女們。

「如果只有凱瑟琳一個人在家，我們還有可能募到一些捐款。」黛安娜說：「倘若伊莉莎也在的話，那就別想了。」

伊莉莎果然在家。不僅在家，她看起來還比平常更加陰森恐怖，一臉怨懟。在她的生命中，她從不開懷大笑或者有任何一種笑法，因爲這麼做對她來說是一種精神上的浪費，好像這樣開懷過活會遭人譴責一般。安德羅斯家的女子們已經這樣獨身度過五十個寒暑，照這種情況看來，這樣的生活還會持續下去。事實上，凱瑟琳並未完全放棄她的生活，不像伊莉莎那樣天生就如此悲觀，對生活不抱任何希望。她們倆住在一間採光良好的淡褐色屋子裡，陽光照耀，依傍著馬克．安德羅斯森林。在夏季，伊莉莎總是抱怨這屋子熱得讓人受不了，凱瑟琳卻覺得這屋子在冬季裡是多麼地舒適溫暖。

伊莉莎平時都在縫製衣物，並不是因爲她有這樣的需要而做這些事，而是因爲凱瑟琳平時都在編製蕾絲，爲了不想輸人輸陣，所以窮極無聊的她才會不停地縫製。當安與黛安娜跟她們解釋來訪原因時，伊莉莎沉著一張死臉，凱瑟琳則面帶笑容地聆聽，當凱瑟琳的目光觸及伊莉莎時，她的臉就突然陰沉下來，但馬上又恢復了笑容。

「如果我有多餘的錢，我寧願放把火把它燒了，看著那跳動的火焰還比捐給你們去整修公會堂來得有趣。」伊莉莎不帶感情地說：「這公會堂對艾凡里有什麼好處嗎？也只是讓那些年輕人浪費他們的睡眠時間在那邊遊樂罷了！」

「伊莉莎，別這麼說，對年輕人而言，生活娛樂是必需的！」凱瑟琳反對地說。

「我不認爲這到底哪裡需要。當我們年輕的時候，我也沒去公會堂那邊閒晃過，不是嗎？凱瑟琳，這個世界變得一天比一天更糟了！」

「我認爲是變得越來越好！」凱瑟琳堅決地說。

「你想想吧！」伊莉莎的口氣透露出極度輕蔑。「這哪裡如你所想的那樣了？凱瑟琳．安德羅斯，事實就是事實。」

「就算是這樣也罷，我總是喜歡以光明面來看待所有事情，伊莉莎。」

「這世上哪來的光明面？」

「噢，一定有的。」安沉不住氣地喊道，不肯再保持沉默，「爲什麼？這世上有許多的光明面呀，安德羅斯小姐，這個世界是這麼地美好啊！」

「等你活到我這把歲數的時候，你就不會再唱這種高調了！」伊莉莎酸溜溜地反駁回去，「所以你也不用不自量力地想改變這個社會，先管好你們自己的事吧！你的母親還好嗎？黛安娜，她最近是不是不太舒服？她的臉色不太好呢！還有瑪麗拉是什麼時候開始看不清楚的呀？安？」

「醫生說只要小心照顧，眼睛的狀況就不會再惡化了。」安膽怯地回道。

伊莉莎搖搖她的頭。

「醫生總愛昧著良心說些讓家屬安心的話，如果我是瑪麗拉，我就不抱任何希望啦！最好是先替最壞的情況做打算吧！」

「話雖如此，但我們也應該往好處想啊！」安辯駁，「雖然有可能發生最糟的情況，但反之也可能出現好的結果呀！」

「從我過往的經驗看來，根本就不可能，而且我已經五十七歲了，你現在也才十六歲而已。」伊莉莎反擊，「你們要走了嗎？希望你們的集會能夠維持艾凡里的現狀，不要讓它變得更糟。話是這麼講，但我並不抱什麼期望在你們身上。」

安和黛安娜由衷感謝她們自己，終於逃出那個地方了。兩人駕著圓胖的馬兒快速離開小屋，在駛過森林後一處轉角時，一個圓腫的身影正對她們揮手，從安德羅斯先生的牧場上飛奔而來。這個人就是凱瑟琳．安德羅斯，她喘著氣無法說出任何話，但是拿出了兩個二十五毛硬幣塞進安的手裡。

「這是我捐給公會堂粉刷的錢。」她仍在喘氣，「我很想再多給你們一些，但是我無法再從買蛋錢裡拿出更多了，如果拿太多會被伊莉莎發現的。我覺得你們成立村善會是一件很好的事，我相信你們一定會爲艾凡里做出許多善行，我抱持著樂觀的態度，與伊莉莎生活在一起就一定要這麼做。我必須快點回去，不然她會以爲我不見了，我告訴她我只是出來餵雞而已，希望你們能夠很幸運地募得捐款，別理會伊莉莎所說的那些話，我非常肯定這個世界變得越來越好了！」

下一站是丹尼爾．布萊亞的家。

「現在，我們的成敗與否，就取決於他的妻子是否在家了。」黛安娜說道，心情如同她們駕駛的馬車，沿著路上深淺不一的車輪痕跡行走，顚簸不止，「如果他夫人在家的話，那眞的是凶多吉少了，每個人都說丹尼爾．布萊亞先生不敢沒經過他夫人同意就跑去剪頭髮，這樣形容她的小氣還眞是貼切呀！她常說對於正當性的花用，她是很有雅量的，但林德夫人就說她一點也沒有那種雅量。」

那天傍晚，安一五一十地向瑪麗拉描述她們在布萊亞先生家的經過。

「我們把馬拴好，敲了敲廚房的門，門是開著的，也有人聲從儲藏室裡傳出來。那個聲音持續在咒罵，但就是沒人來應門，我們不知道該說什麼才好。黛安娜說那聲音一聽就知道有人在破口大罵，我不敢相信那是布萊亞先生發出的聲音，因爲他總是沉默且溫和，但會有那樣的情況，必定是有什麼激怒了他。

「瑪麗拉，那個可憐的男人滿臉大汗，整張臉漲成豬肝色來應門，他穿著他夫人的格子圍裙出現，『我沒辦法解開這個東西。』他是這麼說的，『帶子打成了死結，我根本解不開它，很不好意思，我只好這個樣子出來見你們。』我們告訴他，我們一點都不介意，然後進入屋內落坐，布萊亞先生將圍裙捲起來轉到後頭才跟著坐下。他看起來很糗，而且悶悶不樂，我打從心底同情他，黛安娜很擔心地說是不是來得不是時候，布萊亞先生則說：『一點都不會！』並試著對我們微笑。他眞的是一個很有禮貌的人，他說：『我只是有點忙而已，我正準備烤個蛋糕，因爲我夫人她今天收到一封電報，說她的妹妹今晚會從蒙特婁過來。我夫人已經出門去火車站接她了，她讓我留下並交代我要烤個蛋糕、泡好茶，她有告訴我該怎麼做，可是我忘記了大半，而且她告訴我可依自己喜好加入香料，可是這究竟該放多少下去呢？你們能告訴我嗎？如果我的口味跟別人不一樣怎麼辦？如果是做一個小蛋糕的話，加一點點就夠了吧……』

「聽完他說的話，我更覺得他可憐了，他夫人說什麼他就做什麼，正所謂『妻管嚴』就如同眼前這一個，本來我想跟他說：『布萊亞先生，如果您能捐一些錢讓我們重新粉刷公會堂，我就幫您調製蛋糕的材料。』但在這種情況下，對一個正在遭受困難的人說出這種佔便宜的話，絕不是一個好鄰居該有的行爲，所以我告訴他，我們可以幫他調製蛋糕材料且不求回報，他一聽到就高興得跳起來。他說在結婚前他很常自己做麵包，但若是蛋糕的話就一竅不通了，可是他又不想讓他夫人對他失望。於是他拿另一件圍裙給我，來來回回把要用的東西交到我們手上，黛安娜幫他攪拌雞蛋，我幫他攪拌蛋糕要用的材料。

「黛安娜覺得很好笑，布萊亞先生已經完全忘記他身後的圍裙，當他在屋裡跑來跑去時，圍裙就在那兒飄呀飄的。最後他說他終於能烤好蛋糕了，他看了我們募款的名單，問我拜訪他的目的，然後捐了四塊錢給我們！您看，我們得到獎勵了，即使他分文無給，我們也還是要幫忙他，這才是一個基督徒應有的行爲。」

下一個停靠站是希歐多爾．懷特夫人的家。安和黛安娜從未拜訪過她家，所以不是很清楚希歐多爾．懷特夫人那差勁的待客之道。該從前門進去還是後門呢？正當她們倆在低聲討論時，懷特夫人剛好抱著一疊報紙出現在前門，故意將報紙從門口、走廊、階梯一張一張鋪在地上，順著小徑一直到她們腳邊。

「你們會把腳在草皮上擦乾淨，再小心地順著這些報紙走吧？」她擔憂地說：「我剛剛才把房子全都清理好，我不想再讓我的房子沾上一點灰塵。自昨天下過雨後，這條小徑就一直泥濘不堪呢。」

「千萬不要笑。」安沿著報紙鋪的路前進，一邊用耳語警告黛安娜，「我拜託你，黛安娜，不要看我，也不要去管她說了什麼，不然我很怕沒辦法維持我正經的表情。」

那些報紙橫過前廳，一直到井然有序、一塵不染的客廳裡，安與黛安娜小心翼翼地坐在離她們最近的椅子上，向夫人解釋她們的來意。懷特夫人在打斷她們兩次後才認眞地聽她們說完話，那其中一次中斷是爲了把闖入屋子的蒼蠅趕出去，另一次是爲了將從安身上掉下來的草屑拿去丟掉。安覺得很不自在，但懷特夫人最後還是拿了兩塊錢給她們。

「她可能是擔心我們再回去向她募款吧。」在她們離開時，黛安娜是這麼說的。在她們還沒完全離開懷特夫人的房子時，她就開始將報紙集結起來，等到兩人要駕著馬車離去了，懷特夫人就已經在忙碌地清掃客廳了。

「我總是聽人說希歐多爾．懷特夫人是個極端潔癖的女人，在見過她之後，果然是如此呀！」黛安娜一等馬車駛到夠遠的地方，便開始哈哈大笑。

「還好她沒有孩子。」安嚴肅地說：「如果她有，我會替她感到辛苦。」

到了史班賽家，伊莎貝拉．史班賽夫人將艾凡里所有居民全部批判過一回，讓她們的心情相當惡劣。湯馬斯．波爾特先生則是因爲二十年前在建立公會堂時，並沒有採納他的意見而拒絕捐出任何東西。伊斯特．貝爾夫人就有如畫像裡的她一樣健康，但在安和黛安娜拜訪她的半個小時裡，她不斷地詳細述說她哪裡痛、哪裡不舒服，最後悲哀地放下一個五毛錢，因爲也許她明年就用不到公會堂了，也許她會躺在她的墳墓裡。

然而，沒有任何人會比賽門．佛列傑這一家更讓她們難以接受的了，當安和黛安娜駕著馬車到門前，她們從大門那兒就看到窗戶裡有兩個人正在窺探她們。她們敲了敲門，耐著性子等候，卻怎麼也等不到人來應門，最後憤怒的兩個女孩駕著馬車離開賽門．佛列傑的家。安感到洩氣，幾乎要提不起勁來，之後的情況卻就此不同了，她們接下來拜訪了史隆家族的莊園，他們大多很慷慨地掏出錢來捐獻，而且整個募款行動進展得相當不錯，只有偶爾會遭到一些拒絕。她們的最後一站是在池塘橋邊的羅勃特．狄克森家，她們留在那兒喝茶，雖然他們相談甚歡，但面對被譽爲「易怒」的狄克森夫人時，她們還是戰戰兢兢的，生怕得罪她。

當她們還在狄克森家叨擾時，老詹姆士．懷特夫人打電話來了。

「我剛從羅倫索家回來。」她宣布：「在這一刻，他是艾凡里中最驕傲的男人啦！你猜發生了什麼事？我告訴你啊！他們家生了一名男嬰呀！在生下七仙女之後，終於添了一名男丁啦！」

安豎起耳朵仔細地聽，當她們駕車離開後立刻說：「走！我們現在就去羅倫索．懷特家。」

「他們家在白沙街上，我們離那兒有點距離耶。」黛安娜反對地說：「再說那邊是吉伯跟佛雷德負責的區域。」

「他們要到下星期六才會開始募款，等到那時候再去就太晚了。」安堅持地說：「到時候羅倫索．懷特就沒有那種好心情，像他那樣小氣的人就絕不可能再捐錢給我們了，我們要好好把握這次機會呀，黛安娜！」如安所預料一般，懷特先生的笑容有如復活節的太陽那般燦爛，當他在院子裡與她們會面，安向他請求捐獻一些錢的時候，他十足熱心地答應了。

「當然！當然啦！告訴我，你們募到捐最多的那個金額是多少？我要捐得比他多一塊！」

「那就是五元了！丹尼爾．布萊亞先生捐了四元，這是目前最高的金額。」安有點擔心，但羅倫索先生並沒有退縮。

「嗯，沒問題，就是五塊錢！來吧，我現在就給你們，請跟我進去，我給你們看個寶貝，不是每個人都看得到的喲！快點進來，告訴我你們覺得如何？」

「如果小嬰兒不可愛怎麼辦？我們該怎麼說呀？」跟著情緒高昂的羅倫索先生進到屋內，黛安娜小聲地向安諮詢。

「噢！一定會有些地方值得你去讚揚他的。」安很簡要地說，「每個嬰兒一定都會有的！」

不管怎樣，那個小嬰兒真是可愛呀，羅倫索先生看到女孩們由衷地笑了，覺得這五元花得非常值得。至於羅倫索先生捐款一事，這不僅僅是空前，也是絕後了。

安感到非常非常疲憊，不過為了籌募公會的捐款，那晚她又提起精神去拜訪最後一個人——哈里森先生。他如往常一般坐在陽台上抽菸，生薑在一旁陪著他。照理說，哈里森先生是屬於卡摩地街這條線負責的，但琴和伽蒂從未見過他，在聽說他是個怪人後，轉頭就拜託安幫忙負責這一家。

然而，不管安用了什麼方法，費盡多少唇舌，對哈里森先生都是徒勞無功，他拒絕捐出任何金額。

「我以為您是支持村善會的，哈里森先生。」安哀傷地說著。

「是啊！我是啊！但我支持並不表示我一定要掏出我的錢吧，安。」

「如果像今天這樣的情況再發生個幾次，我想我就會變得跟伊莉莎·安德羅斯小姐一樣悲觀了。」安躺在床上，對東邊窗上映照出的自己說道。

第7章 責任歸屬

在一個溫暖的十月黃昏裡，安靠著椅子輕輕嘆一口氣，桌上放著課本及孩子們交回的作業，還有一張寫得密密麻麻的紙，似乎與學校工作沒什麼關係。吉伯從廚房的門走進來，聽到安的嘆息聲後問：「你怎麼了啊？」

安突然漲紅了臉，迅速把那張紙夾進學生作文簿裡。

「沒什麼大事啦！只是向哈彌敦教授勸告我的那樣，試著把腦海裡閃過的念頭寫下來而已。我也不是漫無目的地亂畫，但是看著自己寫在白紙上那些顛三倒四的怪想法，我無法約束它，只能由它任性地飛舞，沒辦法從裡面抓到什麼重點。如果我能夠這樣一直寫下去，或許就能發現哈彌敦教授想要傳達的觀念了，但我現在沒什麼多餘的時間，每天都在批改作業和作文，就不想再寫自己想的東西了。」

「你在學校的表現很好呀。安，孩子們都很喜歡你。」吉伯坐在石階上。

「不，並不是所有孩子都喜歡我，像安東尼．帕伊就一點也不喜歡我，我想未來也是如此。更糟的是，他一點也不尊重我，是的，一點也不。他的言行舉止都透露出對我的輕蔑。吉伯，因爲是你，所以我不介意將這些事告訴你，我承認他眞的很令我煩惱，而且狀況十分不樂觀，也不是說他很壞，只是他很愛搗蛋。雖然也有其他學生和他一樣，但都沒像他那樣不聽我勸告。他很少忤逆我，但他的態度就是一副不想花時間跟你爭論，隨你愛怎麼講就怎麼講的模樣，我很擔心這樣的態度會影響到其他孩子。我試過很多方法要去贏得他的好感，但很顯然，我做這麼多卻一點成效也沒有，即使他是帕伊家的孩子，但還是算聰明可愛的，只要他肯，我一定會喜歡他。」

「也許他在家裡聽到些流長蜚短的吧。」

「也不盡然都是這樣，安東尼·帕伊是個很獨立的孩子，對任何事物都有自己一套看法，在之前他都活在男人堆裡，所以他說女老師都不行。好吧，我將會盡我所能地以耐心和仁慈去感化他，我喜歡挑戰並克服困難，而且教書眞的是一個滿有趣的工作，當我感到灰心的時候，只要想到保羅·艾文就可以讓我重新獲得能量。他是個很貼心、很完美的孩子，吉伯，他有著如同天才一般的資質，我想總有一天全世界都會知道他的。」安用自信的口吻結束這段話。

「我也很喜歡教書這份工作。」吉伯說：「就某方面來說，它也是一種試煉，這也是爲什麼在這幾個星期以來，我所學到的比我教的還要多，我在教那群白沙鎭的孩子時所得到的，遠多於我在學校一年所學習到的。我們在工作上的表現都還挺出色的，我聽說新橋鎭的人們喜歡琴，而我想，從白沙鎭人們對我恭敬的態度可以知道，他們對我也算滿意……除了安德羅斯·史班賽先生。我昨晚在回家路上遇到彼得·布列維夫人，她覺得她應該告知我，史班賽先生並不贊同我的教育方式。」

「你有沒有注意到？」安反射性地問，「當有人告訴你『有件事我應該讓你知道』的時候，那通常代表著壞消息，爲什麼他們就不曾想過，當他們聽到好消息時也應該告訴你？昨天H．B．多尼爾夫人又來學校找我，她告訴我，她認爲她應當告知我，哈蒙．安德羅斯夫人不認同我在課堂上跟孩子說些神話故事，而羅傑森先生也認爲普莉的數學進步得不夠快，如果普莉能夠把對那些男孩子拋媚眼的時間拿來練習算數，我想她的數學將會進步神速。我非常確定她的數學作業是傑克．吉利斯幫她做的，但我就是沒辦法當場抓到他們。」

「多尼爾夫人那大有前途、有著一個新名字的兒子，你叫習慣了嗎？」

「習慣啦！」安笑著說，「不過這還眞是個不簡單的任務呢！剛開始我叫他聖．克雷爾時，他都裝作一副不知情的樣子，直到叫了兩三次，他隔壁的同學用手肘推推他，他才肯回答我。他好像很討厭這個名字，我只好在放學後將他留下，溫柔地告訴他，是他母親要求我這麼叫他的，而我不能違背他母親的期望。雖然他年紀很小，個性卻很懂事，跟他解釋過他就接受了，他告訴我，只有我才能叫他聖．克雷爾，如果其他人膽敢這麼叫他，就給他試試看。當然，我斥責他不可以用這麼粗魯的方式講話，之後我叫他聖．克雷爾，而其他同學繼續叫他雅各，這一切就很順利地過去了。他有一次告訴我，他長大後想要當一名木匠，但是多尼爾夫人卻告訴我，她希望她的孩子將來成爲一名大學教授。」

因爲提到大學，吉伯將話鋒一轉，兩人開始討論起未來的計畫與期望，愼重、認眞而充滿希望地展開熱烈的交談。未來是一條充滿無限驚奇、尚未有人步足的道路。

吉伯下定決心要成爲一名醫生。

「我認爲這是一份很傑出的職業。」他熱情地說道，「一個男人在他的一生當中，必須與生命搏鬥。有人定義過嗎？男人有如時時刻刻都在戰鬥的動物，而我要跟疾病、傷痛，還有尚未發現的病症搏鬥。這些都是緊緊相繫的，我想盡我的一份心力，加入這個神聖的工作領域。自古以來，前人已經累積許多知識、爲我們做了這麼多，所以我想，也該爲後世的人們做些什麼來表示我對前人的感謝，這對我來說是唯一能夠公平地回報給全人類的途徑。」

「我想使人生更加地美好。」安如夢似幻地說著，「這跟追求更寬廣的知識不同。雖然我知道那是個很崇高的理想，但我想讓別人因爲我而擁有更快樂的時光。我熱愛這麼做，就算是爲了那細微的歡欣或幸福；即使我不曾擁有過，我也會幫助他們去得到它的。」

「我認爲你已經每天都在實踐著你的理想。」吉伯欽佩地說。

吉伯說得很對，安天生就是個光之子。不管對誰來說，安都能帶給他們有如陽光般燦爛的笑容和溫柔話語，只要和她相處過，就會覺得生命中充滿了幸福、希望，與美好的未來。

最後吉伯依依不捨地站了起來。

「嗯，我現在必須到麥克法遜家一趟，穆迪·斯帕約翰在週末從皇后學院回來，他替我帶回了我向波伊德教授借的書。」

「我也要幫瑪麗拉準備茶點了，傍晚的時候她去探望凱西夫人，應該也快回來了。」

當瑪麗拉回到家裡，安已經將茶點準備妥當。爐子裡的火燒得正旺，桌上也裝飾著霜白的羊齒草與豔紅的楓葉，火腿與吐司那令人垂涎欲滴的香味瀰漫在空氣中。可是瑪麗拉卻跌入她的椅子裡，深深地嘆了口氣。

「您的眼睛不舒服嗎？還是頭痛？」安憂心地詢問。

「沒事，我只是累了，爲了瑪莉的孩子有點心煩。她的情況越來越糟，大概撐不了多久了，而且還有一對雙胞胎，也不知該怎麼辦才好。」

「孩子們的舅舅呢？有沒有他的消息？」

「有，瑪莉已經收到他的來信了，他說因爲伐木這項工作的關係，他現在住在茅屋裡，最快也必須到秋天才能領養那些孩子。而且明年春天他就會娶老婆，到時就會有讓孩子居住的地方，所以在這之前，這個冬季就要先託給別人照顧。但我問過瑪莉，她沒有鄰居可以幫她帶孩子，而且事實上，她在葛夫頓並沒有任何熟識的人，話都說完了。安，我很確定瑪莉她希望我們收養他們，即使她沒有這麼說，但從她的神情看來也是如此。」

「噢！」安興奮地緊握雙手，「您當然會吧？瑪麗拉，是吧？」

「我還沒做出決定呀！」瑪麗拉有點尖酸地說：「我不想像你那樣冒失地下決定，安，她只是個血緣淺薄的遠親，要扶養兩個六歲大的孩子也會是個沉重的負擔，況且他們還是雙胞胎。」

瑪麗拉認爲雙胞胎比一般的孩子更難照顧，可能會花上兩倍以上的精神。

「雙胞胎很有趣呢！至少他們也只有這一對而已。」安說：「如果是兩對或三對以上那就眞是個大麻煩！而且在我到學校教書的時候，也有些事情讓您消遣，打發打發時間呀！我覺得這主意很好呢！」

安很喜歡小孩子，她希望能夠扶養那一對雙胞胎，小時候的記憶有如昨夜發生般清晰，她知道沒人照顧的孩子會有什麼樣的感受。安也十分了解瑪麗拉的弱點，只要讓她認爲扶養雙胞胎是她該盡的義務時，她就會傾心盡力地去辦到，所以她順著這點開始遊說。

「如果德比眞是這樣調皮，那我們不是更沒理由不讓他接受良好的教導，不是嗎？瑪麗拉，如果我們不扶養他們，就不知道誰會照顧他們，也不知道他們會受到怎樣的影響，成爲什麼樣的人。假若讓凱西夫人隔壁的鄰居斯波特領養，您想想，林德夫人說她從未見過像亨利·斯波特這般無賴的男人，而且他孩子所說的每一句話、每一個字都不能相信！您不覺得讓雙胞胎變得跟他們一樣，是一件非常恐怖的事嗎？或者他們被威金斯一家帶走，林德夫人是這麼說的，威金斯先生變賣了他所有能賣的東西，而且用脫脂牛奶來餵孩子！您不希望他們是因爲您沒扶養的關係而被餓死的吧，即使你們的血緣關係薄得跟一張紙一樣，是吧？對我來說我不希望變成這樣，瑪麗拉，照顧他們是我們的責任呀！」

「我想也是。」瑪麗拉抑鬱地回答，「我會去跟瑪莉說我要領養他們的，你不用表現得這麼高興，安，這意謂著你會多出很多額外的工作。我的眼睛已經無法讓我縫任何東西了，所以你必須了解，你得從剪到縫一手包辦他們的衣物，而你，不是不怎麼喜歡做女紅嗎？」

「我厭惡針線活到了極點。」安平靜地說，「但你都答應要扶養他們了，我也就有義務幫他們做衣服，如果有時必須做些自己不喜歡的事也是不錯啦！若是在能夠接受的範圍之內。」

第8章 瑪麗拉收養雙胞胎

瑞雪．林德夫人正坐在窗邊縫製被單。在多年以前的一個黃昏，馬修帶著從孤兒院裡領養回來的安，駕著馬車駛下山丘，那時林德夫人也如同現在一樣坐在窗邊，只是那時的季節在春天，而現下已是晚秋。樹林中落葉飄零，牧場那一大片草原也枯成黃褐色了，夕陽在森林後方緩緩降下，照耀出紫金交錯的光芒。就在這時，一輛由褐色的馬拖著的馬車馳下山丘，林德夫人聚精會神地看了好一會兒。

「瑪麗拉從喪禮回來啦！」她對著躺在廚房沙發上的先生說道。林德夫人對於村子裡發生的事皆能全然掌握，但卻無法察覺她先生的變化，他比以前更常躺在沙發上了。「那對雙胞胎也在馬車上，德比想抓馬尾巴，整個人都貼在擋泥板上，瑪麗拉迅速把他拉回來，朵拉則靜靜地坐在一旁，她總是規規矩矩地坐好，就像剛燙好的襯衫一樣。可憐喲！瑪麗拉這個冬天可有得忙了，我想就瑪麗拉的立場來說，她非得收養那對雙胞胎不可，而且她還有安可以幫她呢！安一定高興得不得了，她照顧起小孩倒還滿得心應手的。想當年，馬修帶著安回來的時候，大家都嘲笑瑪麗拉怎麼有辦法可以帶個孩子。而現在，她又帶回一對雙胞胎了，你到死都還無法從他們所帶給你的驚奇中平復。」

肥圓的小馬緩緩走過林德家旁邊、窪地上的橋，順著小徑回到綠色屋頂之家。瑪麗拉冷著一張臉，從葛夫頓到綠色屋頂之家有十里之遠，而這一路上德比．凱西的精力好像用不完似的，一直在馬車上動來動去。爲了讓德比乖乖坐好，幾乎用盡了瑪麗拉所有力氣，她花了大部分注意力在擔心德比，害怕過動的小男孩不是從馬車後面摔下去跌斷脖子，不然就是從前面擋泥板那兒栽下去被馬兒踩扁。最後，絕望的她無計可施了，只好恐嚇他如果這一整路不乖乖坐好，回家之後會好好賞他一頓排頭。因爲這樣，德比爬到她腿上，不管她現在手裡是不是正抓著韁繩在駕駛馬車，恣意用他那胖胖的小手臂攬住瑪麗拉的脖子，給她一個像熊一般的擁抱。

「我不相信您眞會那麼做。」德比一邊說著，一邊在她布滿歲月痕跡的臉上亂親一通，「您看起來不像是那種會因爲小男孩不能一直乖乖坐好就打人的淑女啊！當您跟我一樣大的時候，您不會覺得要乖乖地一直坐好是一件很難很難的事嗎？」

「並不會，當大人告訴我要乖乖坐好的時候，我就會乖乖地坐著。」瑪麗拉試圖用嚴格的語氣告誡他，但他那天眞熱情的舉止，讓她的心慢慢地被軟化了。

「好吧，因爲您是女生啊！」德比再度緊緊擁抱她一下，就回到位子上乖乖坐著。「您曾經是個小女孩耶，我只要想到就覺得好好笑哦！朵拉可以一直坐在那裡，我一點也不覺得那樣有什麼好玩的，當女生眞是無聊，來吧！朵拉！讓我給你快樂一下吧！」

德比所謂的「快樂一下」就是用他的手抓住朵拉的頭髮用力扯。朵拉疼痛得尖叫，接著哭了出來。

「你怎麼這麼頑劣啊！而且你那可憐的母親今天才剛下葬而已，你怎麼這麼調皮？」瑪麗拉失望得不知該怎麼說他。

「但是媽媽她很高興地死掉耶！」德比很親密地跟瑪麗拉說：「我知道，因爲媽媽她有跟我說，她說她一直生病覺得很累，在她死掉的前一個晚上，我們講了很多話呢！媽媽告訴我說您會在冬天的時候把我跟朵拉帶走，然後要我當個乖小孩。我想要當乖小孩，但一直跑來跑去就不能像一直坐在原地一樣是個乖小孩嗎？然後媽媽說我要永遠好好地對待朵拉，然後要保護她，我當然會這麼做啦！」

「你是說拉她的頭髮也是善待她嗎？」

「嗯！而且我不會讓別人拉她的頭髮啊！」德比揮舞起雙拳，皺著眉頭說：「他們最好試試看啦！我會要他們好看的！我拉的話才不會讓朵拉受傷，她會哭是因爲她是女生。我很高興我是個男生，但是我很討厭我們是雙胞胎。吉米·斯波特的妹妹不聽他的話的時候，他只要對她講：『我比你大，所以我當然懂得比你多。』然後他妹妹就會閉嘴乖乖聽話了。但我沒辦法跟朵拉這樣講，所以她想的都跟我想的不一樣。讓我駕一下馬車吧！我是男生耶！」

在這一切之後，瑪麗拉很慶幸自己已經回到家裡了。院子裡，秋天的晚風正在吹舞枯黃的落葉。安在門口迎接他們，然後將雙胞胎抱下來。朵拉很乖巧地讓安親了一下，德比則是用他最熱情的擁抱抱住安，大聲地宣告：「我是德比．凱西先生！」

在晚餐桌上，朵拉表現得就像個小淑女一樣，反觀德比的餐桌禮節需要再調教調教。

「我好餓耶！才沒時間禮貌地吃東西！」當瑪麗拉糾正德比後，德比是這麼說的，「朵拉又沒像我一樣餓，而且我一路上都在跑來跑去耶。這個蛋糕好好吃哦，還有李子呢！我們已經很久很久沒有吃到蛋糕了，因爲媽媽一直在生病，都沒辦法做蛋糕給我們吃。斯波特夫人說她只能做些麵包，然後威金斯夫人都沒在蛋糕裡面放李子。我可以再吃一塊蛋糕嗎？」

瑪麗拉原本不想再讓德比吃的，但安已經切了一塊比較大塊的蛋糕給他了，她只能提醒德比在拿蛋糕的時候必須說聲謝謝。然而德比只是對她露齒而笑，隨卽大口咬下蛋糕，當他把這塊蛋糕吃完後，他說：

「如果你再給我一塊蛋糕，我就跟你說謝謝。」

「不行！你吃得夠多了！」瑪麗拉說話的口吻就如同安以前常聽到的那樣，而德比最後也會懂得瑪麗拉的意思。

德比對安眨眨眼，接著，他竟然將身體斜過餐桌，把朵拉只咬了一小口的蛋糕從她手上搶過來！這是朵拉的第一片而已，德比毫不留情地極力張開他的大嘴，將蛋糕塞了滿嘴。朵拉的雙唇顫抖著，瑪麗拉驚訝得不知該說什麼，安立卽以她在學校老師的身分叫道：

「噢！德比！紳士是不會做出這種事情的！」

「我知道他們不會啊！」德比辛苦地將嘴裡的蛋糕吞下肚後，說：「但我又不是紳士。」

「難道你不想成爲一個紳士嗎？」

「我當然想當個紳士呀！可是我又還沒長大，怎麼當紳士啊？」

「噢！你當然可以！」安認爲這是個教育德比的好機會，「在小時候就可以當個眞正的紳士了，而且紳士是不會搶女生的東西，也不會忘記說謝謝，更不會去拉女生的頭髮的。」

「當紳士一點都不好玩！」德比坦白地說：「我還是等到長大再當紳士好了！」

瑪麗拉認命了，再幫朵拉切了一塊蛋糕。她覺得她已經沒有辦法去改變德比什麼了，這一整天對她來說是個沉重的一天，參加葬禮又歷經長途跋涉，在這片刻裡，瑪麗拉想到以後的生活就開始悲觀起來，比伊莉莎．安德羅斯還嚴重。

這對雙胞胎長得十分好看，但兩人的相貌卻是大不相同。朵拉有一頭柔順又充滿光澤的長捲髮，德比的則是有點偏黃色的短捲髮，如同漩渦一般布滿整顆圓圓的頭；朵拉褐色的雙眼是如此溫和，德比的雙眼卻總像妖精一般四處溜來溜去。朵拉的鼻子很直挺，德比的則是獅子鼻；朵拉有著不苟言笑的雙唇，德比反而終日微笑著，他的兩頰只有一邊鑲著酒窩，當他笑起來的時候，讓人覺得可愛又好玩。他的小臉充滿了歡笑與淘氣。

「他們最好上床睡覺了。」瑪麗拉覺得這是解決他們最快的方法。「朵拉，你今天晚上就跟我一起睡，德比就睡在西邊的房間，你一個人睡會不會怕啊，德比？」

「才不怕呢！但是我現在一點都不想睡。」德比閒適地說。

「噢！是的，你是該睡了。」瑪麗拉耐著快爆發的脾氣，威嚴的口氣讓德比不得不服從地跟著安往樓上去。

「等我長大，我第一件要做的事就是整夜不睡覺，我想看看那會有什麼樣的感覺。」德比偷偷地告訴安。

過幾年之後，每當瑪麗拉回想起雙胞胎剛來到綠色屋頂之家那一週所發生的事，都會不由自主打起冷顫。也不是說他們剛到的那一星期有多糟，只是因爲剛到一個新環境，對一切都感到相當新奇。德比只要清醒著，每一天、每一刻都會想些怪點子或是對人惡作劇，而在他所有豐功偉業裡的頭一件，就屬來到這裡的第二天了。那是一個週日早晨，溫暖舒適一如置身九月的某個日子。安幫德比打點要上教堂的儀容，瑪麗拉則幫朶拉整理衣著。德比首先發難，強烈地表示不願意洗臉。

「昨天瑪麗拉已經幫我洗過了，威金斯夫人也在葬禮那天用香皂把我的臉洗過一次，這樣就可以一整星期都不用洗啦！洗得那麼乾淨哪裡好啊？還是髒一點比較舒服。」

「保羅．艾文每天都自己洗臉呢。」安機敏地說。

德比來到綠色屋頂之家還不到四十八小時，但他已經對安崇拜不已，而且開始討厭保羅．艾文。在他來到綠色屋頂之家的第二天，安不停地把對保羅．艾文的稱讚掛在嘴邊。既然保羅．艾文每天都有洗臉，那我德比．凱西就算死也要自己洗臉。基於相同的考量，德比完全聽從安的指示，讓安隨意擺布他。當他被打扮好之後，真是個英俊的小帥哥呢！安也從中感受到做母親的驕傲，她將德比帶到馬修從前的座位上。

剛開始德比的表現都還很不錯，他一直在他的視線範圍裡找尋一直被安稱讚的保羅．艾文，想瞧瞧他到底是這些人裡的哪一個。在最初太平地唱完兩首讚美詩及閱讀聖經過後，亞倫牧師準備開始禱告，一陣騷動卻發生了。

坐在德比前面的是羅列塔．懷特，她微微低著頭，頭髮分成兩邊，各綁成一條辮子，在兩條髮辮之間用蕾絲領口圍出一片雪白誘人的頸子。羅列塔是個胖胖的、看起來很沉穩的一個八歲大女孩；在她六個月大的時候，她的母親就已經抱著她，很規律地來教堂做禮拜了。

德比將手插入口袋，拿出一條全身是毛、不停蠕動的毛毛蟲。瑪麗拉驚駭地發現並立即抓住德比的手，但還是太慢了，德比已經將毛毛蟲放到羅列塔的脖子上了。

禱告到一半的亞倫先生被一陣尖銳刺骨的尖叫聲給打斷，牧師停下了他的禱告，睜開雙眼一探究竟，每一個人也都揚首觀望。羅列塔發瘋似的拉住後頸衣領，在她的位置上不停跳動。

「喔……媽……媽……喔！把牠拿開……喔……快把牠拿走……那個壞男孩把牠放在我的脖子上！喔……媽，牠正往下爬……喔……喔……」

懷特夫人滿臉寒霜地站起來，帶著羅列塔離開教堂，她那死命尖叫聲漸漸遠離，亞倫先生也開始繼續禱告，但每個人都覺得這次的禮拜是徹底失敗了。瑪麗拉生平第一次無法專心一意地閱讀聖經，而安羞憤的臉則漲成了豬肝色。

一回到家，瑪麗拉就將德比丟到床上，將他關在房裡不讓他吃晚餐，只讓他喝茶吃麵包。安把食物帶給他，哀傷地坐在德比身旁。德比津津有味地享用食物，直到他注意到一臉悲哀的安。

「我想……」他機警地說：「保羅・艾文從不在教堂裡把毛毛蟲放在女生脖子上，對不對？」

「他的確不會這麼做。」安傷心地說。

「好吧！我很抱歉我這麼做了。」德比繼續說道，「但那眞的是一條很大的毛毛蟲，我是在教堂樓梯上撿到牠的，然後我就把牠帶在身上啦！這樣把牠浪費掉很可惜耶！而且啊，聽到女生的尖叫很好玩，對不對？」

星期二下午，教堂的救援會在綠色屋頂之家集會，安在下課後匆匆忙忙趕回家，因爲她知道瑪麗拉需要她的協助。朵拉穿著整潔合宜的白色衣服，漿燙得筆挺，腰間還繫著黑色緞帶，與會員們一起坐在客廳。若有人跟她說話，她會乖順地回答；若沒有人跟她說話，她就靜靜地坐在那兒，所有言行舉止就像個模範生一般。而德比正高興地在倉庫前的院子裡玩泥巴。

「是我允許他這麼做的。」瑪麗拉感到相當疲憊，「讓他自個兒玩泥巴總比讓他在屋子裡惡作劇好，頂多也只是髒了衣服。等我們茶會結束再讓他進來喝茶，朵拉跟著我們就好了，我眞的不敢讓全身髒兮兮的德比跟他們坐在一起。」

當安要請救援會成員們用茶點時，她發現朵拉不在客廳裡，賈斯伯．貝爾夫人告訴她，德比曾出現在門前把朵拉叫出去。安在廚房裡與瑪麗拉匆匆討論過後，決定晚一點再讓孩子們用茶。

當茶會進行到一半，一道狼狽的身影倏地闖進餐廳。瑪麗拉和安沮喪地盯著她，會員們也感到相當驚愕——這是朵拉嗎？這個不停啜泣、全身濕透、洋裝和頭髮都在不停滴水，弄髒了瑪麗拉的新地毯的這個孩子會是朵拉嗎？

「朵拉，你怎麼了？」安喊道，內疚地瞥了賈斯伯．貝爾夫人一眼，她的家族是這世上唯一不曾出過任何差錯而讓人津津樂道的。

「德比要我走豬舍的圍牆。」朵拉哭泣著說：「我不肯這麼做，然後他就說我是病貓，結果我就掉到豬舍裡，我的洋裝全都髒掉了，那些豬就在我身上踩來踩去。我的洋裝變得好髒、好噁心，德比就跟我說，只要我站在水槽底下，他會幫我洗乾淨。然後我聽他的話，他把水槽的水打開淋在我身上，但是我的洋裝一點也沒變乾淨，連我漂亮的腰帶跟鞋子都髒掉了……」

瑪麗拉將朵拉帶到二樓換掉髒衣服，安則一人獨撐大局地招呼客人。德比最後被逮住，關在房裡再一次禁止享用晚餐。安在黃昏時進入他房間，嚴肅地與他交談，她對這方法很有自信，只要好好地跟孩子談，必定有不錯的成效。她告訴德比，他今天的行爲讓她覺得相當惡劣。

「我現在知道我錯了。」德比承認自己的錯誤，「但問題是我從來都不知道這樣是錯的，直到我做了以後才知道。朵拉都不跟我玩泥巴，因爲她怕那樣玩會弄髒她的衣服，所以我很生氣，一直跳腳。我想保羅．艾文如果知道他的妹妹走在豬舍的圍牆上會掉下去，他就不會讓她那樣做了，對不對？」

「他絕不會這麼做的，這樣惡質的事他連想都不會想，保羅是個完美的小紳士。」

德比緊緊地閉上他的雙眼，看起來好像在為了這件事而沉思。然後，他攀住安的脖子，將他紅噗噗的小臉靠在她肩上。

「安，如果我沒有辦法像保羅那樣做個好孩子，你還會喜歡我嗎？就算只有一點點也好。」

「當然會啦。」安真誠地說。不知何故，安總是無法阻止自己不去喜歡德比。「不過，如果你不再這麼頑皮的話，我會更喜歡你哦。」

「我……我今天還做了一件事。」德比壓低聲音說，「我很對不起，可是我不敢跟你說，你不會生氣吧，你會嗎？你不會跟瑪麗拉講吧，你會嗎？」

「我不知道，德比。也許我會告訴她也說不定，但你如果可以答應我，以後不再這麼做，我就答應你不跟瑪麗拉說。」

「好，我不會再這麼做了，不管怎樣，今年也不可能再找到像那樣的東西了，那是我在倉庫的樓梯上發現的哦！」

「德比，你到底做了什麼？」

「我把蟾蜍放在瑪麗拉的床上！如果你想要的話，你可以把牠拿走，可是，安，這樣的話不就不好玩了嗎？」

「德比．凱西！」安推開德比攀附的雙臂，橫過大廳飛奔進瑪麗拉的房間。床上有點凌亂，安渾身緊繃地匆忙翻開毛毯，終於在枕頭底下發現那隻大蟾蜍，牠還在對著她眨眼呢。

「噢，天啊！這麼噁心的東西我該怎麼把牠扔出去呢？」安戰慄地呻吟著。用火鏟是個不錯的選擇，當安下樓拿火鏟的時候，瑪麗拉正在廚房裡忙碌。安萬般艱難地將蟾蜍帶到樓下，在這期間，那隻蟾蜍跳出鏟子三次，還有一次不知道跳去哪了，安在客廳裡找了一會兒，好不容易才將蟾蜍放生到櫻桃園，這才鬆了一口氣。

「如果瑪麗拉知道的話，她這一生一定再也無法安心躺在床上了，很慶幸那個小壞蛋及時說出來，不然可慘了。黛安娜正從她窗戶那邊對我打信號呢，眞是開心！我的確是需要其他事情來轉移我的注意力，在學校有安東尼．帕伊，在家裡又有德比．凱西，一整天都爲了這兩個人繃著神經，也眞是夠累的了。」

第9章 顏色問題

「瑞雪·林德那個討厭的老傢伙！眞是煩人哪！今天又來要我捐錢，要我給她們買教堂洗衣室用的地毯！」哈里森先生忿忿不平：「她是我見過最讓人討厭的女人！她可以用長篇大論、文字、腳註、六字箴言，還有一些什麼囉哩叭嗦的東西像磚塊一樣地砸向你！」

安靠在陽台欄杆上，享受那迷人的柔和西風吹過新播的農田。在灰色的十一月黃昏中，這陣微風有如吹奏古典優雅的小調，在花園的樅樹林中繚繞著。

接著，安將她沉浸在夢幻中的臉龐轉過她的肩。

「癥結在於您跟林德夫人彼此都不了解對方。」安解釋道，「這就是爲什麼人們總是因爲誤解而不喜歡對方的原因。我剛開始也不喜歡林德夫人，但我試著很快去了解她的爲人。」

「也許有些人會試著去了解她，但我沒辦法因爲要試著讓自己喜歡吃香蕉而一直不斷地吃香蕉！」哈里森先生狂吼，「就像我了解的她，我知道她確實是個愛管閒事的傢伙，而且我也這樣告訴她了！」

「噢！這一定深深傷害了她。」安斥責地說：「您怎麼可以這麼說呢？我之前也對林德夫人說過難聽的話，但那是在我失去理智的情況下才這樣做的。我無法故意說出這樣的話。」

「這是事實啊！我一向堅信跟人講實話！」

「但也不能全都照實說啊！」安反對地說：「您只針對那些會讓人不悅的部分說出事實，現在，您已經告訴我很多次我的頭髮是紅的，但您從未跟我說過我有一個好看的鼻子。」

「我敢說就算沒人告訴你，你還不是知道。」哈里森先生笑著回應。

「但我也知道我有一頭紅髮！雖然它的顏色跟之前比起來已經轉暗了，但這也不需要您一而再，再而三地提起吧！」

「好吧！好吧！既然你這麼敏感的話，我會試著不再提起啦！你就好心原諒我啦，安，我已經習慣用這種直言無諱的說話方式了，那些人也別太在意啦！」

「但是他們無法不去介意啊！而且這習慣對您而言並不會有任何幫助，您可以試著想想，一個人拿著針去刺別人，然後跟別人說：『對不起，別介意！這只是我的習慣而已！』您不覺得這個人是瘋子嗎？

「就像林德夫人，也許她是很愛管閒事沒錯，但您可知道她有一副好心腸，總是幫助那些可憐的人嗎？而且，當提摩西．卡特從她的酪農場裡偷了一罐奶油，接著竟跟他夫人說他是從林德夫人那兒買的時，她從沒說過什麼，之後，卡特夫人再遇見林德夫人的時候，還跟她抱怨奶油吃起來有大頭菜的味道，林德夫人卻只是跟她說抱歉，難過地轉身離開。」

「我想她也是有一些好的地方啦！」哈里森先生不太甘願地承認，「大多數的人也都是這樣啊！我也有啊，雖然你可能不相信啦！但是不管怎樣，我是絕不會捐出任何一毛錢來的。我怎麼覺得這邊的人老是在跟別人募錢啊！你們公會堂重新粉刷的事進行得怎麼樣啦？」

「非常順利！上星期五晚上，我們村善會聚會的時候，已經算出所有募得的金額了，這不只能夠將公會堂重新粉刷，還能順便把屋頂修一修，因爲『大部分』的人都很慷慨地捐款了呀，哈里森先生。」

安是個個性溫柔的女孩，但在必要場合下，她還是懂得話中帶刺的。

「你們打算漆什麼顏色啊？」

「我決定用非常漂亮的綠色作爲主軸，當然屋頂會漆上暗紅色，羅傑·帕伊先生今天會進城買油漆回來。」

「那由誰來漆啊？」

「是卡摩地的約書亞·帕伊先生。他大致上已經完成屋頂修繕的部分了。我們必須讓他做這份工作，因爲那些帕伊家的關係——這兒有四個帕伊家，您知道的——他們說如果不讓約書亞做的話，就休想從他們身上拿到一分一毫。帕伊家的人一共捐了十二元，這對我們來說是一筆大數目，雖然有些人不太認同讓帕伊家的人來做這份工作，但我們不想失去這些金援。林德夫人還說他們凡事都愛插一腳呢。」

「最主要的問題呢，就是這個約書亞能不能把這工作做好。如果他行的話，我才不管他的姓是派※還是布丁呢！」

「他的名聲是滿不錯的，雖然他們說他是個非常奇特的人，很少跟人交談。」

「那他就眞的是個怪人了。」哈里森先生悻悻然地說，「至少這邊的人都這麼說他。我從以前就不是個多話的人，直到我來到艾凡里後，我多話是爲了保護自己，不然林德夫人會說我是個啞巴，然後發動捐款來讓我學手語！你該不會是要走了吧，安？」

「我該走了，我晚上還要幫朶拉縫些東西。此外，我出來的這段時間，德比很可能又給瑪麗拉添了不少麻煩。今天早上他問的第一個問題就是：『黑暗到哪裡去了？安，我想知道。』我告訴他黑暗已經到世界的另一邊去了，但在早餐後，他卻宣布說黑暗跑到井裡去了。瑪麗拉說她今天已經在井邊抓到他幾次把身子往井裡探，試著要到黑暗那兒的舉動。」

「那孩子還眞是皮呢。」哈里森先生說：「他昨天有來我這兒，在我從倉庫回來之前，他從生薑的尾巴那兒拔了六根羽毛。那隻可憐的鳥，我從沒看過牠那麼失落的樣子，這些孩子對你來說還眞是麻煩啊！」

「每件事都有它麻煩的時候，但那都是值得的。」然而，安在心裡偷偷想的卻是，下次德比調皮的時候要原諒他一次，因爲他替她向生薑那隻鳥報仇了。

那天晚上，羅傑．帕伊先生將公會堂要用的油漆帶回來了，陰沉寡言的約書亞．帕伊也在隔天開始粉刷工作，而他的工作並未受到其他人干擾。公會堂被建在窪地上，大家都叫它前面那條路爲「低底路」。在秋末時分，這條路總是泥濘不堪，沒有乾涸的一天，所以大家寧願繞遠一些走較高的路。公會堂四周被樅樹林包圍，除非你靠近過去，否則是無法看見它的，所以約書亞・帕伊得以一個人自由自在、無拘無束地漆著公會堂，讓他那不善交際的心更加愉悅。

就在星期五午後，約書亞・帕伊完成了公會堂粉刷的工作，回到卡摩地去了，他前腳才剛離開，瑞雪・林德夫人後腳便駕著馬車出現。她好奇地駛過那泥濘的道路，想看看公會堂被漆成什麼新模樣，她緩緩駛過針樅前的彎道，公會堂慢慢地從林木中顯露出來。

眼前的景象非常奇異地衝擊向林德夫人的視覺神經，她放下手中韁繩，緊握雙手說：「仁慈的天主啊！這是什麼鬼東西啊？」她直直地注視著公會堂，不敢相信自己的眼睛，半晌過後，她無法克制、歇斯底里地大笑出來。

「一定有什麼地方錯了，一定是這樣沒錯！我就知道那些帕伊家的人一定會把事情弄得亂七八糟的！」

林德夫人駕車回家的途中，只要逢人就跟他們說公會堂的事，這個消息有如漫天野火一般，迅速燃燒至每個人耳裡。直到日落時分，在家仔細研讀教科書的吉伯也從父親雇用的男孩口中得

※帕伊 Pye 音同派 Pie。

知這件事。他一聽到這消息，馬上衝往綠色屋頂之家，喘不過氣的他在路上遇到佛雷德·萊特，便與他一同前往。他們在綠色屋頂之家的籬笆門那兒找到了黛安娜·貝瑞、琴·安德羅斯和安·雪莉，她們身後的柳樹彷彿失望透頂一般地落葉紛飛，爲她們的心情做出最好的詮釋。

「這不會是眞的吧？安。」吉伯叫道。

「千眞萬確。」安回應道，有如悲劇裡的詩人。「林德夫人在從卡摩地回來的路上就已經打電話告訴我了，噢！我的天啊！這眞是太可怕了！有什麼可以改變這一切的嗎？」

「什麼東西那麼可怕？」奧利佛·史隆受瑪麗拉之託帶來硬紙盒，剛好在這時候經過。

「你還沒聽說嗎？」琴憤怒地說道：「好吧，這只是……約書亞·帕伊該漆成綠色的公會堂漆成藍色，然後丟下這個殘局走掉了！這種亮藍色是要拿來漆馬車和手推車的呀！而且林德夫人也說，一棟房子拿這種藍色來漆眞是醜到極點，尤其還搭配了紅色的屋頂！她從沒看過、也無法想像出像這樣了不起的建築。當我聽到這些話的時候，你只要拿根羽毛就能把我敲暈了——我們經歷了千辛萬苦，得到的卻是這樣的結果，眞是令人感到心碎萬分啊！」

「在地球上還能發生像這樣的錯誤，這到底是怎麼一回事啊？」黛安娜悲嘆著。

這個殘忍的災難最終還是歸咎在帕伊家身上。村善會的會員決定用摩頓·哈瑞斯的油漆，他們的油漆罐上都有標示色號的卡片，客人只要告訴他要購買的色卡號碼及所需數量即可。第一百四十七號正是村善會所需的綠色，羅傑·帕伊先生便透過他兒子，也就是約翰·安德羅斯，傳口信給村善會，說他會去鎮上買油漆給他們。村善會請約翰向他父親說拿第一百四十七號的油漆，約翰也確實這麼做了，羅傑·帕伊先生卻堅持約翰告訴他的就是第一百五十七號，情況也就此僵持不下。

當晚，所有村善會成員的家中都瀰漫著哀戚的氣氛，綠色屋頂之家也不例外。憂鬱消沉的氣氛讓德比不由得也安分守己起來，不敢造次。安正在爲此傷心流淚，再怎麼安慰她也沒用。

「即使我已經十七歲了，我還是要哭啊，瑪麗拉！」安啜泣著，「這眞是太羞辱人了！這對我們村善會來說，猶如死亡喪鐘在對我們宣告：我們會一直被人嘲笑的。」

然而，人生如夢，世事多變化，艾凡里的村民們並沒有嘲笑他們，反而感到非常憤怒。他們捐出去重新粉刷公會堂的錢就這麼沒了，還換來像這樣令人憤恨、讓人委屈的錯誤，大家憤怒的心情全針對向帕伊家，羅傑·帕伊和約翰·安德羅斯就這樣笨手笨腳地把工作給搞砸了！而約書亞·帕伊是傻了嗎？不然在開那些油漆桶的時候，怎麼都沒懷疑過那顏色是不對的？當衆人如此批判約書亞·帕伊時，他的反駁是，關於艾凡里要用什麼顏色來粉刷公會堂，就算他自己在顏色上有任何私人意見或想法，那都不干他的事，他只是被人雇來漆公會堂而已，並沒有參與漆色討論，所以該付給他的工資還是要付。

在與身爲治安官的彼得·史隆商議過後，村善會成員還是心痛地將錢付給了約書亞·帕伊。

「你們必須付錢給他。」彼得告訴他們，「不能將這些責任都推給他，讓他一個人承擔。他聲稱他從未被告知該用哪一種顏色，只是拿到那些油漆罐，開始工作而已。但這眞是件讓人羞愧的事，那公會堂看起來眞的很嚇人！」

不幸的村善會成員們，原本預期艾凡里居民會對他們有更深的成見，更無法得到他們支持，情況竟正巧相反，衆人轉而同情起他們的好意，人們想著那些積極熱心的一群人爲了村子盡心盡力地工作，卻換得這樣的下場。林德夫人鼓勵他們再接再厲，要他們讓帕伊家知道，在這世上還是有人不將事情搞砸也能完成工作的。馬喬·史班賽先生則讓人通知他們，他會清理掉他農場旁邊沿街道路上的殘根，重新鋪上草皮；希拉姆·史隆夫人有天到學校神祕地在外邊招手呼叫安，然後在走廊上告訴她，如果村善會要在春天的時候在路邊種上天竺葵，請他們不用擔心她的牛，她會好好看管牠們。卽使哈里森先生覺得好笑，他也會笑在心裡，盡力維持著表面的平靜，表現出他的同情之意。

「別介意，安，油漆每年都會褪色，現在這藍色是醜了點，說不定等它褪色以後會很好看！再說屋頂也都沒問題了，修好了也上漆啦，這樣大家可以坐在裡面，又不用擔心被漏雨滴到，再怎麼說，好歹你也完成這件任務了。」

「但從此以後，艾凡里那棟藍色的公會堂就會成爲村民們的笑柄。」安怨恨地說。

而且的確是這樣沒錯。

第10章 德比的作弄

在十一月某天午後，安從學校穿過樺樹道漫步回家，重新感受到生活有多麼美好，今天也的確是個美妙的一天。在她的小王國裡，所有的事情看起來是如此地井然有序：聖．克雷爾沒有因爲自己的名字與其他男孩打架；普莉．羅傑森因爲牙痛的關係，整個臉看起來是如此地腫大，安想，她會有一段時間無法向坐在附近的男生賣弄風情了；芭芭拉則發生了一件意外——將杓中的水灑滿整個地板；還有安東尼．帕伊，今天一整天都沒來學校上課。

「這是多麼美妙的十一月啊！」安自言自語地說，這是打從她孩子時就有的習慣。「十一月通常是個討厭的季節，就好比時序步入尾聲，突然發現自己變老了，但卻什麼都不能做地只能悲嘆或苦悶。今年的時間就這樣慢慢流逝了，就像一個高貴年長的淑女，即使滿頭灰髮、皮膚布滿皺紋，仍有著她獨特的魅力一般。我們擁有令人喜愛的每一天，還有令人愉悅的年末景致。這兩星期是如此地平穩，平穩到連德比也很守規矩。

「我想這眞是一個很好的改變。這樹林是多麼地安靜，和緩的風輕拂過樹梢，輕柔地低語，聽起來就像碎浪打在遙遠海岸的彼端。這一切是多麼珍貴，多麼令人陶醉啊！這眞是片美麗的樹林，我愛你們每一個，就像在愛我的朋友一樣。」

安停下腳步，用她的臂膀環抱住一棵年輕的白樺，然後親吻著樹幹。黛安娜繞過小徑時看見安的舉動，不禁笑起來。

「安，你只是僞裝你已經長大了，我相信當你一個人的時候，你還是會像個小女孩一樣。」

「是呀，當只有一個人的時候，是不可能立刻就克服小時候的習慣的。」安笑著說。

「你瞧，我在過去十四年來一直是個很小的孩子，三年來只有稍微長大一些。我忙著教書、念書，還有幫忙照顧那對雙胞胎，這都讓我無法在片刻時間裡編織我的幻想。在這片從學校延伸到我家的樹林小徑裡，我相信當我暢遊其中時，我就會像個孩子一樣，或者在我入睡之前的半個小時，這幾乎是我唯一可以作夢的時間。

「你不曉得這事有多麼美好，尤其是當我入睡後，就能夢到我在東邊的一座石牆下。我總是幻想我是光輝燦爛的、耀眼的、一個非常頂尖的歌劇女主角、紅十字會的護士或者是個皇后。昨天我就想像我是一位皇后，你可以擁有所有的東西而沒有任何問題，當你想這麼做時，你幾乎無所不能，只因爲你是皇后。當然，你在現實生活中是不可能這樣的。

「但在這片樹林中，我就會想像起不一樣的事情，想像我是住在松樹裡的古老精靈，或是老愛藏在樅樹樹葉下、有一身著咖啡色彩的小巧精靈。那株正被你抓著的白樺樹，就是我親吻的那株，它是我的姊妹呀！唯一不同的是，它是一棵樹而我是個女孩，但其實也沒什麼不同。咦？你要去哪兒呀？黛安娜。」

「去迪克森那兒，我答應要幫歐伯特裁件新洋裝，你在傍晚的時候會到那兒嗎？然後跟我一起回家？」

「我想，既然佛雷德．萊特不在鎮上……」安用天眞的臉說道。

黛安娜羞紅了臉，甩頭走了。然而她看起來並不生氣。

安原本打算要在傍晚到迪克森家一趟，但她沒有。當她回到綠色屋頂之家後，她所發現的狀況讓她無法再理會腦海中所有事情。安在庭院中遇見了眼神滿溢著焦急的瑪麗拉。

「安，朵拉不見了！」

「朵拉不見了？」安看著德比在大門邊比手劃腳，發現他的眼神中有笑意。「德比！你知道她在哪兒嗎？」

「不，我不曉得。」德比堅決地說，「我從晚餐時就沒看見她了，我發誓。」

「我在一點的時候就出門了。」瑪麗拉說道。「托瑪斯．林德突然生病了，所以瑞雪立刻找我過去，當我離開時，朵拉正在廚房玩她的洋娃娃，德比則躲在倉庫裡玩泥巴。我在一個半鐘頭前才到家而已，然後就發現朵拉不見了。德比說我離開的時候，他絕對沒有看到朵拉。」

「我眞的沒有。」德比嚴肅地說。

「她一定是在這附近的哪個地方。」安說道，「她無法獨自一人走到太遠的地方，你知道她很膽小的，也許只是在某個房間睡著了？」

瑪麗拉猛搖頭。

「我已經找過整棟房子，她可能在別的地方。」

於是發狂的兩人開始四處搜尋綠色屋頂之家的每個角落，院子、屋外全都徹底搜索過。安在果樹園與狩獵場裡來回尋找，叫喚朵拉的名字。瑪麗拉拿著蠟燭到地下室尋找，德比則輪流陪伴她們其中一人，想著還有什麼地方是朵拉可能會去的。最後她們再次於院子中碰頭。

「這眞是一件詭異的事情。」瑪麗拉抱怨著。

「她到底會在哪邊呢？」安悲傷地說。

「她該不會掉到井裡頭了吧？」德比打趣地說。

安與瑪麗拉驚懼地互看，這個念頭在她們尋找的過程中並不是沒有想到，但她們害怕事實果眞如此。

「她……眞的有可能！」瑪麗拉尖叫起來。

安覺得頭幾乎要開始暈了，她奔到井邊，然後凝視底下。水桶吊在井的半空中，在遠遠的深處，水面隱約閃爍微光，這是如此幽深的地底啊！如果朵拉眞的……但安不願面對這個念頭，她發抖著，轉身離開。

「去找哈里森先生。」瑪麗拉擰住她的手說道。

「哈里森先生跟強・亨利都出門了，他們今天去城裡。我要去找貝瑞先生。」

貝瑞先生跟著安回來，拿著一綑尾端附有一個叉狀勾爪的繩索。瑪麗拉與安在一旁焦急地等待，寒冷與顫抖伴隨著恐懼與驚慌，緊緊纏繞住她們。當貝瑞先生將繩子垂入井底時，德比跨坐在大門旁，一臉愉快地看著他們。

最後貝瑞先生搖搖頭，深呼吸一口氣。

「她不可能在裡面，她會掉進井裡也未免太難以理解了。看這裡！小傢伙，你確定你不曉得你的姊妹在哪邊嗎？」

「我已經說過很多次我不曉得她在哪邊了。」德比說，「也許被流浪漢捉走了也說不定。」

「胡說八道！」瑪麗拉驚懼憤怒地說。「安，你猜她會不會迷路到哈里森先生那邊了呢？自從你帶她去過那邊後，她老愛提起他家的鸚鵡。」

「我不太相信朵拉會一個人跑到那麼遠的地方去，但我還是會過去看看的。」安說。那時沒人看著德比，否則就會有人發現他的臉上閃過非常詭異的表情。他安靜地穿過大門跑走，然後飛快地奔向倉庫。

安不抱任何希望地衝過田野直奔哈里森家，只見大門深鎖，窗戶也關得緊緊的，不可能有任何活的生物能進到裡頭去。她站在走廊陽台上，大聲呼喊朵拉的名字。

生薑在她身後的廚房裡，突然大聲尖叫咒罵起來，但是在牠的尖叫聲之間，安聽到細微的哭聲從一個角落傳出來，那是哈里森先生庭院中的工具小屋。安急忙跑到小屋那兒打開門，發現門後有一個哭成淚人兒的小女孩，她坐在一只桶子上，原本裝在裡頭的釘子全翻倒在地。

「天哪！朵拉！朵拉！你眞是要嚇死我們了！你是怎麼來到這裡的？」

「是德比帶我來這邊看生薑的。」朵拉嗚咽地說。「但我們都沒有看到牠，結果德比一邊罵一邊踢門，然後他帶我來這邊以後就跑掉了，還把門關起來不讓我出去。我一直哭一直哭，眞的好害怕，好餓又好冷，我還以爲你不會來找我了，安……」

「德比？」安的心中打了個突，但並沒有多說什麼。她帶著朵拉心事重重地回家，雖然很高興孩子是平安的，她卻對德比的行爲感到痛心。他今天關注朵拉的行爲也許會被原諒，但是他首先說了謊──一個非常無情的謊話，這是件非常可惡的行爲，讓安再也無法睜一隻眼閉一隻眼。她失望地哭著坐下來，她是這麼地愛德比，愛得連她都不曉得到底有多深，這同時也讓她明瞭德比爲了圓謊而有的過錯。

瑪麗拉聽到安敍述德比的作爲後默不作聲，貝瑞先生則笑著認爲應該立刻警告德比一頓。等貝瑞先生回家後，安試著安慰還在發抖的朵拉，讓她暖暖身子，吃過晚餐後上床休息。接著她轉向廚房，正巧瑪麗拉從倉庫最陰暗的角落裡，把滿是蜘蛛網的德比抓進屋來，嚴厲地責罵明顯不情願的德比。

瑪麗拉把他拉到客廳中間的地毯上，然後坐到東邊窗戶旁，安則疲憊地坐在西邊窗戶那兒。德比就像個罪犯一樣，他背對著瑪麗拉，背影看起來是這麼地順從、這麼地柔弱、這麼地惶恐；

他的臉面向安，他曉得他做錯事情了，也準備好要接受處罰了。他眼中雖然帶著點羞愧，但他知道在事情結束後他會跟安一起大笑。

但是安沒有半點笑容回應他，對於這個頑皮的小孩而言，也許這次惡作劇只是個無關緊要的小把戲，長遠來看，他的心思卻隱藏了更多醜惡與令人憂心之處。

「你怎能這麼做呢？」她痛心地問著德比。

德比不安地扭動起來。

「我只是覺得好玩，我想，在安靜的地方嚇人會很好玩，就像很多傳說故事那樣，會有東西突然跑出來嚇人！」帶著惡意以及一點點的自責，德比齜牙咧嘴地笑著。

「但你撒了天大的謊啊，德比。」安更加哀傷地望著他。

德比看起來有點吃驚。

「什麼大謊？你是說糊弄你們嗎？」

「我說的是『不說實話』，那就是撒謊。」安說道。

「我當然知道。」德比坦率地說：「假如我知道你不會怕的話，我就會說了。」

安對於德比的反應感到吃驚又費力。德比這種執迷不悟的態度讓她升起一股絕望感，兩顆豆大的眼淚頓時落下。

「天哪！德比，你怎麼能這麼說？」她的聲音顫抖，「難道你不覺得自己有錯嗎？」

德比驚駭地瞪著安哭泣——他居然讓安哭了！一股眞正的自責感這時才像漣漪一般擲入他心中，最終將他吞沒。他奔向安，將自己埋在安的膝下，環著她的脖子不停哭泣。

「我不知道糊弄你是錯的……」他哽咽道，「你是多麼希望我了解這是錯誤的，斯波特先生的孩子們每天都在糊弄別人。我想保羅・艾文從未糊弄過別人，我一直努力嘗試要像他一樣棒，但現在我想你不再愛我了，我眞的非常抱歉讓你哭了，安，以後我不會再糊弄任何人了。」

德比在安的臂膀裡埋住臉，一抽一抽地哭泣。安抱著德比，透過他的一頭捲髮看向瑪麗拉。

「他不曉得撒謊是錯的，瑪麗拉。如果他答應不再撒謊，那我想，我們這次必須原諒他。」

「我不會再犯的，我知道這是錯的。」德比哽咽著聲明對他的處罰，「如果再逮到我糊弄誰的話，您可以……」德比考慮著他的懲罰，「剝了我的皮，安。」

「別說糊弄……要說撒謊。」安以老師的身分說道。

「爲什麼？」德比疑惑地問，臉上還掛著淚痕。「爲什麼糊弄跟撒謊不一樣？我想知道，這只不過是個字而已。」

「前者是俚語，對一個小男孩來說，這種用詞是不好的。」

「眞的有好多事情這樣做都是不對的。」德比嘆氣。「我從沒想過這麼多，我很抱歉說了一個……謊，這眞的是很難去掌握，但我不會再說了。還有什麼是這時候應該要懲罰我的呢？我想知道。」這時，安懇切地看著瑪麗拉。

「我不知道這對孩子而言是不是太難了。」瑪麗拉說，「我猜，從沒有人告訴過他說謊是不對的，斯波特家的孩子並不適合當他的朋友。可憐的瑪莉老是生病，所以無法教導他，而我想，你也不能期待一個只有六歲的孩子天生就明白這種事情。我們必須假設他什麼事情都不曉得，然後重新教育他，此刻他必須接受恐嚇朵拉的處罰，但除了送他上床、不給他吃晚餐外，我想不到任何方式可以處罰他，你能給點建議嗎？安，就像你常在談論的幻想那樣。」

「但是處罰是如此地糟糕，我比較喜歡幻想一些愉快的。」安摟著德比說：「這世上已經有太多令人不愉快的事情，讓人覺得幻想也沒有什麼用處了。」

最後，德比如往常般被送上床，到了隔天，他顯然有了番體認。當安隔天叫他起床時，他正坐在床上，下巴靠在膝上，雙手抱住膝蓋。

「安。」他嚴肅地發問，「每個人晃……每個人撒謊，都是錯的嗎？我想知道。」

「一定是的。」

「錯誤會使一個人成長嗎？」

「當然會呀。」

「那……」德比斷然說道：「瑪麗拉是壞的，她比我還壞，因爲我不知道撒謊是不對的，但是她知道。」

「德比．凱西，瑪麗拉在她的一生中，從來沒有騙過人。」安生氣地說。

「她有。上星期二她告訴我，如果我不每天晚上做禱告，不幸的事情就會發生在我身上，然後我就一星期都不做禱告，想看看眞的會發生什麼事，但卻什麼事也沒發生！」德比委屈地說。

安不禁嘆息，這在孩子心中必定會對瑪麗拉留下一些想法。

「都沒有嗎?德比．凱西。」她嚴肅地說：「不好的事情現在不就發生了?」

德比看起來很疑惑。

「我想，你說的是我直接上床沒有吃晚餐這件事。」他說得輕鬆，「但那不是眞的很糟糕。當然，我並不喜歡這樣，從以前到現在，我已經這樣好多次了，所以我總是在早餐時多吃兩人份的食物。」

「我不是說這件事，我是指你撒謊，德比。」安對小罪犯告誡：「對一個男孩來說，撒謊是件最糟糕的事情，沒有什麼比這更不好的了。所以，瑪麗拉告訴你的是事實。」

「但我覺得做壞事很刺激。」德比用促狹的語氣抗辯。

「瑪麗拉並不是針對你所想的事情而責備你。壞事不一定都是刺激的，它們通常都是令人難受且愚蠢的。」

「可是看你跟瑪麗拉在井邊向下看的時候，眞的非常有趣嘛，我是這麼覺得的。」德比抱緊他的膝蓋。

安鐵著一張臉，直到下樓靠在客廳沙發上，才忍不住大笑起來，笑得腰側都開始發疼。

「我希望你告訴我，你在笑哪一樁？」瑪麗拉嚴肅地說：「我今天到現在都還沒看過什麼好笑的事情。」

「您聽到這個真的會想笑。」安保證道。聽完安的敍述後，瑪麗拉果然也笑了，但她隨後嘆出一口氣。

「我想我不應該這麼告訴他的，雖然我之前聽過牧師這樣對一個小孩說，但他眞的讓我太頭痛了。有一晚你去卡摩地的音樂會，我讓他上床睡覺，他告訴我，在他還沒長大到可以讓神聽到他的祈禱之前，祈禱是不會實現的。安，我眞不知道我們該拿這孩子怎麼辦，我從沒看過他騙人，現在這樣的情形，我對他眞是有些洩氣了。」

「瑪麗拉，別這麼說，記得我剛來時也是這麼壞的。」安說道。

「安，你從來沒這麼壞過，從來沒有，而且我現在知道了什麼叫做眞正的壞。我承認你總是讓自己陷入一些窘境當中，但你的動機總是有一個目的。然而，德比只是純粹對說謊這種事感到相當快樂。」

「噢，我並不認爲這是眞正的壞。」安替德比辯護：「這只是個惡作劇。這裡對他來說眞的是無聊了些，也沒有其他男孩可以給他做玩伴，所以他的想法總是會被一些歪念頭給佔據。朵拉是如此地文靜，無法跟他像男孩一樣地玩耍。我眞的覺得讓他去學校比較好，瑪麗拉。」

「不！」瑪麗拉堅決地說：「我爸爸老說，除非孩子七歲了，否則不應當被關在像學校這樣的地方，亞倫先生也說過相同的話。直到他們七歲以前，這兩個孩子在家裡還是可以受到一些不錯的教育。」

「那麼，我們必須現在就試著革除德比的壞習慣。」安打趣地說。「雖然他有這麼多缺點，但他仍是個可愛的小傢伙，我不能停止對他的愛。瑪麗拉，這是一件很糟糕的事情，但是我必須坦誠地說，我愛德比勝於朵拉，雖然朵拉眞的是個乖孩子。」

「我不知道爲什麼，但是我也是如此。」瑪麗拉困擾地說，「這對朵拉不太公平，但一個乖小孩在屋內，而你卻很難察覺到，這對她會有點小麻煩。」

「朵拉太乖順了。」安說：「她的行爲安分得就像有個聲音在旁邊告訴她該做些什麼，而她生來就不需要我們，我想。」安推斷著，說出事實重點：「我們總是愛那個最需要我們的人，德比就是。」

「他的確需要些什麼。」瑪麗拉也同意，「瑞雪．林德會說，他的確需要好好教訓一頓。」

第11章 事實與想像

「教書真是一份非常有趣的工作，」安在一封寄給皇后學院朋友的信中如此寫道。

琴說她覺得教書很單調，但我不這麼認為。學校裡每天都會發生一些有趣的事，孩子們也會說些令人驚訝的事蹟。琴說當她的學生老發表一些好笑的演說時會處罰他們，也許這就是她為何覺得教學無趣的緣故吧。這個下午，小吉米・安德羅斯嘗試要拼出「斑點」這兩個字，但他寫不出來。「好吧……」最後他說了：「我不能清楚地把它拼出來，但我可以知道那是什麼。」

「那是什麼呢？」我問。

「就是聖・克雷爾・多尼爾的臉，老師。」

聖・克雷爾確實有很多雀斑，雖然我試過阻止其他人也這麼聯想。我記得很清楚，以前我也長過雀斑，但我不認為聖・克雷爾他介意。因為在下課之後，聖・克雷爾揍了吉米一頓，起因是吉米叫他「聖・克雷爾」，而不是由於雀斑的聯想。這是我聽說來的，沒人來跟我告過狀，所以我也不會計較太多。

昨天我嘗試教洛蒂・懷特加法。我說，如果你有三顆糖在一隻手，而另一隻手有兩顆糖，那麼你總共有多少顆糖？

「一整個嘴巴的量，老師。」洛蒂是這樣說的。

自然課時，我要他們給我個理由，解釋為什麼蟾蜍不應該被殺，班吉．史隆嚴肅地告訴我：「因為這樣隔天會下雨。」

這真的很好笑！史黛拉，我必須忍到回家才能放聲大笑。瑪麗拉卻對我說：「當我毫無原因地聽到這種尖笑聲時，會讓我神經緊繃。」她說一個住在葛夫頓的男人有次發了神經，就是像這樣開始笑的。

你知道多瑪斯．百克被封為蛇的使者嗎？蘿絲．貝爾就說他是，又說威廉．丁道爾是新約聖經的作者，克勞德．懷特甚至說冰河指的是修理窗户的人※！

我想最難的事莫過於教書了，如何才能教得有趣、讓孩子說出對於事物的真正想法呢？上週一個颳大風的天裡，我在午餐時間把他們集合起來，希望讓他們告訴我一些想法。我要求他們說出他們最想要的東西，有些是司空見慣的回答，像娃娃、小馬、溜冰鞋，有些人的回答則是很有原創性。海絲特．波爾特想要「每天都穿著她星期天才能穿的衣服，然後在客廳吃飯」。漢娜．貝爾則想要「什麼事都不用很麻煩就可以做好」。十歲的瑪喬莉．懷特想要當寡婦，問她為什麼會這樣想？她嚴肅地說：「如果你不結婚，別人會叫你老處女；結了婚又會被先生支配，但如果是寡婦的話，就什麼都不用擔心了。」最有趣的是莎莉．貝爾，她說她想要一個「蜜月」，我問她是否知道這個名詞的意思？她說這是指一台額外得到的腳踏車，因為她住在蒙特婁的堂兄在他結婚度蜜月時擁有了最新款的腳踏車。

還有一天我要他們告訴我他們分享自己做過最搗蛋的事情，我無法得知年紀較大的孩子們做過什麼，但是三年級生就回答得很多。伊莉莎．貝爾曾放火燒了她叔叔的梳棉機。問她是不是蓄意這麼做的，她說：「並非全是這樣。我只是嘗試在其中一小部分尾端點火，看看它會怎麼燒，誰知道整捆棉紗瞬間就燒起來了。」艾默森．吉利斯為了糖果花掉十分錢，而那十分錢原本應該是要捐給教會的。安妮塔．貝爾犯過最大的罪是吃了長在墓地的藍莓，威利．懷特則是常穿著他星期天的禮褲，躺在畜舍的屋頂，然後從上頭滑下來。「因為這件事，我被處罰必須整個夏天穿著補丁褲上主日學，而當過錯都被處罰完畢後，就不用悔改啦。」他是如此宣稱的。

我真希望你能看到他們寫的作文，我抄上幾篇他們最近寫的文章給你瞧瞧。上星期我告訴四年級的學生，要他們寫一封任何關於他們愉快經驗的信給我，像是告訴我他們拜訪過什麼地方、事物，遇見什麼樣有趣的人等等。我要他們寫在信紙上，放入信封袋，在信封上寫上我的名字寄

※多瑪斯百克（Thomas Becket, 1118-1170）是十二世紀的英國大主教，因不從英王而被殺。威廉．丁道爾（William Tyndale, 1494-1536）爲英文聖經之父，他將新約聖經翻譯成英文。冰河原文爲 glacier，被安的學生誤認爲與玻璃（glass）相關。

給我，而且不能藉由任何人幫助。隔天早上，一大堆信就堆在我桌上直到黃昏，我體會到教學是有苦有樂的。這些文章就能夠彌補相當多的苦了。這是耐德．克雷的信，他用了筆名，而且筆法很有原創性。

寄至愛德華王子島，綠色屋頂之家

親愛的雪莉老師：

鳥

親愛的老師，這封信的主題我想寫鳥。鳥是一種很有用的動物，我的貓很會抓鳥，牠的名字叫威廉，但我父親叫牠湯姆。牠全身長滿花紋，去年冬天一隻耳朵還結冰了，除此之外，牠還算是一隻好看的貓。我的叔叔也養了一隻貓，因為那隻貓某天來到他的小屋後就不肯離開了，叔叔說牠忘的事情比人類知道的還多。他讓牠睡在搖椅上，我的嬸嬸說叔叔為他孩子做的事情還不及為那隻貓要來得多，這是不對的。我們本來就應該要對貓好，給牠們牛奶喝，但我們不應該對牠比對我們的孩子好。這就是我最近想講的事情。

愛德華．不列克．克雷

聖．克雷爾．多尼爾就像平常一樣，簡短地指出重點，說話不浪費一個字。我不認為他有貼近他所選擇要描述的主題，雖然他在信的最後還加上附註，但我依然覺得他只是一個缺乏機智或想像力的孩子。

親愛的雪莉老師：

你告訴我們要描繪一些我們所遇見的奇怪事情，我現在要來說說艾凡里公會堂的事情。它有兩個門，一個是裡面的，一個是外面的。它有六個窗户及一個煙囪、兩面矮牆、兩面高牆，是漆成藍色的，這就是它詭異的地方了。它被建在卡摩地路上較低窪的地方。這是艾凡里第三重要的建築物，其他兩座是教堂和打鐵店。大家總是在艾凡里公會廳舉行討論會、演講以及在裡頭辦音樂會。

你最真摯的

雅各・多尼爾

註：公會堂的藍真是非常明亮啊！

安妮塔・貝爾的信就長得讓我驚訝，寫論文不是她的專長，她的文章通常跟聖・克雷爾的一樣簡短。安妮塔・貝爾是個安靜守規矩的少女，但創作對她而言是種陰影，這封是她的信。

最親愛的老師：

我想藉由這封信來表達我多麼喜歡您，我用我所有的心、身體、靈魂來愛您……這就是我對您全部的愛。我想要一直當您的學生，這將是我最高的特權，也是為什麼我在學校一直很努力表現並學習文學的緣故。

老師您真的好漂亮，您的聲音是如此悅耳，眼睛如同紫羅蘭沾了露水一般。您就像個高貴的皇后，頭髮像金色的波浪一般，安東尼說它是紅色的，但您不必在意他說的話。

我只認識老師幾個月，但我不敢相信以前當您還沒走進我的生活時，曾經有那段我還不認識您的時間。在生命過往中，我將回頭過去看，並視這一段日子是最美好的歲月，因為神將您帶給了我。此外，今年我們也將從新橋鎮搬到艾凡里，我對您的愛將會使我非常地富足，以及度過許多傷害與邪惡。我將把這些歸功於您，我最愛的老師。

我不會忘記您上次穿黑色洋裝、髮間插著花時是多麼地甜美。即使我們變老或是頭髮灰白，對我而言，您還是如此地年輕與亮眼，我最親愛的老師。我會常常想念您，不管是清晨還是中午或是黃昏，不管您是笑抑或悲嘆，我都喜歡您，即使您看起來是如此地驕傲。我從未看過您對安東尼生氣，雖然安東尼說您總是如此，但我希望您在他應當受罰時也別生氣。我愛您穿每件洋裝的樣子，每次您穿新洋裝時，看來總是如此可愛。

我最親愛的老師，晚安了。當遲暮已近、夜星升起，星辰是如此地閃耀與美麗，就像您的眼睛一樣。我親吻著您的手與臉頰，我最親愛的。願上帝眷顧著您以及保佑您遠離一切傷害。

您最忠實的學生

安妮塔．貝爾

這封特別的信讓我有些小吃驚，我想，要安妮塔會寫這樣的文章，就像要她會飛一樣。隔天在學校，我找她下課去溪邊散散步，要她將這封信真正的實情告訴我。她哭著回答說她從來沒寫過信，也不曉得該怎麼做，或者該寫些什麼。這封信是從她媽媽的寫字檯上找來的，是一個男人寫的一封充滿愛意的信。

「這不是爸爸寫的。」安妮塔．貝爾顫抖著，「這是一個在神學院念書的人寫的，他總是寫這些求愛信，但是媽媽從來沒想要嫁給他。她說即使那個人花了半輩子的時間，她也不可能這麼做。但這些信是多麼地甜蜜，所以我只是把它抄下來，然後寫成信給您。他寫『小姐』的部分我將它改成『老師』，我再用一些我的想法更改一些字。我把『心情』換成了『洋裝』這個字。我不知道什麼叫『心情』，但我想這是穿的東西。我不曉得您會覺得這很不同，不知道您是怎麼發現這封信不是我寫的。您真是非常聰明，老師。」

我告訴安妮塔，抄別人的信是件錯誤的事，但我又害怕安妮塔會因為被發現這件事情而不斷自責懺悔。

「我真的很愛您，老師。」她顫抖不已。「這都是真的，即使是那個人先寫這段文章的，但我是真的用整顆心來愛您。」

在這種情況下實在很難去責備任何人。

接下來是芭芭拉的信，我無法完整寫出信上原本的瑕疵。

親愛的老師：

您說也許我們可以寫去作客的事情。我以前只有過一次這樣的經驗。這是去年冬天有關瑪莉阿姨的事情，阿姨是個非常受歡迎的婦人，也善於很持家。第一天晚上我們在她那裡喝茶，我不小心打翻一壺茶，還摔破了茶壺。阿姨說那是從她出嫁時就已經存在的，以前從沒有人能夠摔壞它。之後我又踩到她的裙襬，以致於她的裙子都裂開了。隔天起床時，我踢壞了洗臉盆，早餐時又打翻了一杯茶。

當我幫忙阿姨清理晚餐盤時，我弄掉了一個瓷盤，它就這樣碎了。那天傍晚，我不小心跌到樓梯下面去，我的腳踝扭傷了，害我必須在床上躺一星期。我聽到瑪莉阿姨告訴傑瑟夫姨丈，說我受傷真是一件幸運的事，不然我就要把屋內每樣東西都摔壞了。然後，當我的腳變得比較好的時候，就剛好能回家了。我不喜歡去別人那邊拜訪，反而比較喜歡來學校，特別是從我搬來艾凡里之後。

尊敬您的
芭芭拉

這邊開始是威利．懷特的信。

親愛的老師：

我想告訴您有關我的威猛伯母的事情。她住在安大略省，有一天她去穀倉時看到一隻狗在院子裡沒事做，她就拿著棒子把狗趕進穀倉中，把牠關起來，不一會兒就有人來找一隻幻獅（附註：威利真的知道什麼叫幻獅嗎？）牠從馬戲團裡逃掉，結果那隻狗就是一隻獅子，我的伯母竟然還能用一根棒子把牠關進倉庫裡頭，她真是太勇敢了！艾莫森．吉利斯說那是因為她把獅子當成狗，所以她才一點都不怕，但我覺得他說這話是忌妒，因為他無法做到這種事。

史黛拉，寫到這裡，我要把最好的留到最後。你可能會覺得好笑，因為我把保羅當成了天才！但我可以保證，你應該會認為他是一個很傑出的孩子。保羅跟他的奶奶住在比較遠的海邊那兒，他沒有玩伴——沒有真的玩伴。你記得我們教授說過，不能在學生之間有最喜愛的學生，但我心裡真是無法停止喜歡保羅．艾文這孩子。我不覺得這樣有什麼不妥，即使是那個嘴上總說她不可能會喜歡美國人的林德夫人也一樣，每個人都很喜歡保羅，其他男孩也都喜歡他。他的夢想與想法並不軟弱，也不女孩子氣，非常有氣概，在幻想世界中，他總是可以掌握全部的情境與思緒。最近他和聖．克雷爾打了一架，因為聖．克雷爾說英國國旗的星星與條紋比美國國旗要好得多，結果導致他們兩人間的戰爭，以及同意共同去尊重對方國家的國旗。聖．克雷爾事後還說他可以狠狠地打保羅一頓，保羅則回道他可以隨時奉陪。以下就是保羅的信：

我親愛的老師：

您說我們可以寫一些有趣的人們的故事。我想我所知道的、最有趣的人就是我那些住在岩洞的朋友們。除了爺爺與爸爸外，我從未告訴過別人這件事，但我還是想告訴您關於他們的事情，因為您一定能了解的。對於不能理解他們的人，即使對方很不錯，但多說也無益。

我的岩洞朋友們住在海岸線那邊，冬天來臨前，我幾乎每個黃昏都會去拜訪他們，一直到春天降臨以後，我就沒去看他們了，但他們還是會在那邊的，因為他們喜愛不變的景象，這是他們很棒的一點。諾拉是我第一次認識他們的其中一位，我也最喜歡她。她住在安德羅斯灣那兒，有烏黑的眼睛與頭髮，她認識海裡所有美人魚和海藻，您真該聽聽她跟我說過的故事。還有那流浪的雙胞胎水手，他們總是四處漂泊，但他們都會來岸上，告訴我他們遇見的故事。他們常讓我感到愉快，而且好像什麼事都知道一樣，甚至比這世界知道的更多。您知道較年輕的那一個雙胞胎水手以前發生過什麼事嗎？某天，他在海上航行，並緩緩駛進月光瀰徑裡行駛，一直到月亮那一頭。那裡有一座小小的、金色的門，於是他就開了進去，在月亮裡頭自由自在地冒險，還有許多好玩的事情，再敘述下去會讓信過於冗長了。

在洞窟中還有一位金髮小姐，有一天我在海岸那裡找到一個大岩窟，而她就是在那邊被發現的。她有一頭長到腳踝的金髮，衣著則充滿閃爍的光輝，那滿溢整座洞窟的金色光輝，彷彿有生命一般耀眼動人。她還有一把金色的豎琴，可以讓她整天彈奏它。你可以整天待在岸邊，只要仔細傾聽就可以聽到樂聲，但大多數人都認為那只是風吹過岩縫間的聲響罷了。我並沒有告訴諾拉有關金髮小姐的事情，我怕這會傷害到我跟她的感情。因為如果我跟那對雙胞胎水手聊得太久，諾拉就會覺得不太高興。

我總是在光禿禿的岩石那邊碰到那一對雙胞胎水手，弟弟非常溫和，但哥哥有時就很兇猛可怕。我猜那個哥哥可能是個海盜，他真的很神祕。有一次他開口咒罵，我告訴他，如果他再這樣做的話，以後他上岸就不要跟我說話。因為我答應過爺爺，不會跟任何發毒咒的人當夥伴。他感到相當害怕，說如果我肯原諒他的話，他就帶我去太陽落下的地方。隔天傍晚，當我坐在禿岩那裡，雙胞胎哥哥從海上開著一艘迷人的船過來，讓我搭上船。船上充滿珍珠色的光芒與彩虹，就像在珠蚌裡頭，而船帆就像月暈般美麗。我們駛進了夕陽——老師，想想看，我在夕陽裡頭呢！您猜怎麼著？太陽裡滿地都是花，一個美麗的花園！而雲就是花的床。我們向前駛進一座港灣，所有色調都是金黃色的，我踏出船外踩到一片大大的草地，滿布金鳳花與大朵的玫瑰。我在那邊待了好長一段時間，長得好像快一年了，但雙胞胎哥哥說那不過才幾分鐘而已。您明白的吧？在日落大地上的時間就如同它存在那邊一樣長久。

愛您的學生

保羅・艾文

註：當然，這封信裡寫的都不是真的，老師。

第12章 倒楣的一天

令人心煩的日子事實上從前天就開始了。安因爲牙痛而一夜未眠，當她從陰寒的冬晨裡醒來時，不禁深深覺得人生眞是無趣、倦怠且毫無意義。

安懷著這樣鬱悶的心情來到學校，她的雙頰又腫又痛，而因爲火不夠旺的關係，教室冷得讓人不舒服，孩子們在爐邊擠成一團，這使得安用前所未有的刺耳語氣命令所有人回到座位上去。安東尼．帕伊一如往常，大搖大擺又無禮地踱步回去，安甚至瞧見他與隔壁同學低聲細語，又看著她咯咯笑。

對安而言，她從沒像今天這樣，覺得鉛筆的聲音如此尖銳刺耳。芭芭拉要走向安的桌子，把做好的算數題拿給她看時，竟撞到了放煤炭的桶子，硬是狠狠摔了一跤，煤炭全灑落在房間各處地毯上，寫字板也摔個粉碎。當她自地上爬起來時，整個臉被煤灰弄得黑汙汙的，男孩子們全部哄堂大笑。

正在聽二年級學生朗讀的安轉向這邊，用冰冷的口氣說：「眞是的，芭芭拉，如果連走路也非得弄翻東西的話，乾脆坐著別動如何？年紀這麼大還冒冒失失的，不覺得丟臉嗎？」

可憐的芭芭拉蹣跚地回到座位上，滿臉煤灰更夾雜淚水，讓她看起來更加狼狽。從沒被自己最敬愛、最善解人意的老師罵過，芭芭拉覺得心好痛。安爲此感到愧疚，但這只是更增添她的煩躁感。二年級尚未記住課文內容，那一堂課的麻煩痛苦更是接踵而來，就在安不斷要求學生做習題時，聖．克雷爾氣喘吁吁地跑進來。

「聖．克雷爾，你遲到三十分鐘了，怎麼回事？」安的語氣冷漠。

「老師，因爲今天有客人要來，克拉瑞絲．阿米拉又生病，所以我必須幫媽媽做布丁。」聖．克雷爾畢恭畢敬地回答，但還是惹得同學們一陣訕笑。

「回到你的位子上去，打開算數課本第八十四頁，做六道題目當作懲罰！」聖．克雷爾似乎被安的口氣嚇到，不過還是乖乖回到座位上，拿出寫字板，然後偷偷把一小包東西遞給另一端走道的喬．史隆。安立刻發現了，並且對這東西下了十分武斷的判斷。

老希拉姆．史隆夫人最近爲了多掙點錢，開始賣「胡桃小餅乾」，餅乾對小男孩來說有著難以抗拒的魅力，過去數週以來，安爲了這個問題傷透腦筋。只要有零用錢，男孩們就會在上學途中去買老希拉姆夫人的「胡桃小餅乾」，然後帶到學校在課堂上吃或者分給同學吃，逼得安必須規定，若再帶餅乾來學校，餅乾就必須沒收，但是聖．克雷爾竟當著安的面，堂而皇之地把老希拉姆夫人用的藍白花紋小紙包交給喬！

「喬，把那包東西拿來！」安冷冷地命令。

喬愣了一下，顯得很驚慌，不過還是把東西交給了安。喬是個胖小孩，每當恐懼時，臉就會通紅一片，說話結結巴巴的。在那個時刻，沒有人比可憐的喬看起來更有罪惡感的了。

「把它丟到火裡去！」安斬釘截鐵地說。

喬看起來非常困惑。

「那……那是……是……老師……」他開始結巴。

「不要囉嗦了，喬，照我的話做。」

「但是……老師……那……那是……」喬震驚得猛吸氣。

「喬，你要不要照我的話做？」安說。

即使是比喬．史隆更大膽、更沉著的年輕人，聽見安恫嚇的口氣，見到她眼底閃爍的危險光芒也必定會害怕。這是孩子們從沒接觸過的、陌生的安。喬愁眉苦臉地望向聖．克雷爾，然後走到火爐旁打開爐門，在聖．克雷爾還來不及跳起來大叫前，就把那包東西丟進了火裡，然後立刻遠遠跳開。

就在這個瞬間，艾凡里小學被既不像地震，也不像火山爆發的可怕聲音所籠罩，頓時陷入恐怖煉獄中。安貿然斷定是「胡桃小餅乾」的那包東西，其實是瓦倫．史隆爲了在今晚慶祝生日，拜託聖．克雷爾的父親前天到街上帶回來的；裡面裝滿各式各樣的沖天炮、煙火，沖天炮發出雷鳴般的巨響炸開，旋轉煙火則從火爐向門外衝出去，在教室裡四處亂竄，不停盤旋並嘶嘶作響。安失神地倒進椅子中，女孩們尖叫著爬上書桌；喬．史隆彷彿石化了似的在騷動中呆站；聖．克雷爾無法控制地大笑，在走道上來回走動；普莉·羅傑森暈了過去，而安妮塔·貝爾的歇斯底里症發作了。

看起來似乎過了很長一段時間，事實上卻只有幾分鐘，最後一支煙火終於沉寂下來。回過神的安趕緊打開門窗，讓瀰漫在整間教室的煙霧味道散出去，然後和其他女孩把不省人事的普莉·羅傑森搬到玄關。芭芭拉渴望盡自己的一份心力，在有人阻止她之前，就把將近大半桶的水都潑在普莉的臉和肩膀上。

重新回復安寧時，已經耗掉快一個小時，現場安靜的程度連心跳聲都聽得見。然而大家都覺得，即使經過這場突發事件，老師的心情也沒有好到哪裡去，除了安東尼·帕伊以外，即使是悄悄話也沒人想說。耐德·克雷不小心把鉛筆掉到地上發出聲響，一看到安的眼神，就想挖個洞鑽進去。地理課時，安把整個大陸輕描淡寫地快速帶過去，弄得大家頭昏眼花；文法課時，分析句子更讓大家覺得幾乎快記不起來了。查斯特·史隆因爲寫「香氣」這個字多寫了兩個f，被罵得好像不但活得丟臉至極，甚至連在這個世界上都抬不起頭來了。

安知道自己現在的行爲相當荒唐，也知道晚上喝茶時各家都會把今天的事拿來說笑，但這種想法只是讓她更加怒不可抑而已。如果是在心情平靜時，這種事她或許能一笑置之，現在卻不可能，因此她冷淡地忽略此事。

吃過中飯以後回到學校，孩子們像往常一樣在座位上埋首書本，只有安東尼·帕伊例外。他從教科書上端偷看著安，眼神因爲好奇、嘲弄而閃閃發亮。安猛地拉開抽屜找粉筆，一隻老鼠突然狂奔出抽屜，接著跳上桌子，又跳到地板上去。

安彷彿看到蛇似的嚇到，往後退了好幾步，安東尼・帕伊則哈哈大笑。

接著一陣沉寂的靜默。毛骨悚然的氣氛環繞四周，安妮塔・貝爾的歇斯底里症似乎又要發作了，特別是在不曉得老鼠跑到哪去的情況下。可是，誰又敢在面色慘白、怒氣沖沖的老師面前安慰安妮塔・貝爾呢？所以安妮塔決定不發作了。

「是誰把老鼠放進抽屜的？」安低沉著有點顫抖的聲音詢問，讓保羅・艾文渾身冷顫了一下。喬・史隆看到安的眼神，覺得自己從頭到腳被一股罪惡感籠罩，他拚命辯解：「不……不是我，老……老師，不……不是我……」

安看也不看可憐的喬，轉而盯向安東尼・帕伊。安東尼・帕伊一點也不羞愧地回視安。

「是你嗎？安東尼・帕伊。」

「沒錯。」安東尼・帕伊無禮地回應。

安從桌上拿起教學用的指示棒，那是一根又長又重的木棒。

「安東尼，過來！」

安東尼從來沒有被這麼嚴厲地處罰過，雖然安那時的脾氣很暴躁，但她也不曾這麼殘忍地處罰過學生。而此刻，隨著一棒棒落下的刺痛感，安東尼再也無法虛張聲勢，他不住地退縮，淚水更盈滿眼中。

安自責不已，棒子也掉了。她叫安東尼回到座位上去，自己坐在桌前，感到既羞愧又十分悔恨。氣頭已過，她現在只想好好大哭一場，自己本來是很自傲絕不會發生這種事的，但她還是動手打了孩子，琴一定會笑她的，哈里森先生也是。但比起這個，更糟糕的是，她已失去了得到安東尼·帕伊好感的最後機會，現在再也不可能讓安東尼喜歡自己了。

安努力忍住要奪眶而出的淚水，直到晚上回到家。安一進門就把自己關在房裡放聲大哭，她埋在枕頭中，把羞愧、後悔、失望用淚水盡情發洩。由於哭得太久，讓瑪麗拉擔心得走進來，問她究竟發生了什麼事。

「麻煩的事情，我的良心受到了好大的譴責。」安哭著說：「噢，今天眞是個壞日子，我自己覺得好丟臉，不僅亂了步調，甚至打了安東尼！」

「我倒是很高興聽到這件事。」瑪麗拉果決地說：「你早該這麼做了。」

「不，不，瑪麗拉，明天我不曉得要如何面對那些孩子了，我眞是糟糕透頂，您不明白我是個惡劣醜陋的人！我忘不了保羅·艾文的眼神，他看起來是如此地驚訝與失望！噢，瑪麗拉，我一直努力要贏得安東尼的好感，如今一切都完了！」

瑪麗拉慈祥地用她粗糙的手掌輕撫安的滑順長髮，直到安的啜泣漸漸平息。瑪麗拉溫柔地安慰她：「你把這件事看得太重了，每個人都會犯錯的，忘了它吧！人生不如意十之八九，至於安東尼，既然他不喜歡你，你又何必如此在乎他呢？不喜歡你的人只有他而已。」

「我做不到，我希望每個人都喜歡我，被人討厭讓我覺得難過。現在安東尼就是如此，我今天的所作所爲眞是差勁，瑪麗拉，我想把所有的事情都跟您說。」

瑪麗拉仔細聽了來龍去脈，當她聽到某些片段時，不禁微笑起來，但安沒有發現她的表情。聽完之後，瑪麗拉輕描淡寫地說：「不要緊，今天已經過去了，就像你常說的，明天又是全新的一天。下樓吃飯，然後好好喝杯茶，今天我做了李子鬆糕，你一定會振作起來的。」

「李子鬆糕無法治療心靈的創痛。」安十分低落，但瑪麗拉覺得這反應至少代表安已經充分回復，並接受這些事情了。

雙胞胎神情愉悅，讓餐桌氣氛很不錯，瑪麗拉對自己做的李子鬆糕十分滿意，德比吃了四塊半，安也振作起來，晚上睡了個好覺。第二天一覺醒來，安發覺世界全變了，厚重而柔軟的白雲穿越夜晚的黑暗悄悄降臨，美麗又銀白閃耀的雪在朝陽裡閃爍著光芒，過去的錯誤和羞辱似乎也被掩埋了。

「每天都是全新的一天，每天都是世界所創造。」安忍不住一面換衣服一面高歌。

因爲下雪，安必須找出到學校的路。就在走出綠色屋頂之家的小徑時，湊巧她看見安東尼費力地穿過雪堆走來。她覺得很罪惡，兩人的關係是如此背道而馳，但是安東尼不但脫下帽子打招呼——他從沒這樣做過，而且說：「老師，路很不好走，我能幫您拿書嗎？」安驚訝得話都說不出來。

安把書交給他，覺得自己簡直在作夢。安東尼沉默地走向學校，當安從他手中接過書並報以溫柔微笑時——不是安爲了贏得安東尼的好感而保持的「形式微笑」，而是友善的笑容——安東尼也笑了。不，眞要說的話，其實是咧嘴而笑，或許這對長輩不大禮貌，但安突然覺得，就算安東尼尚未打從心裡喜歡她又如何，她已贏得他的尊敬了。

第二天星期六，來訪的林德夫人證實了此事。

「安，我想你眞的收服安東尼．帕伊了。安東尼說雖然你是女性，但你的確有過人之處，而且你拿起棍子打人一點也不輸給男性。」

「但我從未想過用打人的方式讓安東尼服氣。」安有點哀傷地說，覺得這似乎違背了自己的理念。「這樣不對，我希望以親切的態度對待學生。」

「是沒錯，不過一般常規套在帕伊家的人身上是沒用的。」林德夫人斬釘截鐵地說。

如果哈里森先生曉得此事，一定會認爲「你果然走到這地步了」，而琴也必定會毫不寬容地反覆證實。

第13章 金色的野餐

安要去「果樹嶺」的途中，在「幽靈森林」邊緣，那橫跨過河邊、古老陳舊的獨木橋旁，遇見了要去綠色屋頂之家的黛安娜。兩人在「妖精之泉」旁席地而坐，小小的羊齒植物伸展葉子，就像一個自午睡中醒來的綠精靈的捲髮。

「黛安娜，我正想找你幫忙，因爲我正在準備星期六要慶生。」

「你的生日？但你的生日是在三月呀！」

「那不是我的錯啊！」安笑著說：「如果我爸媽有先和我商量過，我當然要選擇在四月生才行。與春天的紫羅蘭、山楂子同樣時間出生一定很棒，這會讓我覺得花朵都是我的姊妹。不過，畢竟無法改變出生日，所以就在春天慶生也不錯。普莉希拉星期六會來，琴應該也會，我們可以四個人一起去森林，花一整個黃金假日的時間，去跟春天交朋友。我想應該沒有別的地方比在森林中迎接春天再好不過了。無論如何，我想要發掘那些無人到過的世外桃源。我一直在想，我們能與微風、晴空、陽光做朋友，將春天藏在心中帶回家哩。」

「聽起來眞棒！」黛安娜說著，心裡卻不太相信安那魔幻的言語，「但有些地方的路況還是滿糟的！」

「噢！那我們就穿膠鞋去好了。」安一點也沒有退卻的想法。「星期六早上早一點來幫我準備午餐吧？我想盡可能準備一些美味的佳餚，一些能夠與春天匹配的餐點，你曉得的，像是小果醬餡餅、手指甜餅、一些包裹粉紅和橙黃糖衣的甜點，以及奶油蛋糕。我們也可以帶些三明治，雖然不是很羅曼蒂克。」

星期六是個野餐的好日子，一個微風輕拂，有藍天及溫暖陽光照耀大地的好天氣。調皮的風低低穿過牧場和果園，陽光普照在丘陵和原野，花朵則綻放在嫩綠的草原上。

哈里森先生正在他的田裡翻土，卽使已屆中年，他也感受到了春天的氛圍。他瞧見四個女孩帶著裝滿食物的籃子，腳步輕盈地穿過樺樹林邊緣田地一角，她們愉悅的笑聲傳到哈里森耳中。

「像這樣的天氣很容易就會讓人快樂起來，不是嗎？」安以向來習慣的思考模式說。「我們要試著讓今天成爲最快樂的一天，女孩們，不管何時想起來，都要覺得這天充滿歡樂，我們要去找尋美好的事物，其他煩惱就一概拋之腦後。『消失吧，陰霾！』琴，你還在想昨天學校裡發生的麻煩嗎？」

「你怎麼知道？」琴驚訝地問。

「我知道這種表情，因爲我自己也常擺出那種臉。不過別再心煩了，你是個好女孩。把煩惱留到下星期一吧！最好永遠別留著它，噢！大家看那些紫羅蘭，這一定能成爲我們記憶畫廊的一部分。我八十歲時，一定還會記得這景象，每當我閉上雙眼，這些紫羅蘭就會浮現我眼前，這是我們今天給自己的第一個禮物。」

「如果親吻是一種可以用眼睛看到的東西，我想它就像紫羅蘭吧。」普莉希拉說。

安顯得興高采烈。「普莉希拉，我很高興你能說出這樣的想法！但你不能只是想想或者說出來，應該要寫下來才是。如果大家都說出自己眞正的想法，這個世界會更有趣、更美麗，雖然現在的世界已經很有趣了。」

「包容太多想法對這個世界而言太刺激了。」琴嚴肅地說。

「也許是這樣吧，但思考不愉快的事往往會導致他們的失敗。不管如何，今天我們能說出所有見解，是因爲今天我們將會擁有美麗的一面。每個人都可以說說她心中的想法，這就是我們的對話。瞧！那邊有條我沒走過的小徑呢！去探險吧！」

小路蜿蜒，女孩們必須一個接一個地直線行進，但路旁的樅樹枝仍舊會擦到她們的臉。樅樹下生著一層厚軟的青苔，再往前進，樹就比較矮小稀疏了，地上長滿了各種花草。

「好多秋海棠！」黛安娜驚呼，「我要摘來做成花束，它們眞美。」

「爲什麼這種雅致如翅的花，卻取了個『象的耳朵※』這樣難聽的名字？」普莉希拉道。

※秋海棠的原文爲Elephant's Ears，直譯爲象的耳朵。

安說：「因爲第一個命名的人不是太沒想像力就是想像力太豐富了，嘿！你們看那兒！」

那是在小路盡頭一個淺淺的小池塘，位在一塊四周被林木包圍的空地上。晚春時節，池水就會乾涸，羊齒植物則會恣意在其中生長。但現在閃耀的水面像盤子般，也如清澄的水晶，修長的白樺幼木圍繞四周，小小的羊齒就像是池塘的蕾絲滾邊。

「眞是太美了！」琴感動不已。

「我們像森林仙女般，繞著池邊舞蹈吧！」安放下籃子，伸開雙手喊著。

但因爲地面潮濕，怎麼樣也無法翩翩起舞。琴的膠鞋還差點掉了。

「穿膠鞋是沒辦法當森林妖精的。」琴說得沒錯。

「要離開這裡之前我們幫池塘取個名字。」安堅定地說。「每人提議一個名字再抽籤決定。黛安娜？」

「白樺塘！」黛安娜毫不猶豫地說。

「水晶之湖！」這是琴說的。

站在兩人後面的安對普莉希拉眨眨眼，要她別瞎講，名字要好聽點。普莉希拉福至心靈地取了個「明耀之鏡」，而安取的名字是「妖精之鏡」。

取好的名字用琴提供的鉛筆寫在條狀的白樺樹皮上，然後放進安的帽子裡，普莉希拉閉眼抽出一張。

「水晶之湖。」琴得意地念道，名稱也就決定下來了。水晶之湖，安雖然覺得用這麼普通的名字稱呼這池塘實在不搭，但她並沒有說什麼。

撥開在池邊雜生的灌木叢，她們橫越過這片牧場，到達塞拉斯．史隆家後面的牧場，又越過森林小徑，這讓她們勾起想要發掘新景點的欲望，一路綿延的美景讓人吃驚不已。首先，在史隆家的牧場邊緣，山櫻桃樹的枝椏交叉成一道拱門，花正盛開著，女孩們舉起手臂把帽子掛到樹枝上，並摘下淡黃鬆軟的花做成花圈戴在頭上。小道在右邊轉彎並陷入一整片的針樅林，蒼鬱細長的針樅讓森林有些幽暗，大家都覺得彷彿走進了夜色——光線透不進來，抬頭也見不到天空。

「這一定是調皮精靈居住的處所。」安細語。「調皮又愛惡作劇，但他們傷害不了我們，因爲他們必須遵守在春天不能做壞事的規則，在古老而蜷曲的杉木下，有隻小精靈正在窺視我們。你們有沒有注意到？在我們剛走過的路上長著有斑點的大毒菇，小鬼們都聚在那裡呢！好精靈總是住在有陽光的地方。」

「如果眞的有精靈那該多好！」琴說。「如果能實現我三個願望，那眞是再好不過了！其實只有一個願望也行，如果眞能實現願望，你們想要怎麼樣的願望呢？我的話，希望能變得富有、美麗又聰明。」

「我希望能長得高䠷苗條。」黛安娜說。

普莉希拉則說：「我希望變得很有名。」

安想到她的髮色，隨卽又打消這毫無價值的念頭，說：「我希望能一直是春天，人生如春。」

「但是……」普莉希拉說：「許這願望世界就眞的變天堂啦！」

「只有一部分吧！其他則是有夏天、秋天的……對了！也要有點冬天，有時候我喜歡天堂裡積著雪的田野與白霜，你說呢，琴？」

「我不知道。」琴不安地回答。

琴是個好女孩，並擔任教會的幹部，對於她的職責十分努力並深信她所被教導的一切，但她從沒想過天國的光景爲何。

「有天，德比問我，在天國是不是可以天天穿漂亮的衣服。」黛安娜笑著說。

「你說可以嗎？」安問。

「不，我跟他說在那裡根本不用考慮穿衣服的問題。」

「噢，我想我們應該說有一點吧。」安熱切地說，「永生將是一段漫長的日子，除了思考更重要的事情外，永生還有很多其他時間。我相信大家都能穿漂亮的衣服，用更好的方式來形容的話，在剛開始時我大概想穿粉紅色的衣服，要我厭煩它可能需要一段很長的時間，因爲我實在太喜歡粉紅色了，不過，在這個世界不能穿。」

一出針樅林，小徑路面開始向下傾斜，到達一個有獨木橋橫跨河面、充滿陽光的小空地。來到陽光普照的樺樹林，那裡的空氣就如金色的酒一般透亮，新綠的樹葉間灑落下陽光的篩影。再來是滿布許多山櫻的小山谷，然後是一個坡度極陡的丘陵。女孩們攀爬著，不住地喘著氣，但在到達頂端後，一片美不勝收的開放景色深深地擄獲了她們的心。

呈現在她們眼前的是一塊農場後面的田地，位在卡摩地街道上方，前面一點的地方被樺樹和樅樹圍住，只在南邊開了一條對外通道。這裡以前應該是有個庭院，然而石牆已毀敗崩塌，有一層青苔與草覆蓋並圍繞其上。沿著東側花園，櫻林中的花落彷如吹雪，過去的小徑遺跡依然殘存在那兒，玫瑰花叢則在庭園中央的走道兩旁怒放，剩下的空地則長滿白色和黃色的水仙，在微風徐徐、鬱鬱蔥蔥的草地上婀娜多姿地搖擺。

「噢，好美啊！」三個女孩不禁讚嘆，安卻訝異得一個字也說不出來。

「為什麼這邊有這麼美好的庭院呢？」普莉希拉驚奇地問。

「這一定是海絲特．葛雷的庭院。」黛安娜說：「以前我曾聽母親提過，但沒實際看過，沒想到還有這麼多東西留著。安，你也聽說過這件事吧？」

「不，但這名字對我而言有種熟悉感。」

「噢，是在墓地看過吧！她被葬在白楊樹那邊，你知道那塊上面刻著一個打開門的茶色小石頭，上面寫著『海絲特．葛雷之墓，年二十二歲』。約旦．葛雷就葬在海絲特旁邊，但他沒有立石碑。瑪麗拉沒有跟你說過這件事倒是奇怪，說真的，這已經是三十年前的事了，大家一定都忘了。」

「如果有段故事的話，告訴我們。」安請求道，「我們就坐在水仙花中，聽黛安娜告訴我們這段故事吧。為什麼有這麼多水仙呢？它們多到足以覆蓋住任何東西。這裡彷彿被月光與陽光鋪出一片地毯似的。這真是一大發現，我在距此不到一英里的地方住了六年，卻從沒到過這裡。黛安娜，你快說！」

「從前從前……」黛安娜娓娓道來，「這個農場是屬於老大衛．葛雷的。他並不住在這兒，而是住在現在塞拉斯．史隆住的地方。他有個名叫約旦的兒子，約旦有年冬天到波士頓工作，和一個叫海絲特．瑪麗的女孩戀愛了。女孩在一間店裡工作，但她不喜歡那裡，因為她自小在鄉下長大，一直希望能在鄉下生活。約旦跟她求婚時，海絲特就說，如果能帶她去一個寧靜的地方，放眼望去是一望無際的原野與樹林，她就嫁給他。所以，約旦就把海絲特帶來艾凡里了。

「林德夫人說約旦居然敢冒險娶一個美國人，而且海絲特的身體相當虛弱，並不善於持家。不過我母親說海絲特非常漂亮甜美，約旦又是如此深愛海絲特，所以葛雷老先生就把農場送給約旦，約旦在後面建了一間小屋，與海絲特共同生活了四年。然而海絲特從未出過遠門，別人也很難得看到她，除了我媽媽和林德夫人。

「約旦為海絲特建了這座庭園，海絲特深深為之著迷，並且花了絕大部分時間待在這裡。她雖然不會理家，對園藝卻非常精通。後來，海絲特生病了，母親說可能是來這裡以前就感染了。雖然海絲特還能下床走動，但是身體一天天虛弱下來。約旦不讓別人照顧海絲特，所有的事都自己一肩擔起。母親說約旦是個心思細膩而善體人意的紳士，他每天都用圍巾披著海絲特，帶她到庭院。海絲特躺在長椅上，心情非常愉快。別人說，海絲特常在清晨和黃昏要約旦在她身邊，和她一起禱告，希望她死的那一天，能在這庭院中嚥下最後一口氣。她的祈禱實現了，某天，約旦帶她到長椅上，摘下所有開放的玫瑰堆滿她懷中，她微笑地望著約旦……閉上雙眼，安詳地走了。」黛安娜低語。

「多令人感動！」安哽咽著，拭去淚水。

「約旦後來怎麼樣了？」普莉希拉問。

「海絲特死後，他就賣掉農場到波士頓去了。傑斯．史隆則買下農場，小房子被拖到街道對面去。一年之後，約旦也死了，被帶回家鄉葬在海絲特旁邊。」

「我無法理解，海絲特為什麼要住在這裡，遠離人群呢？」琴說。

「我想我能很容易地想到。」安思考著。「我並不希望老是維持不變，因為我喜歡原野、森林，但我也喜歡人。可是我能了解海絲特，她已經厭倦了城市的喧囂，還有那些擁擠的人群總是來來去去，卻對她毫不關心。她只想逃離那個世界，到一個充滿綠意、讓人覺得親切的地方好好休息，而她達其所願了。我想這是難能可貴的，在她死前的四年是美好的。所以，與其說海絲特值得同情，不如說令人羨慕。能在最愛的人身旁長眠於玫瑰中，哦！多美啊！」

「那裡的櫻樹也是海絲特種的。」黛安娜說，「她跟我的母親說，等結實的時候，她大概已經不在人世了。但她希望樹在自己死後依然生存著，讓世上多一分美麗。」

「我很高興我們是走這條路。」安的眼神發亮。「你們知道，今天是我自己訂下的生日，所以和這庭院有關的故事也是我的生日禮物。黛安娜，你的母親有提過海絲特是怎樣的女性嗎？」

「沒有，她只說海絲特很漂亮。」

「這樣反而比較好，我可以盡情地想像她的容貌。我想她應該是個纖細瘦弱的女人，有柔軟烏黑的捲髮、恬靜羞怯的大棕眼，還有一張不太有血色的臉。」

女孩們把提籃留在庭院中，花了一下午的時間繞著森林及田野散步，發現了許多美麗的地方和小徑。女孩們餓極了，她們選擇在最美的地方享用午餐——陡坡下有條潺潺小河，白樺圍繞，地上則布滿羽翅般的草。她們坐在樹根上，細細品嘗安的手藝，新鮮的空氣和運動激起了她們的食欲，連似乎會破壞氣氛的三明治，大家也都吃得津津有味。安為大家準備了茶杯和檸檬汁，她自己卻用樺樹皮當碗，掬起冰冷的河水飲用。碗會漏水，水質嘗起來有春泥淡淡的味道，安卻覺得河水比檸檬汁更適合如此的氣氛。

安突然用手指向某處喊道：「看！你們瞧見那首詩了嗎？」

「在哪兒？」琴和黛安娜睜大眼睛開始尋找，以為樺樹上寫有古老的詩句。

「那裡，在小河底。那根長年潮濕而覆蓋著青苔的圓木，潺潺水流從上而過，形成的光滑漣漪正如梳子的撫弄，而那道陽光斜射進河底，噢！這眞是我所看過最美的詩。」

「把這當成一幅畫比較好吧。」琴說，「詩是有行有節的。」

「噢，不是這樣的。」安搖動起戴著山櫻花冠的頭，「行節不過是詩型態上的代表，它們本身並不是詩，眞正的詩是指超脫在它們之外的靈魂。琴，美麗的景色是文字上無法表達的靈魂，常人無法看到靈魂，詩的靈魂也一樣。」

「什麼是靈魂？靈魂究竟是怎樣存在的呢？」普莉希拉彷彿夢囈般說著。

「我想應該就像那樣吧！」安指著一束篩過樺樹的陽光說道，「單指外型而言，我喜歡想像靈魂是由光所形成的，其中有玫瑰色的斑紋，有些像海上月光般的朦朧光亮，更有些像破曉晨霧般擁有透明的光。」

「我讀過的書上寫著，靈魂就像花一樣。」普莉希拉說。

安說：「如果是這樣，你的靈魂一定是金色的水仙，而黛安娜的靈魂是嬌紅的玫瑰，琴是粉紅色的蘋果花，健康而甜蜜。」

「那你的心就像是有紫色條紋花蕊的純白三色堇。」普莉希拉做了結論。

琴則悄聲地對黛安娜說，她眞的不懂她們在討論些什麼。

女孩們浸浴在金色夕陽裡踏上歸途，籃中裝滿從海絲特庭園裡摘下的水仙花。安拿出一些供在海絲特的墓前，畫眉鳥在樅樹上吟詩，青蛙也在沼澤中歌唱，丘陵旁的小池塘溢滿了黃水晶和祖母綠般的光芒。

「今天實在是太棒了。」黛安娜在出發前沒有預料到會有這麼美好的一天。
「眞是美妙的一天。」普莉希拉由衷地說。
「我很意外自己非常地喜愛這片森林。」琴說。
安則沒有說話，她眺望著西方遙遠的天空，心中回味著海絲特・葛雷的故事。

第14章 避開威脅

星期五的夜晚，安走在從郵局返家的路上，遇見了林德夫人。由於身兼教會與處理鎮上瑣事的責任，兼之碰上熟人，林德夫人免不了又是一陣牢騷。

「我剛從提摩西．卡特那裡回來，想問看看他能否讓愛麗絲．路易斯幫我幾天忙。那女孩雖然反應慢了點，可有個人幫忙總是比較好的。但愛麗絲說她身體不適，無法前來幫忙，然而看到這種情形，提摩西只會坐在一旁一邊打瞌睡一邊怨東怨西。他這個人啊，十幾年來老是這副無精打采的德性，我看他再過十年也差不多是像現在這樣子吧！那種男人要他去死都很難，沒有一件事情肯用心經營，這就是他們家的毛病。如果用盡心力去做總是比什麼情況下都不動要來得好，那也眞是讓人無可奈何。他們家以後會變成什麼樣子，大概只有上帝知道啦！」林德夫人不停嘆著氣，嘴裡碎碎念個不停，似乎覺得這種問題可能連神都得花上好一陣子去思考。

「聽說瑪麗拉星期二去檢查眼睛了，醫生怎麼說呢？」她停止抱怨，轉頭向安問道。

「還不錯，醫生說應該不用擔心發生失明的情況，但還是不能勉強看太多書或者做精細的女紅。說到這邊，不知園遊會的準備工作進行到什麼程度了呢？」安高興地說。教會當中的婦女會組織最近正準備要舉行義賣會並供應晚餐，林德夫人自是其中要角。

「進行得相當順利。啊！經你這樣一問我倒是想起來，牧師夫人提議要模仿古式廚房的擺設，然後布置成饒富趣味的店面。一方面在晚餐時就能供應一些烘豆、甜甜圈與派，這樣不是很棒的主意嗎？所以目前我們正四處向人詢問，是否有骨董家具可以出借。賽門・佛列傑會將他母親親手編製的墊子借給我們；雷維・波爾特可以出借骨董椅；瑪莉・蕭會借我們一個可以放餐具的玻璃櫥櫃，我記得瑪麗拉也有些黃銅燭台可以借。再來就是我們要盡量蒐集一些古典款式的碟子，牧師夫人則是強烈希望能有個藍柳陶盤正品。但我們都沒有，你能幫我們找找嗎？」

「喬瑟芬・貝瑞姑媽好像有，我會寫封信問她方不方便借我們使用。」

「那就麻煩你了，這個戶外活動約在兩星期後舉行，亞博先生說那天可能會有大風雨，不過最近才剛下過雨而已，應該是不至於吧。」林德夫人抬頭看看尙稱晴朗的傍晚。

亞博先生的預言在家鄉中是很出名的，不過出名的原因是從來沒有準確過，也因此他從未受到大家尊敬，反而經常淪爲衆人的笑柄之一。誠如當地自詡爲才子的伊利夏・懷特老是掛在嘴邊說的：「只要是住在艾凡里的居民，就不會有人想要去讀《夏洛特鎭日報》的天氣預報欄。」

這句話顯然相當符合亞博先生從不曾準確的天氣預報，大家也都期待是相反的結果。不過他本人倒是不以爲意，仍然致力於這方面的工作。

「我想在選舉前結束義賣會，因爲凡有此類活動，必定有大批候選人來這邊宣傳。保守黨也會趕著來賄選，至少可以誠實地拿他們一筆錢也不錯。」林德夫人滔滔不絕地說。

因爲馬修是保守黨的緣故，安也是該黨派的熱情的支持者。對於林德夫人的意見，她沒有多說什麼，況且只要她講幾句，就會引起林德夫人激烈地討論政治話題，安對她的個性淸楚得很。

安從郵局領回一封瑪麗拉的信件，她看見郵戳來自英屬哥倫比亞，一顆心不禁撲通撲通跳起來。一回到家，安就激動地說：「一定是雙胞胎的舅舅寫信來了，不知道是講些什麼事？」

「打開看看。」瑪麗拉看似平靜地回應，實際上內心同樣相當緊張。

安把信拆開來念。

「他說今年春天無法領養那兩個孩子，由於冬天生病的關係，婚期也順延了。舅舅問我們能否再照顧雙胞胎到今年秋天，到時再讓他們帶回去。不知道瑪麗拉您的意願爲何？」

「不然呢？也只能先如此了。」瑪麗拉假裝十分生氣，其實要讓舅舅將雙胞胎帶走，她也很捨不得。「還好他們不像剛來時惹人費神留意，又也許是我照顧他們習慣了吧，總之，德比這陣子乖多了。」

「沒錯，德比的表現的確有進步。」安謹愼地附和，假裝不曉得德比又惹出什麼麻煩事。

安前天晚上自學校返家，瑪麗拉外出參加婦女會，朶拉正在廚房的躺椅上睡覺，德比卻躲在客廳櫃子裡，偸吃瑪麗拉拿手的黃李子蜜餞，也就是「客人的果醬」，德比是這樣子稱呼它的。他老是被吩咐不准碰蜜餞，因此當他被安逮個正著時，他的臉比那些李子蜜餞還要紅。

「德比，你應該曉得不能擅自動那些『客人的果醬』對吧？不是跟你警告過，所有放在櫥櫃裡的東西都不能碰嗎？」安挑起眉毛直瞪著小男孩。

「我是知道啦！可是那東西眞的很好吃嘛！我就想稍微看一下，越看越覺得可口，好想好想吃，所以就打算只拿一點點來嘗就好……就用手指沾……」德比眼睛發亮地敍述，安哼了一聲。

「沒想到眞的這麼好吃，所以就忍不住又拿了湯匙一直挖……」德比越講越小聲。

安立刻對德比發出嚴重警告，只見德比唯唯諾諾，最後終於答應安再也不會做這種事情了，說完還討好地親了親安。

「天堂裡面有很多果醬能吃，沒關係。」德比很自滿地說。聽到小男孩的回答，安忍住笑意問他：「可能吧，但你怎麼會想到天堂有果醬這件事呢？天堂或許是什麼都不缺，沒錯！」

「爲什麼呢？因爲是教義問答本寫的。」

「有嗎？在哪邊？我從沒看過，德比。」

「可是眞的有。」德比很堅持，「上個禮拜天，瑪麗拉教我的教義本問題中就有提到，題目是『爲什麼我們要愛上帝？』上面寫：『因爲上帝做蜜餞救贖我們。』蜜餞說的就是果醬啊！」

「我需要先喝杯水。」安口乾得要命，然後她走進廚房，花了好一陣子才止住大笑。她再度回到德比面前，告訴他「Preserve」※這個字在聖經中是庇護的意思，不是蜜餞。可是德比還小，要讓他明白這意思，費了安好一番功夫。

「原來是這樣啊！如果眞的有這麼多蜜餞的話，那就太好了，我還眞的以爲天堂有很多蜜餞呢。」德比很失望，語調落寞，「就像聖歌裡唱的，如果天堂每天都是安息日，那上帝一定沒辦法做果醬，那我不想上天堂，因爲天堂都是禮拜天，沒有禮拜六，對不對？安。」

「怎麼會沒有？有星期六，還有其他各種不同的美好日子，而且在天堂會一天比一天好，一天比一天更美麗，德比。」安向德比描述道，幸好瑪麗拉不在，否則要是她聽到這番話，準會換安自己挨罵。

由於瑪麗拉給雙胞胎的宗教觀念是舊派的，不可能有想像成分存在。而德比和朵拉每星期天都要學一章聖歌、教義問答與兩章聖經。朵拉記得很快，像部小機器在運轉一樣，理解與興趣對她而言是同等的；德比卻是完全處在另一個極端，他對所有詞語及書中記載的相關警世行爲表現出大量的好奇心，讓瑪麗拉簡直傷透了腦筋，對於德比的發問經常是煩不勝煩。

「查斯特．史隆說，人不用在天堂裡做事情，每天只穿一件白袍走來走去，要不然就是彈豎琴而已，他希望在他變老前都不要上天堂，因爲等到他變成老公公後才可能比較喜歡天堂。他還說他不想穿那種白袍，我也不想。爲什麼男天使不能穿褲子，安？查斯特．史隆對這種事情很感興趣，所以他奶奶準備了一筆錢要讓他進大學念書，以後長大當牧師。如果不當牧師的話，就不

※Preserve 有保護、保存及蜜餞等意思。

能得到那筆錢了，他奶奶希望將來史隆家能有一位出色的牧師顯赫我們這個地方。查斯特．史隆說他並不討厭當牧師，雖然他寧可當鐵匠。他決定要在成爲牧師前，把所有好玩的事情都做過一遍，因爲如果當牧師的話，就只能正正經經地待在教堂了。如果是我，就連牧師也不去當，我想要當商人，像布萊亞一樣，賣一堆糖果、香蕉。我也不想上天堂彈豎琴，我寧可吹口琴，我想到安說的那種天堂去，不曉得天堂的人願不願意呢？」德比看著安問道。

「只要你想的話，他們會願意的。」安只能這樣回答。

由於有重大事項要討論，因此，村善會那天晚上在哈蒙．安德羅斯家集會，而且所有成員都必須到場。村善會實施已經有相當的成果，同時組織也進入良好的運作情況。

馬喬．史班賽於早春時節實踐了他的諾言，把農場對面的樹木砍除，弄平斜坡並種下草皮。其他人也紛紛進行類似的開發工作，有的是不想讓史班賽專美於前而拚命苦幹，村善會自己的成員也依照史班賽的做法互相督促。鎮上許多原本雜草叢生的地方已變得十分美麗，當春天眞正來臨時，綠油油的一片，令人心情暢快，又可美化鎮容。相較之下，有些尚未整地的人家看起來硬是遜色不少，感覺眞是糟透了。在互相刺激之下，他們開始賣力整修自家的四周環境，希望不落人後。而橫跨路口那個三角地區也已經整好地、播下種，再也不必擔心有牛隻前來踐踏安的天竺葵花床，而且那些花苗最近也慢慢開始茁壯了。

總而言之，村善會的成員都相當滿意這一切事情的進展，除了雷維．波爾特之外。爲了他家田地上方老木屋的事情，大家輪番上陣對他好言相勸，只可惜他本人十分明確地拒絕，並且表示不希望村善會干涉他。

這天晚上召開的特殊會議中，村善會建議學校董事會在校地四周搭起圍牆，以及討論教堂周圍可否種植觀賞植物，如果資金還足夠的話。如安所言，只要公會堂仍然是一片藍，大家就不能開始下一個募捐活動。

成員們集合在安德羅斯家的客廳，琴已被選爲調查教堂四周種植觀景樹價格的委員。盛裝打扮的伽蒂．帕伊姍姍來遲地走進來，她本來就有遲到的習慣。「這是爲了讓她的出場製造更盛大的效果！」看不慣她作風的人總是在背後這樣批評著。

此回她的出現的確讓人印象深刻。伽蒂．帕伊突然戲劇化地走到客廳中央，高舉雙手，環視每個人後宣布：「我剛剛聽到一件令人十分震撼的事情，你們猜是什麼？傑德森．派克先生要把靠近他農場周圍的那些牆，全部租給藥廠作爲宣傳之用。」

有史以來第一次，她成功地造成了轟動，就算她在村善會中投下一顆炸彈，也遠比不上這個消息驚人。

「這不是眞的！」安無法思考，眼睛直視前方。

「我第一次聽到也不相信。」伽蒂．帕伊享受著這股發現最新情報的快感，得意地說：「傑德森先生應該不會做這麼狠心的事情，但今天下午我父親遇到他時問他，他親口證實了。你們想，他的農場可是面對新橋街呢！整條街如果都貼上藥品廣告的話，這邊的環境美化將付之一炬，毫無美感，你們大家說，是嗎？」

即使有哪個人再沒有想像力，不用她說大家也明白。近半英里的圍牆如果都是那種破壞小鎮風光的廣告，那將會有多難看。現在大家都無心再討論學校圍牆或者教堂周圍的綠化問題了，沒有半個人遵守會議章程，每個人都想爭著發表意見，現場嘈雜到了極點，安手拿著記錄簿卻再也無法寫字。這樣意想不到的發展，大家都沒料到過。

「噢，我們先冷靜點。」安懇求著，雖然她是人群中最爲激動的一個。「必須讓傑德森．派克先生改變想法，我們大家要集思廣益。」

「那種人有可能會重新考慮嗎？」琴生氣地喊，「他可是連一點道德心、善良和美感都沒有啊！爲了錢，他什麼事都做得出來，他的品格大家都很清楚。」

雖然情形相當嚴重，但傑德森．派克先生在這鎭上並沒有任何互相往來的親戚，只有他姊姊瑪莎．派克。雖然她相當開朗又通情達理，但她並不認同某些年輕人的作爲，也不喜歡村善會。傑德森則活力十足、善於交際，對人還算有禮貌。可是不知爲何，他其實沒什麼朋友，也許是他的和善面總是在做生意時才充分發揮的關係吧。對於總是汲汲於名利的人，一般人通常對他沒什麼好感，鎭上的人給他的評價也是「狡猾」、「沒有太多節操」。

佛雷德．懷特說：「他自己曾說過，若是有利可圖，他連一分錢也不會放過。」

「難道都沒有人可以改變他的心意嗎？」安嘆了口氣，抱持最後一絲希望發問。

「我願意去找白沙鎮的露易莎．史班賽，說不定她有方法能勸傑德森．派克先生不要讓藥廠把廣告貼在牆上。」嘉麗．史隆舉手發言。

「那可不行，露易莎．史班賽也不承認這個村善會。我很清楚她的想法，只有錢才能引起她的興趣，要請她去說服傑德森，搞不好事情會弄砸。」吉伯說什麼也不肯。

「那麼還是得由我們出面，選派一個委員去傑德森那裡了。」茱麗葉．貝爾說：「必須要女生去才行，男生去只會弄得更糟，說不定他連理都不理。但是我沒辦法去，所以請推薦別的合適人選。」

「讓安去吧！我相信她有能耐可以說服他的。」奧利佛．史隆說。

安答應接下這個重任，但希望有人能給予她「精神支柱」，因此黛安娜與琴被指名為安的精神支柱，然後成員們就像群暴躁的蜜蜂般，悶悶不樂地各自解散回家。

為此，安擔心得一直睡不著覺，到了凌晨才昏昏沉沉地進入夢鄉，好不容易睡著了，卻又夢到學校董事在校園外圍築起高牆，上面寫滿了「請試用紫藥丸」的標語。

隔天下午，被推派出去的人前往拜訪傑德森．派克，安使出渾身解數請對方改變原先念頭，琴與黛安娜雖然插不上嘴，但也勇敢地給予了安精神上的鼓勵。傑德森不愧是做生意的商人，不但不著痕跡地轉移話題，臉上還出現十分過意不去的表情，間接拒絕了這些少女的苦苦懇求，淨說些漂亮話──因爲生意還是得做，總不能給藥廠一種他不守信用的印象，否則以後怎麼繼續買賣呢……等等，諸如此類的話語。

「就這樣吧，我會顧及鎭容美觀問題，請公司方面盡量使用一些美麗的顏色刷牆，像紅色、黃色等等，一定不會用藍色。」傑德森說道，一抹揶揄浮上他眼睛。

大家並不甘願，但也幾乎快放棄了。卽使情緒仍十分憤怒，卻也拿對方毫無辦法。

「我們已經盡己所能，其他的就讓上帝來裁決吧！」琴喃喃自語地引用林德夫人的口頭禪。

「能否去請亞倫牧師說看看呢？說不定有用。」黛安娜提議。安搖搖頭。

「麻煩他也沒有用，而且牧師的孩子們還在生病呢。卽使亞倫牧師眞的跟他談，恐怕也只會被他用同樣方法敷衍過去。他會在星期天很規律地上教堂，只不過是因爲露易莎的父親是教會長老，而且他對這類事情又很講究的緣故。不過，連自家的圍牆都能租出去賺錢，我看在艾凡里除了他之外，再也沒有別人了。」安氣急敗壞，腳步也不自覺重了許多。「最起碼小氣如雷維或者羅倫索．懷特，也還不至於做這種事，他們還曉得要稍微尊重一下大家的意見。」

小鎭上，這件事很快流傳開來，大家對傑德森．派克更加沒有好評，卻又無力改善現狀。傑德森還是照樣做他的生意，或許暗地裡還在竊笑吧，總之，他一點也不在乎別人的看法。村善會的成員也只能眼巴巴地等著新橋街上最美的一段圍牆被指日可待的廣告看板破壞得滿目瘡痍、毫無生氣，幾乎是坐以待斃的狀況。

但在某天，集會中要報告交涉結果時，安給了大家一個最新訊息：「傑德森．派克不把圍牆出租給製藥公司了。」

琴與黛安娜懷疑她們的耳朵有沒有聽錯，但因爲議事規則有一定的流程與秩序，所以只好等集會結束再問。集會一結束，大家馬上圍到安身邊，想知道究竟是怎麼回事。安沒有更詳細地說明，只說昨天傍晚傑德森．派克攔住她，說他決定聽從村善會的建議，不讓製藥公司租圍牆。至於理由方面，安也無從得知，沒辦法再跟大家透露任何消息了。回家路上，琴將她的臆測告訴奧利佛．史隆，說她覺得傑德森．派克會毫無理由就放棄出租的事情必有古怪。果然，事情後來的發展完全如她的懷疑。

前天傍晚，安去拜訪艾文夫人位於海岸路的住所，回程走小路。若是沿著那條小徑繼續往下走，就會到達被安取名爲「耀眼之湖」的地方，一般沒想像力的人則稱其爲「貝瑞家的水池」。有兩個人坐在馬車中，停在路邊交談，一個是傑德森．派克，另一個則是新橋鎮的傑利．克朗科。依照林德夫人的說法，這個克朗科總在暗地裡做些不可告人之事，天曉得何時會爆發出來呢？話說這個人是做農耕器具的代理商生意，在政界也算廣爲人知，對於政治活動方面，他相當積極，也很熱情參與。最近加拿大快要選舉了，傑利．克朗科爲了要拉抬自己所贊助的候選人聲勢，已經有好幾週不畏辛勞地四處奔波。正當安無精打采地從沙灘那頭經過這邊時，正巧聽到他們的對話。

「就這樣吧！如果你能將票投給亞莫斯巴利的話，派克，那你在春天就可以收到我買那碎土機的貸款，如何？我想你應該不會反對吧？」克朗科說。

「哦，你說的方法挺不錯的。」傑德森慢腔慢調地說著，露齒奸笑。「這樣算起來還不錯，一個人總要眞正體認到自己在困難時的志向所在嘛。」

此時他倆看見安，話題陡然停止。安視若無睹地走過，過了一下子，從安背後傳來馬車聲。

「我送你一程吧，安？」傑德森友善地說。

「謝謝，不用了。」安強自鎭定情緒，表面上跟他打交道，口吻及意識中卻早已充滿尖銳的憤怒感，甚至連沒良心的傑德森也能感受到她的氣憤。

他的臉漲紅起來，手握緊韁繩，終於還是恢復冷靜。他繞到安面前停下馬，神情不安地盯著她，安根本不想理會他，只是自顧自地往前走，讓剛剛做了虧心事的傑德森尷尬不已，不曉得安是不是已全盤聽到克朗科與自己方才的交易——這下子眞是糟糕啦！克朗科眞不該說得這麼大聲，而且還是在路邊，兩個人都太大意了，竟沒注意到安的出現。安也眞是的！怎麼會突然從沙灘那邊的林子裡冒出來呢？傑德森想道，若安聽到他們方才的談話，肯定會馬上大肆宣揚，雖然這並不會讓他個人覺得怎麼樣，可是他一點也不想讓這件事傳到伊薩克．史隆耳中，因爲他正計畫要娶可能是下一任繼承人的露易莎．珍，正因爲伊薩克．史隆對傑德森本人其實也有點成見，所以還是要避免這樣的謠言四處散播才是。

「嗯……安，你們前幾天跟我討論的那件事情，我正想跟你說，我已經決定不把那些圍牆租給製藥公司了。像你們這樣的組織，實在是該好好地鼓勵發展才對。」

安的心情稍微平復，接著向他禮貌上地道謝。

「嗯……所以，請不要將我跟傑利的對話說出去。」

「我從沒有想過要把這件事跟別人提起。」安的語氣冷漠，與這樣出賣自己投票權利的人打交道，她還寧願全鎮上的牆壁都貼滿廣告。

「正是……正是……」傑德森同意，以爲安與他建立起了美好的共識。「我想，安你一定不會到處跟人家說這種事吧？其實我也只是跟他聊聊天罷了，他老以爲自己很聰明，不過可別以爲這樣就能說服我加入他與亞莫斯巴利的陣營啦。我剛才也只是表面敷衍他，探聽他的虛實而已。至於圍牆，安可以放心讓村善會的成員知道，我已經不出租了！你們放心吧！」

晚上，安回到房間時，面對鏡中的倒影自言道：「我聽說世界上的人眞是千百種性格都不相同，不過有些人就此消失還比較好。雖然今天聽到那種無恥的事情，但是以我的觀念，我還是不會說出去，只因爲不想說長道短。身爲人就要對得起自己的良心，不過很可笑的是，最後還是得憑傑德森的關係去解決圍牆的問題。這又是怎麼回事呢？先前的徒勞無功是必要的嗎？這些說不定是上帝的旨意吧，世界上還有很多事情的因果關係令人難以理解啊！」

第15章 揭開假期的序幕

夜晚降臨，在寂靜的夜色中，風悄悄從操場四周吟哦而過，使得森林樹木搖搖晃晃跟著律動起來，連帶使伸展在地上的長影也跟著擺盪。安鎖上最後一道門，很滿意地看著那棟陪了她一整學期的教室。

第一學期終於結束了，安也與學校董事會簽好明年度的契約。由於安的教學深受大家好評（除了哈蒙·安德羅斯認爲她應該多使用教鞭外），她當然是繼續帶領那群孩子的最佳人選。

接下來兩個月無拘無束的暑假正在等著她呢！安覺得自己的心情簡直如天上雲朵般快樂無比。她手提籃子走向歸途，小山丘旁的山楂花日漸茂盛，美不勝收。安每週都會到馬修的墓前走一遭；人其實是健忘的，自從馬修過世後，常常思念他的大概也只有瑪麗拉與安了。沉默的老好人馬修，安的心中仍眞實存在他的身影、言語，一切都熟悉得彷彿昨日才發生過而已。安永遠也無法忘記在那淒苦又渴望被人愛著的童年中，馬修是第一個對她付出眞誠的愛與同情的老好人。

蜿蜒小道的盡頭松樹下，有個小小的人影坐在柵欄上，在昏黃的傍晚裡等待著安。她回眸望向他，那張清朗的臉龐上還有淚痕，表情卻是微笑的。

「我就曉得您會來，老師。今天奶奶要我把天竺葵插在爺爺的墓前，我來之後就想到您今天可能會來看馬修爺爺，我果眞等到您了。我另外還摘了白玫瑰，是我自己要送給媽媽的，可是因爲我無法去探望媽媽的墳，所以只好把花放在爺爺的墳墓旁，眞希望媽媽在天上能知道。」保羅用手指了指躺在石碑上的美麗花束。

「媽媽當然曉得啊，保羅。」安拉起小男孩的手。

「媽媽過世到現在已經三年了，即使如此，我還是好想她……當我想到媽媽時，我就好難過，什麼事都沒辦法做。」保羅說著說著，不禁又哽咽起來。他轉動眼眸，試圖將淚水眨去，免得被安發現。

「即使能淡忘這種悲傷的感覺，但有關你母親的事情，你是不會忘記的，不是嗎？」

「老師，從沒有一個人能像您這樣了解我。我眞的一點也不想忘記有關媽媽的事情。爸爸也不會忘記媽媽，可他總無法跟我講太多，當爸爸將臉埋進掌心，我就曉得他沒辦法再說下去了，因爲他也很難過。爸爸的悲傷應該是我無法想像的吧。而奶奶對我很好，但她總是避免跟我說起媽媽的事。現在大多是我跟奶奶與管家住在這裡，爸爸因爲工作的關係很少回來，而奶奶是媽媽以外最親切的人了。等我長大以後，我要去跟爸爸住在一起，再也不跟他分離了。」

從保羅的敍述中，安知道了許多有關他父母的個性與事情，保羅媽媽的氣質與個性比較像保羅，而他的爸爸則是感情豐富卻較內斂的人。保羅說過他的父親不容易爲人所理解，而他在母親過世後，才確實明白父親是個眞正的好人。

「現在我最喜歡爸爸了，然後是奶奶，再來是老師。其實感情上，我比較想把老師擺在第二，但奶奶總是陪伴在我身邊，我想她還是第二位，對不起，老師！

「到現在爲止，我只有對一件事很在意，那就是奶奶老在我睡著前把燈帶走。她說這是爲了要訓練我的膽子，這樣我才不會變成一個怕黑的男人。其實我也不是怕黑，但在睡覺時有盞燈光陪伴我，感覺上比較好，以前媽媽還在時，總會握著我的手直到我進入夢鄉，感覺上這樣好像充滿了愛。當媽媽的人都是這樣對孩子的吧，老師您說對不對？」

雖然安也明白這個道理，不過由於從小父母雙亡，她很難去想像這樣的感覺。安難過地想起被葬在遠方的父母無人探望。保羅雖然母親過世，但還有這樣溫暖珍貴的回憶，讓安好生羨慕。

「下星期是我的生日哦！爸爸寫信說要送我一樣我最喜歡的東西，我想應該到了，不過因爲奶奶把櫃子鎖起來，所以我當然是無法看到。奶奶神祕地跟我說不要問東問西，等到生日那天我就知道了。這個生日過完我就十一歲了呢！雖然可能有點不像啦。

「奶奶說我看起來還是滿小孩子氣的，因爲我都沒有乖乖吃飯，但我覺得我很努力地吃了，奶奶在營養方面實在照顧得太周到了。現在我每天晚上睡前都會禱告，希望隔天可以把飯吃完，但還是很難；我跟主日學的老師說禱告很難，但老師說身爲虔誠的教徒一定要禱告，上帝才能保佑我。但也不曉得是我的要求太多還是不夠虔誠，我每次還是很難把飯統統吃光。奶奶說我爸爸也都是吃這麼多長大的，所以現在身體才這麼好，但有時眞的很難把飯全部吞下去，我會不會因爲這樣就死掉？」說到這裡，保羅很苦惱地低下頭。

安忍俊不住笑起來，艾文奶奶的老式教育是全鎭有名的。她對保羅說：「那還眞是糟糕啊，保羅。不說這個，上次你寫信跟我提到的『海邊的朋友們』現在過得怎麼樣？水手哥哥現在有守規矩些了嗎？」

「當然囉！」保羅一展笑顏，「雖然他外表狠毒，但我有告訴過他，如果他不聽話，我就不跟他做朋友，所以他都很遵守諾言。」

「諾拉呢？她知道金髮婦人的事了嗎？」

「從上次我去岩屋時她的神情就怪怪的，我想她大概知道了。但其實我也不在意，我不跟她說是因爲怕她不高興，如果她眞要爲此生氣，那我也沒辦法了。」保羅搖搖頭說道。

安問他：「這個黃昏你要去海邊岩洞嗎？我能不能和你一起去看看他們？」

「可能沒辦法看到他們，他們只願意出現在我面前，不過老師可以發現屬於您自己的『岩洞朋友』哦！因爲老師跟我一樣，都是愛幻想的人，對不對？有這種天賦眞棒！」保羅微笑地傾頭瞧向安，並且親暱地拉住她的手。

「的確是。」安的眼神沾染了燦爛的光芒，或許是傍晚彩霞的餘暉映射在眼中之故，保羅的藍眼睛此時看起來漂亮極了。他們兩人都明白，當想像之窗開啓，前方便是通往那無邊無際的美麗王國。在這條幸福之路上，鐘聲響徹雲霄，與人彼此心靈相通，永遠有滿谷的玫瑰盛開，沒有陰霾籠罩。精靈在這樣的人出生時，會將道路的秘密悄悄送給嬰兒，這個幻境就在太陽之東、月亮之西，永遠等待那個人的來臨，是個不會消失的永恆世界。

保羅先行離開了，只留下安一個人在墓園。

艾凡里墓園依舊孤零零地待在長滿雜草的角落，最近村善會將焦點轉移到這兒來，普莉希拉甚至還發表了墓地整修的意見——將墓碑做妥善的整理，並請大家把原先腐壞的木頭柵欄改成鐵架做的圍牆，如此一來，墓園就顯得清爽多了。

安把花輕輕放在馬修的墓上，再把另外準備的花供在海絲特．葛雷那位於白楊樹下的小墳。從那次野餐後，安已經習慣順道帶一束花給海絲特；先前安還一個人跑去上次的庭園，摘了許多白玫瑰帶到這裡。

安坐下來，聽到有人走過來，原來是亞倫夫人，兩人便一同踏上歸途。

亞倫夫人五年前嫁給牧師後，兩人便一起來到艾凡里，當年尚有少女氣息的亞倫夫人，如今眼角也出現了一些皺紋，這些都是過去的歷練所造成的。墓園中，因生病而過世的牧師長子之墳能解釋其中一些原因，加上最近小兒子又生病，亞倫夫人額頭上也不饒人地出現新皺紋。不過她的眼神依舊明亮澄澈，雖然已不復年輕美貌，卻更添一絲堅韌溫柔。

夫人問：「暑假過得還好吧？」

「嗯，我已經計畫得差不多了，我想這個暑假應該會充滿快樂的回憶吧！七月的時候，普莉希拉要帶摩根夫人到島上，光是這個就讓我迫不及待了。」

「今年教職工作相當成功，沒有了顧慮，相信這個暑假你一定會過得很愉快的！」

「其實也還好啦，去年秋天開始教書時，很多原本計畫得好好的事情，最後卻無法實現的可多得很呢，不一定都能達成就是了。」

「大家都是呀。」亞倫夫人嘆了口氣，「詩人羅威爾說過：『失敗不可恥，沒有理想卻是罪惡。』每個人都應該要有長遠的目標，因爲理想具有可塑性，大家都爲了實現理想而努力不懈。有理想才有人生意義，眞正可憐的是形如走屍、沒有目標的人。所以，安也要繼續努力喲！」

「我的夢想很多，而且可能都殘缺不全，就拿我還未當老師前，我以爲我的理論是最好的，可是不知道是哪裡不對，常常在緊要關頭出紕漏哪！」安笑著搖搖頭。

「你是說不體罰學生的事情吧！」亞倫夫人會意地說。

「對於責打安東尼這件事，我一直感到十分後悔。」安苦笑承認。

「大家都覺得安東尼應該被處罰，對那孩子而言這處罰倒也適合，最好的證明就是你不會再對安東尼的事情煩惱不已了，不是嗎？由於你打破了那孩子以爲女性都是軟弱之輩的僵固想法，所以他現在很崇拜你，其實安東尼並不是不知道你是個好老師。」

「這是另一回事呀！」安苦澀地搖頭，「安東尼有自己的見解，但對我而言，我還是做錯事，造成了無法彌補的遺憾。如果我是經過平心靜氣地思考，最後眞正決定要如此處罰安東尼，我也就不會倍感愧疚了。但事實上是，因爲我的怒氣蒙蔽了我的心靈，讓我沒有多加思考這樣是否正確就動手了。也許安東尼並不在乎這點，但對我而言，這是很重要的！我卻打破了這個原則，這眞的讓我覺得好丟臉。」

「人非聖賢，過去的就讓它過去吧，總不能把這壓力背上一輩子啊！能對錯誤產生警惕是好事哦，安。」

亞倫夫人似乎有意停止這話題，於是問安：「那你最近跟吉伯的學業如何了？」

「我們快把維吉爾的書讀完了，剩下二十行。」

「那麼上大學沒問題囉！」

「呃……這個嘛，還不清楚呢。」安像作夢般凝望遠方，喃喃自語，「大學或許就在前方而已吧。不過因爲我還沒到那個時候，所以不能淸楚地告訴您。最近瑪麗拉的眼睛復原穩定，還有雙胞胎的事情，不曉得今年他們舅舅能否順利帶他們回家……等等，加上剛才說的大學。如果不能上大學，我一定會很痛苦的，所以還是先別想它了，比這個更須先解決的事情還眞不少呢！」

「我們都很希望你能順利進大學念書，如果不能的話，也千萬別因此消沉。人生的路有千百萬種，大學只是其中一種，不管它是以什麼樣的型態出現，生命的寬廣或狹窄都是靠你自己努力的。不管到哪裡，人都得學著生活，全看我們如何披荊斬棘地開拓希望哪！」

「我明白，活到現在，很多事情已經讓我很感謝了。非常多事情，工作、保羅、雙胞胎、我所愛的朋友們，因爲有他們，所以我很快樂。情誼是最珍貴的，所以要誠懇地、純粹地去看待它，務必不使之蒙塵。

「沒錯，像伽蒂．帕伊與茱麗葉．貝爾兩人是好朋友，到哪裡都在一起，但伽蒂．帕伊卻老愛說茱麗葉壞話。如果她聽到有人說茱麗葉的不是時，還會覺得很高興，也許伽蒂．帕伊其實是在忌妒茱麗葉吧，這樣的友誼已經變調了，如果是朋友，就該包容她的缺點、稱讚她的優點，這樣友誼才能長存啊！」

「友誼的確美麗，但很難說這不會有改變的一天……」亞倫夫人看了看安，沒有繼續說下去。安的眼眸中總是閃閃發亮，善良的心裝滿了友誼與理想，與其說她是女人，不如說她還是個孩子，就讓她繼續這樣保持下去吧！有些事情並不是非得現在說不可，正確的時機說正確的事，這應該也是人生的哲學哪。

第16章 如願以償

晚上在廚房裡，安正在讀信，德比依偎到安的椅子旁向她撒嬌起來：「安——我好餓哦。」

「好，我拿奶油麵包給你吃喔。」安回答道，然而眼睛也沒抬一下，因爲信中捎來的好消息讓她沒注意聽德比說了什麼。她的雙頰緋紅如玫瑰般，眼睛閃閃發亮。

「我的肚子現在好餓哦！而且一定要吃梅子餅乾才能讓我塡飽肚子！」見安沒動靜，德比嘟起嘴喊道。

安笑起來，終於注意到德比。

她放下手中的信，安撫起這可愛又吵人的小鬼頭：「在正餐之間除了奶油麵包外，不可以吃其他零食。不是告訴過你了嗎？你這算哪門子的肚子餓呀？」

「我不能吃其他零食了嗎？那……麵包給我……請。」德比彷彿說溜嘴似的，最後才附帶上這個「請」字。

安走進廚房，很快拿出一片厚吐司，德比看著吐司，雙眼骨碌碌直轉。

「安比較好，都會給我很多奶油，瑪麗拉就只會給我薄薄的一層。奶油很多的話，麵包比較容易滑到肚子裡去。」

吐司一弄好，德比立刻開動，三兩下就解決它。還眞如他所形容的，滑到肚子裡去了呢。

德比頑皮地倒掛椅背上，然後從椅子上溜到地下，轉了兩圈再站起來，以堅定的口氣宣布：

「安，我不想上天堂。」

「爲什麼？」

「如果天堂是賽門．佛列傑家的閣樓，我寧可不去。」

「賽門．佛列傑家的閣樓？那是什麼？德比，這種荒謬的事情是從哪邊聽到的？」安又是一陣瞠目結舌，好半天都笑不出來。

「上星期日，主日學裡說到以利加和以利亞的事，羅傑森老師問以利亞要去天堂時留給以利加什麼，謬弟．波爾特說舊衣服，全班都快笑死了，其實謬弟．波爾特只是因爲忘記那個東西的名字，所以就隨便說說。羅傑森老師說上帝是天堂的保護者，不能不尊敬和亂說話。剛好那天老師心情不好，所以表情就很生氣。大家笑完以後，我又站起來問老師天堂在哪裡？謬弟就偷偷跟我說，天堂是賽門叔父家的閣樓，至於爲什麼？他說等主日學結束後再告訴我。

「後來他跟我說，因爲他媽媽和賽門太太是姊妹，有次她們的表妹死掉，謬弟和他媽媽一起去參加葬禮，亞倫牧師在棺木前說琴．伊蓮已經到天國去了，但牧師明明就知道她在棺木裡面，卻還這麼說，不是很奇怪嗎？大家又把棺木抬到屋頂閣樓去，葬禮結束後，謬弟和他媽媽上樓拿帽子時，謬弟問天堂在哪裡，他媽媽就說『那裡』，還用手指了天花板噢！剛好那邊就是閣樓！

所以一切眞相都集合後，他就明白了，從此以後，他再也不敢去賽門家的閣樓，因爲這實在是太可怕了！」

聽到這些童言童語，安的表情嚴肅起來。她要德比坐好，然後設法跟他解釋。

因爲安從前是個富有幻想力的女孩，也曉得一個七歲大的孩子對神學教義總有非常天外一筆的詮釋，因此得配合程度讓他了解。

終於，花了一番功夫，當德比明白天堂並不是賽門家的閣樓時，在院子裡摘豌豆的朵拉和瑪麗拉也進來了。

朵拉總是十分快樂地幫瑪麗拉做家事，像擦拭盤子、餵家禽、撿柴、跑腿等，以年齡來說，朵拉是個勤勞的好女孩。相對於朵拉總是如此愛乾淨、整潔、乖巧，做什麼事都很細心又不用交代太多次而言，德比就顯得粗心多了，這還不打緊，壞的是他熱愛調皮搗蛋，做過的糟糕事一籮筐。但德比與生俱來的迷人之處，讓安與瑪麗拉往往無法太過苛責他。

當朵拉剝豌豆時，德比便將火柴插在豌豆上面當成桅杆，讓它成爲一艘船。

安迫不及待地告訴瑪麗拉信中的消息。

「普莉希拉說摩根夫人會來拜訪這個島，天氣好的話星期四約十二點就會到艾凡里，住在白沙鎮飯店，因爲摩根夫人的朋友也住那裡。信中還提到她下午會來探望我們，這實在是太棒了呀！瑪麗拉，我好像是在做夢呢！」

「摩根夫人也是人呀，瞧你興奮的。」瑪麗拉雖然這麼說，但其實她也處在一種不明所以的興奮當中，畢竟摩根夫人相當有名氣是事實。「那她會來這裡吃中飯吧？」

「對啊！這頓飯我想由我來全權負責，好嗎？因爲她是《玫瑰園》的作者，我希望能讓她有賓至如歸的感覺。拜託！您一定得答應我。」

「你就去忙吧。七月天可熱得很，你願意去張羅也省得我麻煩，就照你的意思吧。」

安興奮得拉高語調：「謝謝您，瑪麗拉！那我要來研擬一下菜單了。」

「別把這件事情看得太嚴重，你這孩子，每次只要一過度興奮就會出差錯。」瑪麗拉開始替安擔憂起來了。

「沒有啦！其實也只是做些節日菜色，不一定要多盛大。雖然我十七歲，也當起老師了，但仍嫌不夠穩重，有時還會出狀況，不過這方面我會很慎重考量的……我希望菜樣可以是精緻又美麗的，以及……別把豌豆莢放在樓梯間！那很危險的，德比！」安說到一半，又趕忙阻止小鬼靈精的遊戲。

「說到哪了？噢，我還想做奶油洋蔥焗湯，還有兩隻烤雞，就是院子旁小屋的白羽雞，其實那兩隻雞很可愛，還眞是有點捨不得。想當初牠們小時候羽毛還是嫩黃黃的呢，都是我在照顧牠們，不過現在還是到了得煮來吃的時候了。可是我不敢殺雞，要請強．亨利來幫忙才行。」

「我也要！」德比蹦蹦跳跳地靠過來，比手畫腳說道：「瑪麗拉抓住雞的腳，然後我用斧頭砍下牠們的頭！看無頭雞滿院子跑來跑去一定很好玩！」

「然後用萵苣做生菜沙拉，佐以一些豆子、牛奶煮馬鈴薯，點心則是慕斯檸檬派、咖啡、起司與手指餅乾，有些明天就能先完成。我要穿有薄紗的洋裝，以前我曾跟黛安娜說過，如果真有一天能見到摩根夫人，我就要穿這樣。我想目前這樣應該很足夠了……德比！你又把豌豆塞進地板縫！快把它拿起來！」

安深吸一口氣，說：「對了，也應當順便邀請亞倫牧師夫婦與史黛西老師才對，他們也非常想見摩根夫人，這樣的安排真是太棒了。德比，到外頭玩去，別把豌豆丟進桶子。這週四希望會是個好天氣，不過亞博先生說最近會下雨哩！」

「不會的，你放心，一定會是好天氣。」瑪麗拉向她保證。

當天晚上，安去果樹嶺告訴黛安娜這件事情。兩人就躺在吊床上搖啊搖的，敘述各種可能會有的情節，兩人越講越興奮。

「我也幫忙安的午宴吧！萵苣沙拉就交給我。」

「好啊！也要幫我一起布置起居室哦！我想要讓那裡頭變成花園，桌上的瓶子要插野玫瑰。摩根夫人作品裡的女主角總是不慌不忙、很有條理地處理任何突發狀況，一點也不驚慌失措，彷彿這就是她們天生的優雅。噢！你有看過《林邊日子》嗎？裡頭由摩根夫人所打造的女主角，從八歲就開始打點家中一切，還必須一肩挑起重擔照顧父親；反觀我八歲時，只能帶帶比我更小的孩子呢。

「摩根夫人對於少女的描寫可以說是專家啊，我現在眞的很緊張，老想著可能會出現的各種細節，她會跟我們說什麼呢？她對我們的印象將會如何？我要怎麼回答才好？我假設過十二種情形。哎！可是我現在又開始擔心我臉上的雀斑了呢！你瞧，七粒大雀斑，一定是上回野餐沒戴遮陽帽，就在太陽下走路的結果，不過這大概算是萬幸了吧，至少沒有滿臉都是，可我還是很希望能夠全部消失，因爲摩根夫人書中的女孩子都沒有像我這樣的呢！」

「塗點檸檬汁看看吧，說不定明天就消失了。」黛安娜這麼安慰她。

隔天，安一起床就開始忙碌地準備茶點，也將白色的薄紗洋裝整理過一番，又打掃了房子一次，連儲藏室也不例外——雖然摩根夫人應該不會去看那邊。其實，綠色屋頂之家平時就非常乾淨、一塵不染，只是安太重視這次的會面了，不好好再清潔一次會心有不安的。

安對瑪麗拉說：「一定得這樣才行，摩根夫人在寫《金鎖匙》這本書時，提到愛麗絲與路易莎這兩位女主角，她們把朗費羅※的〈古代木匠〉這首詩當成標的：即使常人未到過的角落，也都毫不懈怠，因為上帝無所不在。——正因爲如此，所以她們的儲藏室、床底下都十分乾淨，不曾

※朗費羅（Henry Wadsworth Longfellow, 1807-1882），十九世紀英國桂冠詩人。。

偸懶過。如果摩根夫人眞的不小心看到我們的儲藏室，我希望她看到的是一個整潔的地方。我跟黛安娜都對這段話銘記在心。」

那天晚上，同時由強·亨利·卡特和德比動手屠雞，經過安的精心烹調，成爲著名女作家摩根夫人的主菜。雖然安並不喜好烹飪，但只要是爲了摩根夫人，她就感到心情愉悅。安對瑪麗拉承認她不喜歡拔雞毛，但是當她動手拔雞毛時，心中不停地想著摩根夫人書中的情景，也就不會覺得過程難熬了。

「我還在想，你可能會弄得到處都是羽毛，還好最後沒出錯。」拔完雞毛後，安送德比上床，並且要他臨睡前答應她明天不可以搗亂。

德比卻說：「如果我明天當一整天的乖小孩，後天能不能當壞小孩呢？」

「如果你表現好，我會帶你們去小水池划船，還有去沙山上野餐哦！」

「眞的嗎？那我們約好了，本來我想要試試用我新做的空氣槍射哈里森先生家的生薑，不過這件事以後再做也行。噢！明天肯定會很無聊，可是如果能到沙山上野餐，明天我會努力當個乖小孩的，安，我保證，安。」

第17章 意外之章

安這一晚睡得很不安穩，總共醒過來三次，每次都會探看一下窗外天氣，生怕天空不作美。隔天，清晨的珍珠色白霧低低飄過田野，顯見今天的確是個好天氣，安急忙跳下床做準備。

吃完早飯後，黛安娜手提花籃與薄紗白洋裝抵達綠色屋頂之家。因爲洋裝很珍貴，不能先換上，以免不小心弄髒，所以她暫時先穿了粉紅色的棉麻裙子，還套上有蕾絲邊的圍裙，看起來十分可愛。

安緊緊抱住她：「我的女孩！你太可愛了！」

「才沒這回事呢！衣服尺寸都大上你許多，從七月到現在，我又增加四磅了，難道我會繼續這樣下去嗎？安，摩根夫人書裡頭的女孩們都很纖細動人的。」黛安娜嘆著氣。

「別再想啦！要忘掉煩惱。當你感到難受時，要轉變方向去想想美好的事情，這是牧師夫人說的。你有可愛的酒窩呢，笑起來好甜，我也常爲了雀斑而煩惱，但我的鼻子形狀還不錯，往好處想總是可以發現其他的事情。對了，你幫我調好檸檬汁了嗎？」

「當然。」

「那太好了，現在我們有足夠時間可以裝飾屋子了。」安拉著黛安娜到充滿陽光的庭院中，兩人準備摘取花朵布置屋裡各個地方。

「預定下午一點吃飯，因爲普莉希拉說她們大約中午十二點到十二點半就會抵達。」

安與黛安娜唱著歌，興奮而急促的心在胸膛中跳動，大概整個美國與義大利的少女集合起來也沒有人能像她們這般雀躍，連剪斷花莖的聲音聽起來都是如此美妙，大把的玫瑰、火紅芍藥與油菜花爲了摩根夫人的大駕光臨而大朵大朵盛放著。

哈里森先生如往常般在路邊割草，當安看到時，心想他居然還能對今天這樣特別的日子視若無睹，眞是太沉著啦！

綠色屋頂之家的客廳很呆板，家具雖以毛布料包裹，但安總嫌太過僵硬；雖然也是有滾邊的窗簾，但爲何不是柔軟的蕾絲花邊呢？還有白得嚇人的椅套與坐下時可能會夾到裙襬的凹角。總之，雖然以前就向瑪麗拉抗議過了，但她總不願意讓安去改造陳設，大概會說那是「破壞」吧。

幸好，花的繽紛妝點了這些毫無生氣的擺設，現在這間客廳可說是大變身了。

白花球插滿桌上的藍色花瓶，玫瑰與羊齒草被裝飾在壁爐架上，每個架子也都可見藍鈴花的蹤影。以往陰暗的角落變得明亮，溫暖的日光從各種植物間投射進來，在牆壁上婆娑形成另一種美景。安豐富的想像力使這間客廳擁有了絕佳品味，最好的證據就是連瑪麗拉都感到很滿意。

「現在該來布置餐桌了吧！」安說，樣子就像正要舉行神祕獻祭典禮的女祭司。

「中央的大花瓶要擺滿鮮豔的紅玫瑰，每個人的餐盤上也要有一朵薔薇，而摩根夫人就單獨放一隻玫瑰，你曉得的，這代表著『玫瑰園』。」

瑪麗拉做了新的麻桌布，並拿出珍藏的碟子、玻璃製品與湯匙叉子等，留心一看，會發現它們都儘可能被擦拭過了，正閃閃發亮著呢。

她們回到廚房，爐子裡已經開始溢出陣陣香味，烤雞滾燙得嘶嘶作響。安負責切馬鈴薯，黛安娜燉煮豆子，然後又將自己關進食物儲藏室裡準備萵苣沙拉。

安的雙頰被火爐烤得暖烘烘的，加上興奮過度，顯得更紅撲撲的了。她接著做起沾醬，再將鮮奶油打到起泡，準備要淋在派上，最後把洋蔥剁細，放進湯中熬煮。

忙了好一陣子後，安想起德比，便偷偷去觀察他的舉止，看看他有沒有好好遵守與她所做的約定呢？她見到德比坐在角落，專心地要把從海邊拖回來的漁網解開，算是相當守規矩，安見到這種情形也就安心了，不再注意他。

終於，萵苣沙拉在十一點半完成，要用在檸檬派上的鮮奶油也打好了。安催促起黛安娜：「來換衣服吧！客人應該快到了，濃湯等一下就能好了，先滾著吧，一點就能上桌。」

兩人進入安的寢室換衣服，安攬鏡自照，很擔心她的鼻子，臉色比平常紅呢！幸好雀斑在檸檬汁的滋潤下似乎不見了，安非常歡欣，兩人盛裝打扮後就像是摩根夫人書中的女主角，動人又散發著成熟魅力。

「待會兒我得注意別老是興奮過頭地想說話，如果講錯話，那看起來一定會很蠢，還有，我可能會冒出不得體的口頭禪呢！這真是糟糕透了。雖然史黛西老師來學校後我就很少講了，可是好怕等等一緊張就又……我可不想在摩根夫人面前丟臉，所以還是別出聲好了。」黛安娜十分緊張地說個不停。

安上前安慰她：「其實我也擔心好多事呢，只不過跟你擔心的方向不同罷了。」

安將圍裙套在自己身上，免得衣服弄髒，接著去察看濃湯的進度。瑪麗拉替德比與朵拉精心打扮過，內心也十分高興，一切都很順利。

十二點半，亞倫夫婦與史黛西老師準時到達，但普莉希拉與摩根夫人還沒到，安顯得有些心神不寧，好幾次探頭望向窗外，或者走出門去凝視遠方的道路，像《藍鬍子》裡的女主角一般。

「她們會不會不來了？」不知誰說了這麼一句。

「應該不會這樣，我想。」安雖然嘴上不承認，卻也逐漸憂心起來。

這時，瑪麗拉走出客廳，要安拿貝瑞姑媽借的藍柳陶盤讓史黛西老師欣賞。

安立刻將盤子慎重地取出，這盤子是林德夫人在先前爲了布置義賣會場，請她向貝瑞姑媽借的，當信隨同盤子寄來的時候，還特地申明這古盤以二十塊錢購入，請安一定要小心。這盤子後來在拍賣會上的古典晚餐廚房裡被成功裝飾起來，令現場生色不少。安將它小心翼翼地帶回來放在櫥子裡，要等有空時親自去拜訪貝瑞姑媽，交還陶盤並且道謝。

客人們在前門廊下談笑風生，安捧出藍柳陶盤，大家也很仔細地欣賞過，又傳回安的手上。

猛然一陣碎裂聲自廚房響起！瑪麗拉與黛安娜匆匆跑進裡頭，安顧不得盤子，將它隨手放置在階梯上也衝了過去。

凌亂的景象倏忽出現眼前，德比自桌底下像犯人一樣慢慢爬出來，身上的衣服全是奶油，擺在桌上的兩個精緻檸檬派像破裂的球一樣，四散到各個角落，地上慘不忍睹。

由於德比想將漁網纏成球狀後放在架子上，其實這種東西在架子上已經擺得太滿了，多達三十個。不過因為他實在感到太無聊，又不能去廚房，所以他想試著再擠一個進去，可是德比必須站在桌上才能搆到架子。平常瑪麗拉就禁止德比隨意爬上高處，尤其是桌子，然而這時的他，襯衫不僅亂七八糟，派的下場就更不用說了。

「你在做什麼？德比，我告訴過你別爬上桌子的！看看你做的事情！」瑪麗拉氣得發抖。

「我不知道！瑪麗拉一下子說這個不行，一下子說那個不准，我記不起來！」德比恐懼地哭泣，鼻涕眼淚齊流。

「好了，給我上樓去，直到我說下來你才能下來，也許你在上面可以好好反省。不，你別替他辯護，安。我是要罰他沒有乖乖聽我的話而爬到高處去，並不是因為他打翻了你的派。德比，現在馬上離開！」

「我要吃飯！」德比哭鬧不休，臉頰也沾上了奶油。

「我們吃完後就會叫你來廚房吃。」

德比聽到後說：「幸好。」接著他無辜地轉向安，「對不起，我不是故意要摔壞你的派的，既然摔在地上也不能拿給客人吃，我可不可以撿一些地上的碎屑到二樓吃？」

「你想都別想。」瑪麗拉把德比帶到樓梯口，嚴厲地說。

「那至少要留一些好吃的給我哦！安！」德比不忘回頭大喊。

「現在該怎麼辦？」安抿住嘴，不曉得這些東西該怎麼收拾。

「還有些糖漬草莓，加上發泡奶油也不錯。」

經過德比的攪和後，衆人忙碌了一下，午宴料理算是平安完成，濃湯也很美味地等待大家來品嘗。

然而，重要的主角到了一點都還沒有出現，安的心中很失望，卻又不曉得究竟是怎麼回事。

「大概是不來了。」瑪麗拉露出不高興的表情。

又等到一點半，瑪麗拉進到屋內說：「吃飯吧！大家都餓極了，她們應該是不會來了，再等也是一樣的。」

安與黛安娜無計可施了。張羅這麼久，精心設計的一切彷彿都在瞬間褪色，兩人都好失望。

「唉……我想我是吃不下了。」

「我也是，不過幸好史黛西老師與亞倫夫婦有來，爲了他們，我們得打起精神。」安十分洩氣的說。

黛安娜端出豌豆湯準備上桌，她淺嘗一口，表情變得十分奇怪。

「你有加糖嗎?安。」

「有啊，我們家的作法都是加一茶匙呢，你不喜歡嗎?」

「啊!不會吧!我要放上火爐時也加了砂糖呢!」

安正在攪拌馬鈴薯塊，立刻放下工作也嘗了一口。

「哇!這味道眞是……我還以爲你家沒有放糖的習慣，而且我先前也常常忘記放糖，所以這次記得特別牢。」

「負責弄這道菜的人太多啦!我想說安會忘記放糖，所以我也放了一匙呢。」瑪麗拉出現在她們背後笑著說。

三人的笑聲從廚房裡傳來，客人們都不淸楚她們到底在笑什麼。不過豌豆湯那天最後還是沒有上桌。

「還有沙拉與蠶豆，用那個上桌吧，這餐似乎沒那麼成功，不過沒關係。」安笑夠了，稍微釋懷了些。

午宴中，安與黛安娜頗爲失望，兩人都吃不下。瑪麗拉則保持平日的沉穩與客人們聊天，一點也不慌亂。雖然安試圖加入客人們的談天，卻很難提起精神。老實說，她現在只想好好地一個人待在自己房間，趴在枕頭上發洩情緒。雖然她非常喜歡史黛西老師與亞倫夫婦，不過摩根夫人無法前來的打擊真是太大了。

但是，有句古諺說：禍不單行。今天的災難還沒結束呢。

正當亞倫夫婦向瑪麗拉道謝時，不祥而奇怪的聲音伴隨重物一階階掉下，從樓梯那兒發出，在地板上結束。每個人都跑進走廊上看，安不禁大聲尖叫——樓梯底下躺著古盤的碎片，德比雙眼圓睜，整個人縮在樓梯角落瞪著那不可挽回的失誤。

瑪麗拉生氣地說：「德比，是你故意把東西弄下來的嗎？」

「不是！我只是安靜地蹲在這邊從欄杆看大家，腳就碰到盤子了……每次我都得一個人待在二樓，肚子好餓又不能往樓下看，我還寧願您處罰我而不要讓我喪失待在樓下的樂趣！」

「別責怪德比，是我的錯。我不應該就這麼把盤子放在樓梯上，完全忘記這件事的。我真的該處罰自己的粗心，貝瑞姑媽知道後，不曉得會怎麼說？」安顫抖著將破碎器皿聚集起來，有氣無力地說道。

「安，你知道那也是買來的，幸好不是傳家之寶，不要緊的。」黛安娜試著安慰她。

客人們都覺得還是趕緊回家得好，因此宴會很快就結束。安與黛安娜沉默地洗碗盤，黛安娜接著說她頭痛就回家了，安也回到自己的房間。

晚上，瑪麗拉自郵局帶來普莉希拉前天寄出的信件。信中對安表示抱歉，說摩根夫人在行程中扭傷了腳，沒辦法走動。

「親愛的安。」普莉希拉這麼寫道，「恐怕我們無法過去綠色屋頂之家了，等到我阿姨的膝傷好轉，也得回到多倫多去另外赴約了。」

「唉……」安嘆了口氣，將信件放在後院以紅砂岩砌成的階梯上，跟著坐了下來，眺望遠方被染成紅色的夕陽餘暉。

「我眞是對摩根夫人來訪這件事抱太大希望了，不過這種說話口氣還眞像伊莉莎．安德羅斯小姐，眞讓我覺得不好意思。總之，這也不算過分美好的事情，以後必然會有更好的事情等著我體驗。今天發生的意外，基本上還算滿有趣的，將來我與黛安娜年華老去，會以好笑輕鬆的態度來看待今天，不過現在的我還無法期待有此種心情，因爲失望的感覺太大了！」

「在你的人生中，你總是對事情抱持著深切期待，越是期待，結果越容易失望。」瑪麗拉道出自己的人生觀，想對安提出一些建言，「對我而言，安，你正是如此。因此當你得不到時，你的失落感也會更重。」

「我好像有這種傾向，的確，我很喜歡對卽將發生的好事盡情幻想，像卽將乘著羽翼上天空遨遊，這種感覺很棒呢。但若過程與結果並不如預期，往往就會『砰！』一聲重摔在地。但是，瑪麗拉您知道嗎?比方在壯麗的日落中飛翔，卽使後來知道會掉到地上去，也還是頗値得的。」

「可能吧，要是我的話，寧可安靜向前走，也不想要一下子在天上，一下子又『砰！』地掉下來。以前我時常覺得我這樣的人生道路才是正確的，可是自從撫養你與雙胞胎後，這樣的想法就很難堅持了。」瑪麗拉同意道。「倒是，關於貝瑞姑媽的東西，你打算怎麼解決？」

「只能賠她二十塊了，唯一值得感謝的就是這盤子並非傳家寶，如果是的話，錢再多也賠不起了。」

「要不要試著去找個一模一樣的盤子？也許別的地方還有。」

「恐怕很難，這老盤子歷史悠久，林德夫人在鎮上都找不到了。如果能找到的話當然最好，希望貝瑞姑媽能接受另一個同款的盤子，當然必須同樣古老，而且必須是真貨。瑪麗拉，您瞧，哈里森家的樹頂有顆大星星呢，襯在靜默的銀色夜空裡，感覺上好神聖肅穆，看著那顆星，就想要祈禱，只要望著廣大的銀河，就發現人好渺小，不管何種災難與失望都變得如此不顯眼……」

「德比上哪兒去了？」瑪麗拉不很認真地瞥了一眼星空，隨口問起德比。

「去睡覺了，我答應過明天帶他和朶拉去池塘野餐。當然，原先的約定是他得做個好孩子，不過他已經很努力在做了，我不能讓他太失望。」

「划船到池塘去？你跟雙胞胎會淹死的。」瑪麗拉皺起眉頭，「我在這兒待了六十年，也沒到池塘裡去過。」

「那麼，現在開始也不晚呀！」安調皮地笑笑，「明天與我們一起去如何？鎖好門，玩上一整天，暫時拋開世間的煩惱。」

「那就不必了。」瑪麗拉加重語氣強調，「要我在池子裡坐一艘船划來划去，那成什麼樣子？

要是被瑞雪看到，不知道要讓她宣揚多久呢。哈里森駕車要上哪裡去？安德羅斯家？你覺得他去看望伊莎貝拉的事情是眞的嗎？」

「我猜不是，他應該只是晚上去安德羅斯先生那邊談生意吧！不過，林德夫人若看到他，肯定會說哈里森戴白領圈是要去求婚。我是不相信哈里森先生會求婚，他似乎對婚姻有成見。」

「那可難說，你別對這些老單身漢斷言得太早，加上他又戴著白領圈，我想瑞雪大概說得沒錯。看起來眞是令人匪夷所思，我以前從沒看他這樣打扮過。」

「我猜他穿上白領圈只是想跟哈蒙・安德羅斯有良好的生意關係。」安說，「我曾聽他講過，男人只有在這種時刻才會特別打點自己的儀容，因爲他看起來體面，別人才不會以不合理的待遇對他。我覺得哈里森先生挺可憐的，也不認爲他會對自己的生活很滿意。畢竟除了一名雇工照料外，沒有其他人關心他。您不認爲嗎？但我注意到他不喜歡被人同情，其實不管是誰，都有這樣的想法吧！」

「吉伯從小徑那邊走來了。」瑪麗拉說，「如果他想約你去池邊小路走走的話，你要記得穿上靴子與外套，今晚霧氣很重。」

第18章 托利街的探險

安送德比上床睡覺，可是這鬼靈精不好好禱告，偏偏又從床上爬起來，雙手抵住膝蓋，很認眞地發問：「夢國在哪裡？」

「嗯？」

「大家睡著後會去的地方啊！我知道那是一個可以隨心所欲的地方，但要怎麼過去啊？有沒有人知道我們是坐什麼去的？難道大家都是一點感覺也沒有就到那裡去，然後不知道什麼時候又被送回來的嗎？還有，人們是穿著睡衣去的嗎？到底是怎麼回事呢？」

安轉頭望向彩霞四布的天空，看見有如帶著番紅花花瓣似的大片火紅，作夢般地說：「要是我的話嘛，我覺得那地方就在月亮升起的山頂，穿越陰影山谷就到了，如果是保羅那孩子的話會怎麼想呢？應該很有自己的理解方式吧。」德比嘟起嘴，顯然拿這種不切實際的夢話沒辦法，因爲他並沒有這種想像力。

「安老是在開玩笑！」

「呵呵，呆瓜才只會說眞話。」

「我很認眞在問你耶！安，我聽不懂啦！」德比似乎不太高興。

「你年紀太小還聽不懂。」

不過，安馬上就為自己脫口而出的話感到自責。以前她也很討厭別人說自己是小孩子，所以她老早就在心裡下決定，以後絕不跟小孩說「你不懂的」。但是理論和實際真是難以配合啊！沒想到就這麼不經意地說出來了。

「我很努力要讓自己長大了啦，但還是無法很快的長大，要讓我快快長大的方法就是瑪麗拉抹果醬給我吃的時候不要太小氣。」

「瑪麗拉並不吝嗇。你在說什麼啊，這麼說是很不對的！」安立刻嚴肅起來。

德比的小臉皺成一團，很努力地思考著。「我想不起來啦！的確是有個字可以取代吝嗇的意思，瑪麗拉有用過。」

「那是節儉吧。節儉和吝嗇差很遠哦，節儉是自古流傳下來的美德，如果瑪麗拉對人苛刻的話，你媽媽去世那時候，朵拉與你可能就是被送去威金斯先生那裡了，你想想看。」

「我不想去那裡，我也不想去理查舅舅那裡！這裡比較好，雖然瑪麗拉給我們的果醬很……節省，可是這裡有安在，我喜歡這邊。」

安聽到不禁微微一笑。

「在我被送到夢國以前，你可以告訴我其他男孩聽的故事嗎？我要聽很刺激的那種，像殺人、槍，或是火災那些事情！我不想聽童話，也許女孩子會喜歡，但我可是男生哦！」

此時，樓下傳來瑪麗拉的聲音：「黛安娜打閃燈好像有急事，快去看看吧。」

安匆匆跑過房間，透過夜色，在黛安娜的窗戶前果然有一閃一閃的燈光。安圍上圍巾，越過幽靈森林，走到貝爾家墓地的一個角落，果樹嶺就在不遠處。

「安，好消息哦！我和媽媽下午去了一趟卡摩地，在布萊亞先生的店裡遇見從史班賽山谷來的瑪莉・仙特娜，她說托利街的克布姊妹有收藏一樣的盤子，好像準備要賣了呢。」

「眞的嗎？」安高興得不得了。

「聽說同樣住史班賽山谷的衛斯理・奇森也想賣，但圖案與貝瑞姑媽的盤子是否相同，我就不能肯定了。」

「好，我明天到史班賽山谷一趟，一定要買到它。因爲後天我就得拿盤子給喬瑟芬姑媽了，得儘快歸還給她。我好緊張啊，明天要陪我上街哦！黛安娜，記得小時候我們冒冒失失地跳到她床上，然後向她道歉的回憶還在，這次可比那次更慘了！」安說著說著，兩人都哈哈大笑起來。

童年時代的安有一次到黛安娜家裡玩，因爲不知道黛安娜的姑媽就睡在客房裡，她倆一開門就用力跳上去，差點嚇壞老人家。喬瑟芬姑媽那次還大發雷霆，最後由安道歉才收場。

第二天下午，兩人便前往史班賽山谷，那裡離艾凡里有十英里遠。近兩個月都沒下雨，風沙大，天氣又悶熱，坐在馬車裡十分難受。

「如果能下場雨就好了。田地都枯了，萬物看起來也了無生氣。我每次到庭院，看見樹木努力向天空祈禱下雨，就覺得好無奈，但是跟農夫們種植作物的田地比起來，自己的難受就不算什麼。看哈里森先生那邊的地，乾巴巴的土與枯草都糾結在一起，太可憐了！牛也無法吃草，哈里森先生看牛這樣，恐怕也很難受吧！」安一邊咕噥，一邊忍受著這種乾涸。

轉進人煙稀少的托利街，路旁長滿了茂草，車輪下方也是雜草叢生，兩邊的幼小樹木井然有序地排成兩列。

安發問了：「爲什麼這裡叫托利街？」

「我想，或許是因爲這裡是保守派的托利黨先前修築的。不過這條街現在也只住了克布姊妹和一位自由黨員馬丁，並沒有其他人。」黛安娜的父親是自由黨員，安與黛安娜因此幾乎都會避談黨派傾向的事情。

克布家的房子是位於斜坡上的老式建築，有一端是石頭做的地下室，被圍牆擋住的後院連草都長不出來，兩人從另一頭就能看到屋主漆成白色的老屋，她們終於抵達克布姊妹的房子。

「遮陽的窗板放下來了，是不是不在家？」兩人互相對看，相當煩惱。

「我們該繼續等下去嗎？說不定我們要的盤子就是這個花樣，可是如果不是，又浪費時間等到她們回來，到時候再找衛斯理．奇森就太遲了。」

正當兩人面面相覷時，黛安娜赫然發現地下室上方有個透明氣窗。

「你看！這應該是儲藏室的窗戶，這間房子的樣式跟新橋鎭查爾叔叔的相同，所以我想應該是儲存食物的地方沒錯，說不定可以看到盤子放在哪裡哦。不過偷看好像很不禮貌。」

「沒辦法了，就當我們不是故意去看的。」安毅然決然地說。

這間擁有白色牆壁的尖頂屋子本是一座鴨寮，後來克布姊妹覺得鴨子很髒，索性不養鴨了，改成讓母雞孵蛋的地方。安把木頭桶子疊在一起，慢慢地爬上去，心中十分緊張，老覺得這片屋頂好像一踩就會倒塌。

「抓住窗戶邊緣，小心點。」黛安娜說道。安抓住窗櫺，朝窗戶看了過去。

果然，一個與摔破的盤子一模一樣的餐具擺在那裡。安高興地跳起來，卻忘記自己正踏在屋頂上頭，突然間，磚塊竟然鬆脫，安立刻往下掉，當場卡在半空中無法動彈。黛安娜看到，連忙跑進小屋內拉住她的腰，想要把她扯下來。

「不！等等！別扯！」安哭笑不得，「我好像被一塊板子卡住了，天哪！你快拿個東西墊在我腳下。」

黛安娜趕緊拿來桶子，安的腳勉強可以抵住，但連轉個身都不行。

「我看還是爬上去好了……」

「不行啦！好痛！木板讓我下不來，如果有斧頭就好了，可以把木板劈開，唉！我眞倒楣！」

但是黛安娜怎麼找就是找不到斧頭，她只好跟安表示乾脆去找人來幫忙好了。

安大叫：「不能叫人！大家都會知道這件事，我到時還敢出現在衆人面前嗎？我現在只要不動就沒事了，還是等到克布姊妹她們回來吧！還得賠她們弄壞屋頂的錢，不過，只要她們知道我為何要偷看儲藏室就好了。好不容易才找到這個盤子，如果她們願意賣給我，忍耐一下也沒什麼大不了。」

「可是我們怎麼曉得她們今晚會不會回來？」黛安娜感到不安。

「不行再說吧！真討厭，摩根夫人書中的角色總是遇到羅曼蒂克的麻煩，我這副德性跟她們一點也不像。如果克布姊妹回來，發現我的頭與肩膀在屋外，身體卻在下面，她們會怎麼想？咦？那是車的聲音嗎？不對，糟糕！黛安娜，打雷啦！」安發現天空變色，生氣又不耐煩地說。

黛安娜走出去看仔細，發現烏雲正大量從西北方滾滾而來。「該怎麼辦？安！似乎會下一場大雷雨呢！」

「鎮定點，先把馬車停到倉庫去，剛好馬車上有傘，你拿給我。至於你就戴上帽子吧，瑪麗拉說戴最好的帽子到托利街很不明智，果然被她料中了。」

等黛安娜把馬車帶到倉庫時，一陣大雷頓時響起，接著雨勢來了。黛安娜看不清楚安撐傘的樣子，偶爾安會向黛安娜揮揮手，但實在是太遠了，兩人根本無法交談，這場雨就持續了一個多鐘頭才停。

陽光慢慢出現，黛安娜踏著地上的積水，趕緊跑到安身邊。

「怎麼樣？你還好吧？」

「我沒事，肩膀和頭多虧有雨傘，所以沒濕，除了樹上滴水打到裙子上外，別擔心。噢！現在應該到處都生氣勃勃了吧！包括我們家庭院，當第一滴雨開始落下，我就在想像花兒們不知道感覺如何？還有小白菊、豌豆花、紫丁香花叢裡的金絲雀，以及守護庭園樹木的精靈們，他們都在讚美些什麼呢？喔！我想趕快寫下來，如果有紙筆就好了，只怕等到能回家時，都把精彩的部分忘光了。」

「我有筆，馬車裡頭也有用來包裝物品的紙，你等等。」黛安娜很快將東西拿過去，安收起雨傘，就在屋頂上寫作起來了。

雖然在這種情況下還能創作，非常令人不可思議，但安的確寫出了一首很棒的詩歌。聽著安朗讀，黛安娜著迷不已。

「眞的好棒啊！安，把它寄到《加拿大婦女藝文》吧！」

「還不行啦！這只是我突發奇想的隨筆，要發表的話還不夠格呢，普莉希拉說編輯對文章的要求是很嚴謹的。」

「克布姊妹回來了耶！」黛安娜連忙跑去解釋原因。

莎拉．克布瞪大眼睛，愣望著被穿破一個大洞的屋頂，不過因爲已經知道原因，所以並未加以責難。她的嬌小身材穿著一襲老舊黑衣，戴了一頂很醜卻很實用的帽子。當她拿來斧頭砍掉木板時，安終於重獲自由。她輕輕躍下，舒展自己疲憊僵硬的身軀，十分高興。

「眞的很抱歉，我只是想要看看盤子的花樣而已，絕無任何惡意。」

「沒關係，說清楚就好了，其實那間儲藏室我們也很少去整理。你弄壞的鴨寮我早就反對留下來。瑪莎總說要留著，以免哪天要用的時候沒有，可是爲了這屋子，我們每年都還得上油漆，眞的很麻煩，但跟瑪莎抱怨根本無濟於事。」克布小姐滔滔不絕地說著。「進來坐吧！你也折騰夠久了，很累吧！喝杯茶吃點奶油麵包，這兒也有些黃瓜，很抱歉不能更豐盛些，瑪莎出門時都把點心、蜜餞收起來上鎖，因爲她老怕我把東西全搬出來讓客人吃光。」

黛安娜和安道謝過後，開始努力吃起來，心情也逐漸好轉。

「對了，你說要買我的盤子是吧？你想要出多少錢呢？」克布小姐說。

「二十塊。」安沒太考慮，一下子就說出價錢。

「這樣啊，幸好這塊盤子是我的，不然瑪莎一定不賣。但這是挺有歷史性的古物，所以……這樣吧！二十五塊賣你，要嗎？」

黛安娜在桌下輕輕碰安的腳，要她堅持原價，不過安很怕克布小姐眞的不賣，任何機會也不願錯失，因此馬上就允諾了。

克布小姐見安如此爽快，臉上卻出現後悔的神情，大概是在估計，卽使她要求三十塊錢，安也還是會答應的吧。

「那就這樣成交吧！老實說我現在正缺錢呢！」她的臉出現紅暈，告訴安與黛安娜說她要嫁給路沙·歐雷斯了，對方說二十年前就在等她嫁給他。克布小姐也很愛路沙，但當時的克布老先生覺得路沙很窮，不願把女兒嫁給他。如今，兩人能夠在一起，自然要把握機會。

最後，黛安娜與安帶著盤子，小心翼翼地踏上歸途，朝家裡出發。綠意盎然的托利街及少女們的響亮笑聲也越來越遠了。

「總算買到盤子了，雖然被夾在空中很痛，不過還是值得，不曉得姑媽聽到會怎麼說哩！不過這肯定是那種事後回想起來就覺得好笑的話題，一切都皆大歡喜啊！」

但黛安娜可不這麼想，她悲觀地想，要是今天都有可能發生這種烏龍事了，說不定還有更悲慘的事件等在前頭呢！

「安眞是會捅簍子。」

「每個人都會發生不同事件吧，這正是不同的命運之路啊！」安眺望著遠方，悠悠說道。

第19章

美好的一天

「總而言之，」安對瑪麗拉說，「我覺得生活中最美好之處，並不是以與衆不同、絢爛驚奇的事物烘托出來的，而是隨處可見的簡單之美。平凡的幸福最令人感到珍貴啊。」

在綠色屋頂之家的日子就是這樣充滿幸福感，像平常人一樣，在這段期間，安擁有刺激冒險與簡單的體驗，伴隨許許多多喜怒哀樂，也在一堆工作、夢想與學習中度過這些日子。就在八月底的某個下午，安與黛安娜帶著一對興奮的雙胞胎在池塘中划船，想到淺灘上去摘取「幸運草」，正當四周洋溢著青春氣息時，此刻的清風反而像帶上一種老調的音韻低鳴著。

這天下午，安來到艾文家的老屋探望保羅，發現他就躺在屋子北邊，樅樹旁的一塊草皮上。此刻的保羅正在聚精會神地讀一本小說，不過當他看到安的出現時，馬上就跳起來了。

「我好高興您來了！老師！」他說道，「奶奶今天不在家，您要不要留下來喝杯茶呢？如果只有一個人喝茶那就太無聊了。老師，我曾經認眞想過要邀請瑪莉·喬與我共進下午茶，不過我奶奶一定不會准許，她說法國幫傭就該待在屬於他們的地方。不過，要跟瑪莉·喬談天實在很難耶，因爲她總是不停地笑，並且說：『你眞是完全不同於我所見過的孩子呢，要跟你聊天方式眞特別哩。』」

「我很樂意留下來喝杯茶。」安說，「我多麼渴望你這麼問啊，自從以前來過這裡後，我的嘴巴就一直期待著能再嘗嘗你奶奶所做的茶點呢。」

不過保羅看起來沒什麼表情。

「老師，如果不是因爲我的關係，」保羅站在安的前方，雙手插進口袋裡，突然一臉認眞，「您可能可以更盡興地享用茶點，不過這也要取決於瑪莉·喬。就在奶奶出門前，我聽到她對瑪莉·喬說，她之所以不給我任何蛋糕，是因爲這些東西對一個小男生來說太營養了。不過，如果我保證不吃的話，或許瑪莉·喬會切一些給您品嘗，但願如此吧。」

「是啊！」安帶著微笑，「不過就算瑪莉·喬沒給我任何點心，我也不會介意的，你不用太過擔心。」

「您眞的不介意嗎？」保羅懷疑地問。

「親愛的，我相當確定。」

「那我就不擔心啦。」保羅鬆了一口氣，「我本來想，可能還要找一些理由。因爲她是個非常理性的人呢，不過她從過去的經驗也學到千萬不可違抗奶奶的命令。奶奶眞的是個很好的老婆婆，不太好的地方唯獨她要人家都照她的話去做。今早她就對我感到很滿意，因爲我乖乖把整碗粥都吃完了。她還說要把我教養成一個眞正的男人。可是，老師，我倒是想問一個問題，您可以回答我嗎？」

「我盡力。」安對他保證。

「您覺得我截至目前的人生是一場錯誤嗎?」保羅認眞地期待安的回答。

「天啊!保羅!」安不敢相信她所聽到的。「當然不是了!你怎麼會有這種想法呢?」

「因爲瑪莉・喬這樣子說過,不過她不知道我是從她那邊聽到的。在史隆夫人家幫傭的女孩叫薇若妮卡,她昨晚有來拜訪瑪莉・喬,當我經過客廳時,聽到了她們在廚房的對話。瑪莉・喬說『保羅眞是個怪孩子呀,說話怪裡怪氣的,我想他的出生眞是個錯誤哩。』爲此,我昨晚根本無法好好睡覺,我一直在思考這個問題,瑪莉・喬說的是事實嗎?我甚至不敢去問奶奶,所以才想要問問您,不過我很高興聽到您這個回答。」

「當然囉!是瑪莉・喬那個粗枝大葉的女孩太愚蠢了,你不要爲她所說的話太過擔心。」安一邊安慰學生,一邊決定要向艾文老夫人建議,請瑪莉・喬注意自己的言行。

「好吧,這下子我也如釋重負了。」保羅說,「我現在感到很開心了呢,老師,像您的人生肯定沒有什麼問題的,對吧?我想瑪莉・喬之所以這麼想,可能也是因爲我常跟她訴說一些心事的關係吧。」

「這樣做恐怕不太好。」安依據自己的經驗如此建議。

「好吧,慢慢來好了,我會跟您說我曾對瑪莉・喬說過的一些想法,看看您是否覺得我眞的那麼怪異。」保羅說道,「不過要等到天黑後才行,此時我通常不大說私密的事。通常要在周遭無人的時候，我都只能跟瑪莉．喬說。不過以後就不會了，沒想到這竟然讓她覺得我的人生是一場錯誤，那我以後再也不跟她說了。」

「如果眞的心情不好，你可以來綠色屋頂之家找我談心喲。」安誠摯地建議。

「我會的，不過希望我去的時候德比不在，因爲他老是對我板著臉孔。不過我不介意，畢竟他是個小男生，而我已經是個大男孩了呀。但德比有時眞的臉色不太好看，像有次在教堂，正當我在思考一些事情時，他就對我如此。朵拉就挺喜歡我的，我也喜歡她哩，不過直到後來，聽說她跟蜜妮表示，等我長大後她要嫁給我，我便改變想法了。我長大後有可能娶任何人爲妻，不過現在說這個未免言之過早，我還年輕呢，老師您說是嗎？」

「非常年輕！」安表示同意。

「說到年輕，讓我想起來有件困擾我的事。」保羅說，「林德夫人上週來家中與奶奶茶敘，奶奶要我拿出母親的照片給她看，是我父親在我生日時送的禮物。然而，我根本不想給林德夫人看，林德夫人是位好人，但她不是那種您想讓她看母親照片的人啊。可想而知，我違背了奶奶的意思。林德夫人說她的模樣長得不怎麼樣，可能是因爲有一對不怎麼出色的父母吧。然後她又說：『總有一天，你父親一定會娶別的女人，你可能會有新媽媽喔！』這簡直讓我不知該說什麼好，我甚至不想讓她看照片。我只是冷眼看著林德夫人，說：『林德夫人，我父親的好眼光挑中我母親，第二次也會找到跟第一次一樣好的對象。』我很相信父親，如果他眞要幫我找一個新媽媽，他會先問我的意見。對了，瑪莉．喬在叫我們了，我會再問她蛋糕的事。」

結論是，瑪莉．喬準備了奶油餅乾和罐裝果醬作爲招待的茶點。安與保羅就坐在起居室裡，面對窗邊享受陣陣吹拂的輕風。兩人天馬行空的對話交織在風與食物的香味裡，使得瑪莉．喬在隔天晚上十足八卦地告訴薇若妮卡，那位學校女教師就跟保羅一樣怪異。

喝完茶，保羅帶安上樓去看看他母親的照片，這個生日禮物被神祕的收藏在艾文夫人的皮箱裡。保羅低矮的小房間剛好有溫暖的陽光照進來，床邊的牆上掛著照片，上頭的人有著慈祥的臉龐及溫柔的眼神。

「這就是我的母親。」保羅驕傲地說，「奶奶幫我掛在這邊，這樣每天清晨當我一睜開眼，就可以馬上看到她。我不介意睡覺時沒開燈，因爲我知道我親愛的母親就在身旁陪我。父親從未問過我，就知道我最想要的生日禮物是什麼了。」

「你的母親眞美，保羅，你長得有點像她呢。不過她的頭髮與眼睛的顏色比你的還深。」

「我的眼睛顏色跟父親一樣。」保羅說道，「但她的頭髮是灰色的，您瞧，我父親都已經將近五十了。不過這只是外在年齡罷了，內在方面他跟任何人一樣年輕呢。老師，請坐吧。我要坐在你腿上，我可以把頭靠在您肩上嗎？我以前都是這樣靠著母親的。」

「好呀，我也想了解一下瑪莉．喬所說的，關於你怪異的想法到底是什麼？」安說道。

「有一天晚上，我在樹下思考著這些問題。」保羅開始解釋，「我當然不相信，但是我會去思考。我很想找人訴說這些問題，但只有瑪莉．喬可以讓我傾訴。那一天，瑪莉．喬正在廚房裡忙著做麵包，我就坐在一旁的板凳上，我跟她說：『瑪莉．喬，我在想，天空上的星星就是仙子們的家哩。』瑪莉．喬回應道：『你眞是個怪小孩，這世上根本沒有仙子這種東西。』我也知道並沒有仙子的存在。然後，我又試了一次，我說：『瑪莉．喬，你知道我在想什麼嗎？我在想天使是不是都在日落後出現呢？看起來高高的、白淨的天使，有銀色的翅膀，會輕聲吟唱歌曲。小孩如果聽得懂，他們也會認眞聆聽的。』她的眼神的確透露出畏懼的神情。後來我逕自走出門，一個人坐在花園裡喃喃自語。花園裡有棵小樹死掉了，奶奶說是消毒液害的，不過我倒覺得，是因爲它太寂寞，所以傷心地死去了呢。」

「當它對這世界失望時，的確令人傷心呢。」安說道。

「不過，它們或許也可以像人一樣有來世吧。」保羅說：「您知道我對月亮有什麼看法嗎？它就像是一艘滿載夢想的方舟。」

「當他們出現，漫步在雲端上，也正是我們進入夢鄉的時候。」

「還有啊，我覺得紫羅蘭彷彿是天使們在妝點大地時，從天而降的小碎布，而那些茅草植物則是陽光的傑作，還有甜美的豌豆也在前往天堂的路上蛻變成蝴蝶哩。聽了這麼多，你一定覺得都是詭異的想法吧？」

「不會啊。對一個小男孩而言，這是個很奇特、很美麗的想像空間呀，如果人們不能發揮思考的特質，那才眞是怪人呢。保羅，相信有一天你一定會成爲一個詩人的。」

當安回到家，她看到的是另一個需要哄睡的小男孩。安哄著德比入睡，他則一頭埋進枕裡。

「德比，你忘了禱告呀。」安說道。

「我才沒忘呢！」德比說，「不過我不想再禱告了，我不想再當個乖小孩了，因爲不管我有多好，你還是比較喜歡保羅啊。」

「我沒有比較喜歡保羅呀。」安嚴肅地說，「我對你們是一樣好的，沒有差別待遇。」

「可是我也希望你用同樣的方式對我啊！」德比說道。

「你不可能用同樣的方式對待不同的人啊，就像你也不可能平等對待我跟朵拉，不是嗎？」

德比坐了起來。

「不要……」德比又說，「我喜歡朵拉是因爲她是我妹妹，喜歡你是因爲你就是你啊。」

「我喜歡保羅是因爲他是保羅，而德比就是德比呀。」

「好吧，早知道我就先禱告再來問你。」德比說道，「不過要說話實在太麻煩了，不如明早一次說完吧？早上我會禱告兩次的。」

不過，安要求德比別這麼做，於是德比只好乖乖地禱告。待禱告結束後，他回頭望向安。

「安，我現在比以前更聽話了。」

「是啊。」安毫不猶豫地回答。

「我變乖了。」德比自信地說，「今天瑪麗拉給了我兩片麵包和果醬，一個給我，一個給朵拉。其中一個比較大一點，瑪麗拉沒有說哪個是要給我的。不過我給了朵拉較大的一塊，夠乖了吧？」

「做得很好，德比。」

「其實朵拉並沒有特別餓，她也只吃了一半，還把剩下的給我呢。不過我要給她時沒有想那麼多。」

這天傍晚，安前去拜訪吉伯。她突然有種體悟，吉伯已不再是從前那個校園裡的男孩了，他已經轉變得高大成熟、肩膀厚實、眼神閃耀著一種堅定。在安眼中，其實吉伯的模樣挺俊俏的，儘管他不是安心目中白馬王子的模樣。之前，安便與黛安娜討論過她們各自欣賞的類型，安理想中的他必須有著高大英挺的外表、令人難以看透的眼睛，以及帶著磁性的嗓音。儘管吉伯身上沒有所謂神祕的特質，倒也不影響他們之間的友誼。

此刻，吉伯正在草地上伸展筋骨，這會兒才見到安的出現。倘若吉伯曾被問起理想中的另一半的話，對安而言這也將是關鍵性的答案。儘管她現在仍爲臉上的七顆雀斑懊惱不已。吉伯已經不是個小孩了，想必他未來會與一位有著灰色眼眸、貌美如花的女子一起度過吧。在艾凡里這個安靜的地方，就有許多吸引人的誘因，例如白沙鎮對年輕人而言就是個邂逅的好地方，每回吉伯到那裡去，往往都會引人注目。不過在吉伯心中，卻只想擁有安的友誼，甚至有一天或許能得到她的愛也不一定。但是，安從未察覺到自己在吉伯心中的變化。可惜的是安仍秉持著理想的條件，忽視了這種感覺，或許有一天她會因此失去一些東西。在吉伯眼中，安最吸引他的一點，就是她不像艾凡里的其他女孩一樣，只會追逐外表的美麗，內心卻充滿忌妒、虛僞與不實。安與她們完全不同，她有著眞誠待人與崇尙簡單的個性。

不過，吉伯並不打算說出他心中的想法，因爲他已經猜到，這或許只會換來安的嘲笑。

「樹下的你看起來就像個小精靈似的。」吉伯說道。

「我喜歡樺樹啊。」安一邊說，一邊將臉頰靠近細瘦的樹幹旁，展現她純眞的一面。

「那你要是知道史班賽先生已經決定要在他農場旁的小路種上一整排的白樺樹，恐怕會更開心呢。是村善會建議他這麼做的。」吉伯說著，「他今天才告訴我的。我覺得史班賽先生是艾凡里最熱心的人了，貝爾先生也說要在那條路上加蓋籬笆呢。我們的環境變得更美了，安，老一輩的人開始接受新資訊，就連白沙鎮上的人們也開始討論起來了。自從來旅遊的美國人開始去沙灘上野餐後，伊利夏．懷特也跟進了呢，他們說我們這塊地方比任何地方都還要美。或許屆時其他人也會跟進，開始在農場旁種植一些花草樹木了。」

「他們還提到要移走墓園的事。」安說，「不過在官方尙未正式討論這個議題時，應該還不會造成太大聲浪吧。我們以前種在教堂前的樹木已經長得相當茂盛了。管理委員還跟我保證，明年的學校也會用竹籬笆圍起來哩。如果眞是這樣，那我要立一個植樹節，也要每個個學生都來種一棵樹。如此一來，我們將可以擁有一整片美麗花園囉。」

「目前爲止，我們的夢想都一一實現了，除了要拆掉老波爾特家的房子這件事比較困難以外。」吉伯說：「我幾乎要放棄了，因爲聽說在他家附近有一個礦源哩。」

「茱麗葉·貝爾打算給他更好的合作條件，不過我想最好的結果就是乾脆不要再去打擾他。」

「相信政府會這麼做的，林德夫人也是這麼說，」吉伯說，「值得確認的是，不會有任何契約了。他們只是一味地惹惱他。茱麗葉·貝爾就一心覺得只要有報酬就好談。到了明年春天，我覺得周遭將有更大的變化。對了，我們的假期恐怕要結束了，星期一就要開學了。露比已經開始去上課了嗎？」

「是啊，普莉希拉信上說已經帶露比去寄宿學校了。普莉希拉沒有要回來，我眞感到有些遺憾，但得知露比找到學校，我倒是替她感到開心哩。以後她每週六都會回家，這樣一來就像從前一樣，她、琴、黛安娜和我四人又可以聚在一塊囉。」

正當安回家時，瑪麗拉也剛從林德夫人那兒回來，正坐著休息。

「林德夫人和我明天打算到鎭上去。」瑪麗拉說道，「林德先生這週感到身體好多了，他想要在下次又犯毛病前出去走走。」

「明天我會一大早出門，有很多事要做呢！」安說著，「首先，我要換掉被單裡的舊羽毛，其實好久以前就該換的，卻一直拖到現在。拖延的習慣眞不好，下次我不要再這樣了。接著我得幫哈里森先生做一個蛋糕，然後要幫艾凡里村善會做完一篇報告，還有要寫信給史黛拉。對了，還要洗我的衣服，幫德比做圍裙……」

「你連一半都做不完哩！」瑪麗拉說道，「我從不計畫同時做許多事情，就讓事情一樣一樣來吧。」

第20章 意外總是說來就來

安在隔天起了個大早，愉快地向嶄新的一天打招呼，黎明得意地射出第一道金色曙光，橫跨了整片珍珠白的天空。綠色屋頂之家沉浸在那一池瀲灩的陽光中，點點金光與白楊、柳樹的影子跳舞。在小徑另一頭，哈里森先生那豐碩金黃色的麥田在風中微微搖曳，一波波相連到天邊。這個世界是如此美好，安佇立在花園的籬笆小門旁，花了十分鐘享受眼前的幸福美景。

早餐後，瑪麗拉準備好外出旅行，朵拉跟著她一同前往，那是她在很久以前就已經答應的。

「現在，德比，你要試著當個好孩子，別讓安操心，知道嗎？」瑪麗拉嚴格地告誡留守家中的小男孩。「如果你做得好，我會從鎮上帶個條紋花樣的枴杖糖果回來給你。」唉，瑪麗拉終於屈身於那惡魔般的賄賂方式，以求讓人們向善了！

「我不會故意使壞的，但如果不小心做錯事怎麼辦？」德比想知道答案。

「你必須管好你自己。」瑪麗拉警告他。「安，如果今天席爾先生有來的話，記得跟他拿上好的火腿還有些牛排肉，如果他沒過來，你就要宰隻雞或鴨來做明天的晚餐了。」安點點頭。

「今天晚餐就只有我跟德比而已，那就不用太費心思去準備啦！」安說道。「我可以找些火腿來當午餐，然後炸些肉排，等您回來時給您做晚餐。」

「我今天早上要去哈里森先生家，幫忙搬海草！」德比宣布。「是他邀請我去的哦！而且我猜他也會邀我跟他共進晚餐。哈里森先生眞是一個好人耶！他是一個很會交際的男人，我希望我長大也可以跟他一樣，我是指行爲舉止像他啦……我可不想長得像他。但我想不用擔心這個呢！林德夫人就說我是個非常俊俏的小孩。你覺得我以後會很帥嗎？安，我想要知道。」

「我敢說一定是的。」安很認眞地說道。「你是個帥氣的小男孩呢，德比。」瑪麗拉在一旁則是滿臉不贊同，「你必須確實去做個人人稱讚的紳士，就像你看起來的那樣，內外兼具。」

「你之前才跟蜜妮說過，當你發現她在哭是因爲別人說她醜，然後你說只要內心是善良的，根本不用在意自己的外表。」德比不滿意地反駁道。「這感覺好像是在說，這個世界不管你長得怎樣，都一定要變好就對了，要有那樣的行爲舉止。」

「難道你不想做個好小孩嗎？」瑪麗拉似乎還沒放棄這種傻問題。

「想啊！我想當個好小孩啊！但不要太好。」德比謹愼地說。「不用那麼乖也可以當主日學校的校長。貝爾先生就是啊，他眞是一個壞蛋！」

「怎麼可能是這樣？」瑪麗拉憤慨地問道。

「他是啊！是他自己這樣講的啊。」德比堅持道。「上星期天，他在主日學校禱告的時候，就說他自己是個卑鄙的寄生蟲，是個不幸的罪人，犯下了最黑暗的罪行。他到底做了什麼壞事啊？瑪麗拉，他有殺人嗎？還是偷了捐獻箱裡的錢？我想要知道！」

很幸運地，林德夫人此時駕著馬車出現在小徑上，於是瑪麗拉藉機趕緊逃離德比的追問了。這種感覺就好像從捕獸器裡逃脫一般，她也衷心希望貝爾先生別再用這麼艱深的比喻禱告，尤其當有一個永遠都「想要知道」的小男孩正在仔細聆聽他所說的每一句話時。

安正獨自一人辛苦工作著，清掃地板、整理床鋪、餵養母雞、將洗好的薄紗洋裝掛到外頭的晾衣繩上，做完這些事以後就要幫被子換羽毛。她到頂樓隨手抓了件舊衣裳穿上——一件靛藍色喀什米爾羊毛衫，是她十四歲時穿的衣服。雖則如此，這件上衣的料子已經變得與她初到綠色屋頂之家穿的棉毛混紡衣服一樣，洗成短小又薄透的樣子了。但現在，卽使因爲換羽毛而讓衣服沾滿白絮也不要緊。安在洗手間裡，把馬修留給她的紅白點大帕巾綁在頭上，然後這一切都已經裝備完成，她動身前往廚房裡的雜物間。不管瑪麗拉要去哪裡，在她出門之前，就已經幫她把羽毛床墊放在那裡了。

一面有裂痕的鏡子掛在雜物間窗上，不幸的瞬間，安照到了那面鏡子。從鏡子裡，她看見鼻子上的七顆雀斑比往常都要明顯，也許是因爲那耀眼的陽光從窗外照進來的原因。

「噢！我昨天忘記擦淡斑面霜了！」安想道，最好現在就到儲藏室擦一下面霜。

安已經嘗試過許多方法要去掉臉上的雀斑。有一次，她甚至讓她的皮膚脫皮了，但是那七顆雀斑還是頑固地待在原地，怎樣也不肯離開。前幾天她從雜誌上看到可以去除雀斑的面霜製作方法，而且剛好所需的材料她都有，所以她立卽開始製作。瑪麗拉很反對這麼做，她認爲假若神的旨意就是要讓雀斑長在你的鼻子上，那讓它們留在那裡就是你必須要負的責任。

安匆忙跑進儲藏室，窗邊的大柳樹遮掉陽光，總是讓儲藏室略微昏暗，而遮陽棚全都放了下來，以防蒼蠅飛入裡頭。安從架子上拿下裝有面霜的罐子，用海綿將面霜塗抹在鼻子上。完成了這個重要的動作之後，她重返她的工作，只要做過將羽毛從墊套裡更換到另一個的工作，就可知道安在完成工作後會變成什麼樣子——她的衣服黏滿絨毛，沒被大帕巾遮擋的頭髮也沾了許多，就像天使的光環一樣。就在這時，一陣急促的敲門聲從廚房傳過來。

「一定是席爾先生。」安在心中想著，雖然現在身上亂七八糟的，但還是要趕快下樓去，席爾先生性子急，等不了那麼久的。

安健步如飛地下樓來到廚房門後，如果慈悲爲懷的地板可以開個洞，將不幸全身充滿羽毛的少女吞噬，那麼在這一刻，綠色屋頂之家的門廊地板就會迅速地將安吞沒。此刻的門階上，正站著普莉希拉．格蘭特，她身穿金色絲質盛裝，一名矮胖的灰髮女士穿著花呢套裝，還有一位身材高䠷的女士，威嚴地穿著華麗的長袍，她有一張美麗高貴的臉龐和一雙烏黑睫毛，以及有如紫羅蘭般的大眼。她讓安本能地覺得，如她早先說過的那般，這位就是喬洛特．E．摩根夫人。

在這令人沮喪的時刻，一個念頭閃過安混亂的腦海，她緊抓住這個念頭，就像抓住諺語裡那根麥稈一樣。在摩根夫人筆下，所有女主角都是有名的「化險爲夷」高手，不管她們遇到怎樣的困難，一定都會化解危機，展現高人一等的優勢。安因此覺得她有責任要化解這樣的危機，而且她也很完美地做到了，普莉希拉後來向大家說，在那之前她從未如此欽佩過安‧雪莉這個人。這會兒的安，無論內心有多麼澎湃也不能表現出來，她問候過普莉希拉，平靜沉著地等待友人給她介紹同行的夥伴，如同她身上正穿著一件紫色的上等亞麻洋裝一般。可以肯定，安在當下是感到些微震撼的，她直覺認爲是摩根夫人的女士其實並不是，她是默默無聞的潘蝶絲特夫人，而那位矮小灰髮的女性才是摩根夫人。但更令人震撼的事還在後頭，安領著客人到起居室休息，並快速到外頭幫普莉希拉拴馬。

「眞的很抱歉，我們沒有通知你就突然過來。」普莉希拉開口道歉，「但我昨晚也都還不知道我們今天會來拜訪你。喬洛特阿姨星期一就要離開了，她原本計畫今天去鎮上拜訪她的友人，但是昨晚她的朋友打電話請她千萬別過去，因爲他們感染了猩紅熱，全被隔離在家裡。所以我就建議她可以來這邊找你，因爲我知道你很久以前就很想見見她了，然後我們從白沙鎮的旅館打了通電話給潘蝶絲特夫人，邀請她與我們一同前來。她是我阿姨住在紐約時的朋友，而且她的先生是位百萬富翁。另外，我們無法在這兒待太久，潘蝶絲特夫人要在五點的時候回去旅館。」

幾分鐘之後她們將馬拴好，安抓到普莉希拉用偸偸的、疑惑的眼神看著她。

「你不用這樣盯著我瞧。」安有些小小憤懣地想：如果她不知道換羽毛被是怎麼回事的話，大可自己想像呀。

當普莉希拉回到客廳，安要從樓梯上逃脫前，黛安娜剛好走進廚房。安立刻抓住她的手臂，嚇了她好大一跳。

「黛安娜．貝瑞，你能猜到現在是誰在客廳嗎？是喬洛特．E．摩根夫人啊！還有另外一位紐約百萬富翁的妻子……而我呢？你看我現在這是什麼樣子……更慘的是，這房子裡，現在沒有任何東西可端出來宴請賓客啊！只剩一條冷掉的火腿！黛安娜！」

在這時，安發現黛安娜也用同樣奇異困惑的眼神直盯著她瞧，就像普莉希拉那樣。已經有兩個人這樣子，眞是夠了！

「噢！黛安娜，別這樣看我！」安乞求著。「你至少知道，這個世界上最整齊的人在整理羽毛被之後，也不可能全身都乾乾淨淨的、不沾上羽毛吧！」

「它……它不是羽毛啊！」黛安娜有點猶豫不決。「它……它是……你的鼻子呀，安！」

「我的鼻子？噢，黛安娜，那是不可能會有任何問題的啦！」

安匆忙瞥過流理台上方的小鏡子，就這麼輕輕的一瞥，事實就此呈現眼前——她的鼻子居然變成鮮豔的紅色！

安將自己摔進沙發，她那大無畏的精神最終被擊敗了。

「這到底是怎麼回事？」黛安娜終於忍不住好奇地問。

「我本來是要拿面霜的，我想是拿錯瓶子了，把瑪麗拉拿來畫地毯的紅色染料當作面霜塗在臉上了。」安感到絕望地回答。「我該怎麼辦才好？」

「快把它洗掉呀！」黛安娜果斷地說。

「也許洗也洗不掉！第一次我染了頭髮，這一次我染了鼻子！那時瑪麗拉幫我剪掉染壞的頭髮，但是同樣方法不能用在這一次啊！好吧！這也算是另一種我對虛榮心的懲罰，這是我應得的……雖然這不是讓人感到很自在。我眞的是噩運當頭啊！雖然林德夫人說過，世上並沒有所謂的噩運，因爲這一切都已經註定好了。」

很慶幸地，那染料很輕易被清洗掉了，安感到些許安慰，趕緊回自己房間去。過了一會兒，她換好衣服再次下樓，白色的薄紗洋裝在晾衣繩上開心飄揚，柔情地希望安能再次穿上它，可惜還沒乾，所以她只好穿著黑色的細棉布衣。當黛安娜回來的時候，安正在煮茶，黛安娜穿了一件白色的薄紗洋裝，手上捧著一個有蓋子的餐盤。

「我媽媽要我帶這個給你。」黛安娜將蓋子掀起來，裡頭裝有一隻烤雞，那色澤烘烤得十分漂亮，讓安瞪大了雙眼。

與這隻烤雞相伴的還有新鮮麵包、上等的奶油、起司、瑪麗拉的水果蛋糕，以及一盤蜜餞，漂浮在有如凝結了夏日陽光於其中的金色糖漿裡，另外還有一盆插滿粉紅、白色與紫色的碗花，可以用來裝飾餐桌。然而，這一切與當初爲了迎接摩根夫人到來所準備的一切相比，仍舊遜色得多了。

不過，已經飢腸轆轆的客人們似乎不覺得餐點準備得太少，她們享受著簡單的食物。安原本預計這些餐點可能會不夠，但在經過最初的幾分鐘之後，完全沒有這方面的問題。摩根夫人的出現讓人有點失望，如同她的死忠書迷必須被強迫接受眞正的摩根夫人一般，但她證實了她是一位令人愉快的交談者。她旅遊過的國家相當多，而且是個傑出的說故事高手，她閱人無數、談吐幽默、妙語如珠，就像她筆下的人物一樣。但在傑出的言談表現下，也可以強烈地感受到那眞實的暗流，她不會打斷別人談話，在討論當下也會適時引領傾聽者加入討論，使得安與黛安娜也能和她隨意地交談。

潘蝶絲特夫人話很少，僅僅用她那動人的雙眸與雙唇微笑，然後以十分講究優美的姿態享用烤雞、水果蛋糕還有蜜餞，她享用餐點的模樣彷彿捧在手中的是仙饌與甘露。安在後來對黛安娜說潘蝶絲特夫人就像神祇一樣美，不需要言語，只要看著她就已足夠。

用過晚餐後，一行人走過戀人小徑，穿過紫羅蘭谷，經過樺樹道，回程途經幽靈森林，再前往妖精之泉，然後她們坐下閒聊，一起度過剩餘美好的三十分鐘。摩根夫人想知道爲什麼幽靈森林要取這樣的名字，她在聽完故事後笑個不停，直到笑出眼淚來，而安那令人懷念的繽紛回憶穿越過森林，在那渾沌魅惑的時刻伴隨著眾人。

「這的確是個心靈分享與交流的宴會，是吧？」安說道，所有客人都已告辭離去，屋裡只剩下安與黛安娜了。「不管是聽摩根夫人說話，或是注視潘蝶絲特夫人的舉止……我不知對哪一位比較感興趣。我相信我們所擁有的美好時光是如此美妙，而準備的豐盛餐點還剩下很多。你必須留下來陪我喝完茶再走，黛安娜，而且要將這一切都聊過一遍才行啊。」

「普莉希拉說，潘蝶絲特夫人的小姑要嫁給一個英國伯爵，而且她還很喜歡吃蜜餞呢！」黛安娜覺得這兩件事不能相提並論。

「就算是英國伯爵親自蒞臨，他那高貴的鼻子也不得不對瑪麗拉醃漬的蜜餞甘拜下風。」安驕傲地說道。

當晚，安向瑪麗拉詳述今天發生的一切，不過並未提起鼻子的不幸事件，而且她將淡斑面霜丟出窗外了。

「我再也不嘗試那些美容面霜了。」她堅定地說道。「那些東西都要謹慎使用，但對我這樣冒冒失失、經常出錯的人來說，我還是認分一點，別用那些東西了，不然也只是讓命運捉弄自己罷了。」

第21章 親愛的拉文達小姐

隨著新學期到來，安再度回到校園，現在的她獲得了生活上許多體驗，如今的教室內也增加了一些剛踏入學校、對任何事都充滿好奇的學弟妹們，其中就包含德比及朵拉。德比正坐在謬弟身旁，也因為謬弟已經先上過一年學堂，所以看起來要沉穩得多；朵拉在上週日也已辦好入學申請，就坐在莉莉隔壁。然而，莉莉也不是第一天來學校了，她是跟另一個女孩米拉貝爾一起上學的。對朵拉而言，她們都是「大女孩」們。

「學校真是個好玩的地方呢！」當晚回到家，德比興奮地向瑪麗拉說：「你曾說我絕對找不到一個能坐得住的地方，但我做到了耶！我發現只要讓雙腿在桌底下扭動扭動也是個好方法。很多男生都這樣玩喔！我跟謬弟坐在一塊兒，他是個不錯的人哩。他的樣子比我高一點，而我則是身材胖一點。我發現坐在後座是件不錯的事，不過，要是個子再長高一點，那要這樣讓雙腿活動可能就會不舒服，會碰到地板了。謬弟在他的石板上畫了安的畫像，不過我覺得真是醜極了！我跟他說，他若要把安畫成這樣，我必定會在下課後狠狠教訓他一頓，我還要畫一幅他的畫像，上面加上牛角和尾巴，可是我又想了想，這樣會不會傷害到他？安告誡過我不可以隨意傷害別人的自尊心呢，看來如果真要表示些什麼，敲敲臭男生一頓會比傷害他的內心要好多了。不過，謬弟說他不在乎我對他做什麼，因爲他會再叫別人來教訓我。後來他擦掉石板上安的名字，寫成芭芭拉的名字。謬弟一點都不喜歡芭芭拉，因爲她稱呼他爲可愛的小男孩，還會拍他的頭。」

朵拉也表示她喜歡學校，不過她的反應倒是安靜多了。稍晚，瑪麗拉要她上樓睡覺時，朵拉卻猶豫不決地哭了起來。

「我好害怕！」朵拉哭著說，「我不想一個人摸黑上樓啊！」

「你是怎麼啦？」瑪麗拉問道，「你這一整個夏天不都是自己一個人去睡覺嗎？這時怎會害怕起來呢？」

朵拉仍舊嚎啕大哭，安趕緊前去安慰：「親愛的，告訴我，你怎麼了？你在怕些什麼呢？」

「都是米拉貝爾的叔叔啦。」朵拉向她泣訴，「在學校時，米拉貝爾跟我說有關於他們家族的事，幾乎他們家中的人都去世了，他們家族有死亡現象哩，兒米拉貝爾竟然以有這麼多死去的親戚爲傲。她還告訴我，他們是怎麼死的、他們說了什麼話，還有他們在棺木中的模樣。而且米拉貝爾還說，她的叔叔在入土後，竟然還可以看到他在屋子附近走動！是她母親親眼見到的。接下來的我都不管，但我不由自主地就會想到她的叔叔啊！」

安陪著朵拉上樓，直到她睡著爲止。隔日，米拉貝爾下課後被留下來，愼重地表示道她有多幸運可以在這位叔叔過世後碰見他，以及他在屋子附近流連的奇聞軼事，她相當以此爲傲呢。從另一個角度看，倘若學校不准她宣揚這些鬼影幢幢的事，她是否還能如此耀武揚威呢？

輝煌的九月又要過去，輾轉進入了十月。週五晚上，黛安娜來訪。

「安！我收到一封愛拉・金博寄來的信。她邀請我們今天下午到她家茶敍，看看她從城裡回來的愛琳表妹。不過我們沒辦法駕車去，因爲我家明天要用馬車。你的小馬又腿受傷，我想我們恐怕無法成行了吧。」

「爲什麼不能用走的呢？」安建議，「我們可以從後頭直穿過樹林，就會接到葛夫頓西街，那兒離她家就不遠了。去年冬天我有走過那條路，我認得。路程不會超過四公里，而且我們也不用自己走回家，奧利佛・金博可以載我們回來。他是唯一願意這麼做的人吧，他可以順道去看看嘉麗・史隆囉，不過聽說他父親不會答應把馬借給他的。」

按照計畫，安和黛安娜走路出門，花掉了一整個下午，沿途經過了「戀人小徑」和自家的卡伯特農場。一路直往樺樹林，到處洋溢著蓬勃的生命氣息及祥和的氣氛。

「我們得加緊腳步了！」黛安娜看著錶催促。

「好吧，我會走快點，還有，別再讓我說話了。」安說道，「我只想陶醉在這美好日子的浪漫情懷裡罷了，彷彿這杯佳釀不得不離開我的唇邊一樣，眞是令人惋惜。」

或許是安太陶醉其中，當他們來到岔路後，安立卽左轉。原定路線應該是右轉才對，但她似乎沒發覺，又往錯誤的方向繼續走。最後，兩人竟來到一條完全陌生、空無一物的路上，眼前僅有一堆小草。

「為什麼？我們在哪兒啊？」黛安娜問，「這裡根本不是葛夫頓西街那條路啊！」

「不，這是另一條岔路了。」安說道。「方才我一定是在岔路轉錯了方向。我不確定我們到了哪裡，但可以確定我們離目的地還有三公里路程。」

「但我們來不及啦！現在都已經四點半了。」黛安娜說著，不忘看看手錶，「等我們到達，恐怕聚會也已經結束了，她們也會因為我們遲到而感到困擾的。」

「我們還是掉頭回家吧。」安建議，但黛安娜考慮了一下後拒絕了。

「不要，我們還是去吧，況且都已經走這麼遠了。」

於是她們倆再度回到當初的岔路口。

「我們該走哪個方向啊？」黛安娜問。

安搖搖頭。

「我不知道。不過，我們可不能再走錯啦。有兩個方向通往樹林，路的盡頭一定有個房子，不如走過去看看吧。」

「這條路看起來真浪漫啊！」黛安娜讚嘆起來。小徑兩旁分布著一些樺樹，生長得茂密，另一頭還有一片棕色草皮，在落日餘暉的照耀下蔓延開來。

「感覺就像走在魔法林裡似的。」安說道：「你可以想像我們可能回不去真實世界嗎？黛安娜，我們會不會走到王子的神祕宮殿裡啊？」

就在下一個轉彎處，前方出現了一線曙光，並非想像中的宮殿，而是一間小屋。雖然不是富麗堂皇的宮殿，但在這種地方出現這樣的木造農舍，也眞是夠令人驚訝的了。安不禁停下腳步，聚精會神地看。黛安娜則說：「我知道我們在哪裡啦！這是拉文達小姐住的屋子，她應該是取名叫『回聲莊』吧。我從以前就聽說過了，但從未見過，原來是這樣一個浪漫可愛的地方啊！」

「這是我見過最可愛、最美麗的地方了呀！」安驚呼，「看起來簡直像童話中的幻境呢！」

這屋子是棟低矮的建築，外觀是用島上的紅砂岩所建造，延伸出去的屋頂還隱藏著兩扇圓頂窗，上頭還有木製的風帽及兩個筆直的煙囪。整棟屋子完全被美麗的薔薇所覆蓋，但可依循地上的石板路前進，眼前彷彿柳暗花明又一村，出現了秋天的冰霜，轉眼又變成一片美麗的青銅及酒紅色造景。

這間屋子的前方有一處花園，中間一條小徑引領行人至門口，這會兒，兩個女孩就站在這條小徑上。這房子矗立在一角，其他方向則隨處可見蔓延開來的苔蘚植物到處生長，眼前就是一個綠色世界。左右兩側矗立的高大深色杉木同樣吸引兩人目光，下方還有一塊翠綠草皮直直延伸到葛夫頓河。眼前呈現的是一整片山丘與河谷，沒有其他任何房舍。

「我眞好奇拉文達小姐是怎樣一個人呢？」黛安娜不禁自問。「聽說她是個特別的人。」

「她會是個令人感興趣的人。」安說，「至少獨特的人都會讓人產生興趣。剛才不是說過我們可能會到宮殿去嗎？照這樣看來，頑皮的小精靈未必沒有施展魔法。瞧瞧眼前這一切！」

「但拉文達小姐並不是王子啊！」黛安娜笑說，「她是一位上了年紀的女士，都已經四十五歲囉，而且聽說有點陰鬱。」

「那只是傳言嘛。」安說道，「至少她還算年輕貌美呀，而且她或許會笑臉迎人地出來迎接我們哩，儘管我們無法確定是否會這樣。況且，拉文達小姐也還沒出現，她會不會發生了什麼意外呀？」

「我只怕她來了馬上又要走。」黛安娜說，「聽說她年輕時曾經與史蒂芬訂婚——就是保羅的父親，不過後來分開了。」

「哇！」安驚訝地說，「門是開著的耶！」

女孩們站在走廊邊，敲敲已經敞開的門。裡頭傳來腳步聲，隨即露出來一張小臉，是一個年約十四歲的小女孩，她有著滿臉雀斑、扁塌的鼻子、幾乎要咧到兩邊耳朵的嘴巴。她綁著兩條長辮子，上頭繫有藍色蝴蝶結。

「請問拉文達小姐在家嗎？」黛安娜問道。

「是的，女士，請進。我會轉告她您們的來訪，她就在樓上。」

她倆等候了一會兒，這雙明亮的小眼睛又出現了。屋裡的一切似乎跟外頭一樣令人感到趣味盎然。

大廳裡的天花板極低，分成了兩個空間，廳裡有著方格子窗戶及荷葉邊窗簾。所有家具陳設看起來都挺傳統，但是維持得相當良好。不過嚴格說來，眞正吸引這兩位風塵僕僕、遠從四公里外來訪的年輕女孩之處，竟然是一張桌子。桌上擺設了成套淺藍色的瓷器，加上金色綴飾的羊齒植物，給安一種十足節慶的印象。

「拉文達小姐應該喜歡找人共進下午茶吧。」安暗自呢喃，「這兒有六套擺設，看來她眞是個有趣的人呢。我想她應該能告訴我們路該怎麼走，不過我倒是對拉文達小姐本人很好奇。啊！她來了。」

拉文達小姐就站在門邊。這兩個女孩因爲太過驚訝，剎那間也忘了該有的禮儀及教養。她們本來想像即將見到的人應該就是個普通中年婦人，不過眼前見到的卻是一個擁有較爲消瘦身型、一頭灰髮的女士，還眞是令人難以想像。

她有一頭優雅仕女的美麗捲髮，整齊而蓬鬆，臉蛋像一個小女孩，擁有泛紅的臉頰及甜美的雙唇，還有柔和的棕色眼睛。她身穿奶油色洋裝，上頭還點綴著淺色玫瑰。中年婦女穿這樣的服裝，必定會被笑做荒謬至極，然而穿在拉文達小姐身上，看起來卻是搭配得如此恰到好處。

「喬洛特四世說你們想見我，是嗎？」拉文達小姐發問，聲音正好搭配她的氣質。

「我們想問路。請問到葛夫頓西街的路應該怎麼走？」黛安娜說，「我們本來是受邀到金博先生家茶敘的。但我們現在該右轉或左轉呢？」

「左轉。」拉文達小姐說，並看了一下她的茶几，懷疑茶具是否被移動過。

「可是，你們不打算和我共進下午茶嗎？等你們到達金博先生那兒，他們都已經結束囉。喬洛特四世和我都竭誠歡迎你們留下來。」

黛安娜看了安一眼。

「那我們就留下吧！」安心中已打定主意，想要多了解這位拉文達小姐，「希望不會造成您的困擾。不過您好像還有其他賓客，是吧？」

拉文達小姐再度看了一下她的茶几。

「你可能會覺得我很傻。」她說，「我簡直是個傻蛋，直到我發現，我會覺得很不好意思。我並不是在等任何人，我只是假裝在等人罷了。你看，我夠寂寞了吧，我喜歡有人陪，尤其是適當的夥伴。不過很少有人會來我這兒，畢竟這裡的路程太遙遠了。喬洛特四世也感到很無聊，所以我才會假裝在家裡辦聚會。我甚至還會特地爲此下廚，並布置一下桌子，擺上我母親的喜宴瓷器，然後盛裝打扮。」此時，黛安娜心想，拉文達小姐果然如傳言中的一樣獨特。這位中年婦女竟然也像小女生一樣玩起角色扮演的遊戲！安卻是以閃爍的眼神詢問：「您也會幻想嗎？」

這個「也」字喚起了拉文達小姐的呼應。

「是啊！」她承認，「儘管對我這種年紀的人來說，幻想可能是件愚蠢的事，不過身爲一位獨立的婦女，這樣也不會傷害到別人啊！人總是需要一些補償性的東西，如果不能想像的話，我要如何過日子啊？不過今天我倒是很開心被看穿呢。

「你們就一起來吧，我已經準備好下午茶囉。你們要不要到客房裡先取下帽子呢？就是階梯前方那扇白色的門。我得到廚房裡看看喬洛特四世，她是個好女孩，但要小心她把茶滾過頭才行。」

拉文達小姐隨即轉身走向裡屋，而這兩個女孩也逕自走向客房——有一扇白色門的房間，窗邊點著燈，就像安所說的，一切彷彿置身夢境中。

「這眞是刺激啊，你說是不是？」黛安娜說道，「拉文達小姐人眞好，儘管她有一點古怪，她看起來不像是個中年婦人啊。」

「我覺得她就像是美妙的音符。」安回應著。

就在她倆走出來時，拉文達小姐正拿著茶壺，在她後頭的是看起來相當開心的喬洛特四世，手裡捧著碟子。

「告訴我你們的名字吧。」拉文達小姐開口，「眞高興你們是年輕的女孩兒。我喜歡年輕的感覺，跟這樣的人在一起時，我也可以想像自己是個小女孩。我不喜歡刻意扮鬼臉，告訴自己我已經老了。對了，你們到底是誰？黛安娜·貝瑞？安·雪莉？我可以假裝認識你們很久了嗎？就稱呼你們為安及黛安娜吧。」

「沒問題。」兩個女孩異口同聲地說。

「咱們就坐下來，吃些東西吧。」拉文達小姐開心地說，「喬洛特，你就坐在角落幫忙處理雞隻吧。剛好我有準備一些蛋糕及花生呢。雖然爲了這些幽靈訪客做這些好像有點傻。我知道喬洛特四世一定也這麼認爲，是嗎？喬洛特，不過現在感覺還不錯。當然也別浪費這些茶點啦，只有喬洛特四世跟我的話，恐怕得吃上好一段時間呢。」

這一次的聚會相當美好且令人印象深刻。結束時，她們走出花園，徜徉在落日餘暉下。

「您有這樣的屋子還眞是美好呢！」黛安娜以羨慕的眼光環顧周圍。

「爲什麼您要把這兒取名爲回聲莊呢？」安問著。

「喬洛特。」拉文達小姐說著，「進去屋子裡，把掛在鐘架上的小牛角拿出來。」

喬洛特迅速取來牛角。

「吹看看吧，喬洛特。」拉文達小姐接著說。

喬洛特鼓起雙頰用力吹，不過從牛角出來的也只是聲嘶力竭的低音，就這樣維持了一陣子。不過就在瞬間，從樹林裡傳來了各種回音，是一種遺世獨立、響亮的聲音。聽到這聲音，安與黛安娜的喜悅之情溢於言表。

「現在笑吧，喬洛特！大聲地笑出來。」

喬洛特依照拉文達小姐所說，站在石頭上發出笑聲，傳來的回音就像有人在模仿她的笑聲一般熱烈而響亮。

「人們對我這兒的回音感到相當羨慕呢！」拉文達小姐說，就像這回音是屬於她個人的資產一樣。「我很喜歡這感覺，它們是我最好的夥伴，如果你加以想像的話。夜深人靜的夜晚，喬洛特四世和我會坐在這兒，和它們一起沉思喔。喬洛特，把牛角放回去吧，小心地掛回原位喔。」

「爲什麼您要叫她喬洛特四世呢？」黛安娜好奇地問。

「只是不想與我記憶中的其他喬洛特混淆在一起罷了。」拉文達小姐認眞地說，「她們看起來都這麼像，很難區別差異呀。其實她眞正的名字不叫喬洛特，我想想……叫什麼呢？應該是叫『李奧娜拉』吧。是啊！就是這名字！十年前，當我母親過世時，我不想一個人過日子，但我又付不起養孩子的經費，所以我就找了一個喬洛特．包曼來幫傭；第一個喬洛特的確叫喬洛特，是第一個來的，才十三歲。她就陪著我一直到她十六歲時，便去了波士頓，因爲她在那兒可以謀到更好的差事；後來，換她妹妹過來了，她叫『朱利塔』，不過由於她跟喬洛特長得太像了，那段時間我也都叫她妹妹喬洛特，她倒也不介意，我就稱她喬洛特二世。她離開後，下一個來了『伊琳娜』，她就是喬洛特三世。現在我有喬洛特四世，不過等到她十六歲時——她現在才十四歲，她也會到波士頓去。我也不知道該怎麼辦才好了？喬洛特四世已經是包曼那邊最後一個女孩了，也是最好的一個。其他的喬洛特總是會覺得我假裝賓客茶敘的事很蠢，只有喬洛特四世不會這麼覺得，至於她心裡是怎麼想的，我就不管了。」

「好吧！」黛安娜望著落日西沉，「若要趕在天黑前到達金博先生那兒，我們得趕緊出發囉。我們今天眞的很愉快，謝謝您。」

「你們下次會再來嗎？」拉文達小姐懇求道。

「會的。」安承諾，「現在我們終於認識您啦，下次我們會再來訪的。我們得走了，『我們會含淚離開的！』每次保羅．艾文來綠色屋頂之家拜訪時總是這麼說。」

「保羅．艾文？」拉文達小姐的聲音完全變了樣，「他是誰？艾凡里有這個人？我怎麼都不知道？」

安突然感到一陣困擾，她竟忘了拉文達小姐過去曾與艾文這個姓氏有過一段羅曼史。

「他是我的學生。」安趕緊解釋，「他去年從波士頓來的，現在跟他的奶奶——艾文老夫人住在一起。」

「他是史蒂芬．艾文的兒子嗎？」拉文達小姐問道。

「是的。」

「我要給你們一人一束拉文達草※。」拉文達小姐積極地說，彷彿她沒聽到剛才那句話。「很可愛吧？我母親死了，這是她在很久以前種下的。我父親將我取名爲拉文達也是因爲很喜歡這種植物。別忘了下次再來喔，我和喬洛特四世都期待你們的出現。」

她爲她倆開啓了小徑的門，那一刻的她看起來有些蒼老及疲憊。她臉上曾透露出光彩及神采奕奕，那是種屬於年輕人的愉悅笑容。不過，就在女孩兒們回頭望向剛走出來的小徑時，拉文達小姐將頭倚上手臂，緩緩坐到石板凳上。

「她看起來眞的很寂寞。」黛安娜說，「我們得常來看看她。」

「我想她的父母親賦予了她最好的事物，就是那個名字。」安說著，「如果他們隨便的將她取名爲伊麗莎白、奈莉或米瑞兒之類的名字，那就完全比不上拉文達了。像我的名字，就正好搭上麵包、奶油之類的。」

「我可不這麼認爲呢！」黛安娜說，「安這個名字，就是皇后般的榮耀，不過我覺得葛倫哈布這個名字更適合你。我覺得名字還是端看個人如何呈現他們自己，才能表現出美與醜。像我就無法忍受喬西或朱蒂這種名字，以前我倒覺得叫派西嘉的女孩都挺美的。」

「說得一點也沒錯，黛安娜。」安表示贊同道，「你是以自己的人格來表現名字的，即使一出生被取的名字並不好聽。人要讓自己的名字卓越，而不是依靠名字給人的想法才是。謝謝你，黛安娜。」

※拉文達（Lavendar）音同薰衣草（Lavender）。

第22章 遺留下的結局

「所以你與拉文達・路易斯在石屋那裡一起喝茶？」隔天早上，瑪麗拉在早餐桌上發問。「她現在變得怎麼樣了？自我最後一次看見她到現在，已經有十五年了。那是個星期天，就在葛夫頓教堂裡，我想她應該改變得滿多了吧？德比・凱西，當你拿不到想要的東西時，就要請別人幫你拿，不可以把身體越過桌子。你看保羅・艾文在這裡用餐的時候，有像你這個樣子嗎？」

「但是保羅・艾文的手比我長啊！」德比抗議道。「他的手已經長了十一年，我的才長七年而已，我有說『麻煩一下』了，但是你跟安都忙著講話，根本不理我！保羅從沒在這邊用過餐，都只在這邊吃點心而已，而且吃點心比吃早餐容易守規矩，那時才只有一點點餓而已，晚餐跟早餐卻間隔了那麼久。還有，安，這個湯匙怎麼沒有比去年大呀？我已經長大了耶！」

「當然啦，我不知道拉文達小姐以前是什麼模樣，但我想她應該沒變太多吧。」安說道，在她幫德比舀了一匙楓糖漿後，又給了他第二匙好讓他安靜些，這才繼續說自己的事。

「她的頭髮已經轉爲雪白，但是臉蛋仍像少女一般年輕，而且她有一雙最甜的褐色眼眸——就樣褐色樹木那美麗的色澤般，閃耀著金色的光彩，她的聲音會讓你聯想到叮噹水聲以及妖精鈴響混合在一起的感覺。」

「她年輕的時候眞是個大美人。」瑪麗拉說道。「我跟她並不熟，但自我知道她以後，我就滿喜歡她的，不過現在可會有好些人覺得她很奇怪……德比！如果再讓我看到你作怪，你就必須等到每個人都吃完後才能用餐，就像法國人那樣！」

在安與瑪麗拉的交談中，這對雙胞胎的其中一人佔了相當的比例。她們的對話中不時需要斥責德比，就像這個相當令人失望的場面，因爲德比無法將剩餘的糖漿用湯匙撈起，爲了解決這個難題，他竟然用雙手高舉起餐盤，伸出粉紅色的小舌將盤子舔乾淨。

安用驚悸的眼神瞪著他，那個小罪犯一下子紅了臉，半害羞半挑釁地說：「這樣才不會浪費任何一滴呀！」

「如果有人總是跟多數的人不同，我們稱那人是怪胎。」安說道。「而拉文達確實不同於其他人，雖然很難描述到底是哪裡不一樣，也許是因爲她從未變老過。」

「當那個年代的人都已經老到快作古了，剩下的那個人最好也跟著變老。」瑪麗拉說道，她不是個風度的評論者。「如果不讓自己成長，到哪裡都會無法適應，我想這也是拉文達．路易斯會丟下一切，一個人生活在偏遠僻靜的地方，直到每個人都忘了她的存在的原因。那棟小石屋是這座島上最古老的建築之一，是老路易斯先生在八十年前，從英國來到這裡時蓋的。德比！不要再搖朵拉的手了！我看到了！別跟我裝無辜！你今天早上怎麼這麼不守規矩？」

「也許我起床的時候，下床下錯邊了。」德比如此辯解，「謬弟．波爾特說，如果選錯邊的話，這一天都會很倒楣，這是他奶奶跟他講的，但是哪一邊才是好運啊？如果床有一邊靠牆的話，那怎麼辦？我也想知道。」

「我總是在想史蒂芬和拉文達之間，到底是出了什麼問題？」瑪麗拉故意不再理會德比，「在二十五年前，他們訂了婚，之後卻分手了？我不知道問題出在哪裡，但是一定是有什麼嚴重的誤會讓他遠走美國。」

「也許並沒有多大問題，我倒認爲生活上的一些小事所引發的爭端常會使情況失控，比起那些大事所引起的問題還要難以收拾。」安的洞察力連由經驗所累積的判斷力都無從比擬，「瑪麗拉，請您別把我跟拉文達小姐的事告訴林德夫人，如果她知道了，一定會問我成千上萬個問題，而我一點也不喜歡這樣……相信拉文達小姐知道了也一定會不高興的，這點我可以肯定。」

「我敢說瑞雪一定會追根究柢的。」瑪麗拉也是這麼認爲，「雖然她現在沒什麼時間可以打聽閒事，但她終究會習慣的。因爲她現在被托馬斯綁在家裡，而且她感到有點失落，我想也許是她已經慢慢放棄要托馬斯好起來的希望。如果托馬斯眞有什麼三長兩短的話，瑞雪會很孤單的，她的孩子都到西部發展了，只剩下伊莉莎住在城裡，但瑞雪並不是很喜歡伊莉莎的丈夫。」

瑪麗拉話中有話，她冷嘲熱諷的伊莉莎是世上最深愛她老公的人。

「瑞雪說如果托馬斯能夠激起自己的意志力與活力的話，他就會好一點。但要怎麼樣才能讓那軟弱的人堅強起來？」瑪麗拉接著說：「托馬斯．林德從未有過任何活力，以前他的母親管束他，娶了瑞雪後又被太座壓頂，這次居然沒經過她的許可就生起病來，這眞是怪了，但我也不該這麼說，瑞雪對他來說是位好夫人。這可是事實，如果瑞雪不在他身邊，那他就什麼事也做不好了，他天生就是那種讓人指使的個性，所以不如就讓瑞雪這樣能幹的人來幫他打理一切，他既不會去介意她的行事方式，也不用費神自己決定一切。德比！別像鰻魚一樣在那裡扭來扭去！」

「我沒別的事可以做了啊！」德比反彈，「我已經吃不下了！而且看你跟安吃飯一點都不好玩。」

「好吧！你跟朵拉可以出去了，然後餵那些母雞一點小麥。」瑪麗拉說：「不可以動手拔那些公雞尾巴上的白羽毛。」

「我要一些羽毛來做我的印地安頭飾！」德比乖戾地反駁，「謬弟．波爾特就有一個很漂亮的頭飾，那是他媽媽把他家的老火雞殺掉，然後用火雞羽毛做成的，你也給我一些羽毛嘛！反正公雞要那麼多羽毛也沒用啊！」

「閣樓上那支舊羽毛撢子可以給你。」安說道，「我會幫你把那些羽毛染成綠色、紅色跟黃色。」

「你會寵壞他的！」當德比神采飛揚跟著一身整潔的朵拉到外邊去時，瑪麗拉如此說道。她的教養方式比起過去六年有了顯著的進步，不過尚未擺脫一些想法，總認爲讓孩子有求必應可不是件好事。

「我班上每個男孩子都有一頂印地安頭飾，所以德比也想要一個。」安向她解釋，「我知道那是什麼感覺……我從未忘記過其他女孩子都有燈籠袖的衣服，唯獨我只能去習慣壓抑自己的渴望。而且德比並沒有被慣壞，他每天都有在進步，您想想，從他來到這裡都一年了，他已經變得不一樣了。」

「自他上學以後，確實是沒那麼調皮了。」瑪麗拉也是這麼認爲。「我想他是跟其他男孩子相處之後逐漸被影響了。但我覺得很納悶，從去年五月到現在都沒有理查．凱西的消息。」

「我滿害怕得到他的消息的。」安嘆了口氣，收拾起桌上餐盤。「如果他眞捎信來了，我一點也不想拆開來看，就怕是要我們把雙胞胎送還給他。」

一個月後，那信終於來了，但並不是理查．凱西寄來的，而是他的一個朋友寫的。信中提到理查．凱西在兩星期前因爲肺病去世，而這封信的執筆人則是理查的遺囑執行人。他會將理查遺留下來的兩千元贈予瑪麗拉，以替德比和朵拉保管到成年或成婚，而這兩千元利息就當作是這兩個孩子的贍養費。

「我覺得與這訃聞相關的事物轉換，就像可怕的感覺轉爲高興。」安嚴肅地說。「對於可憐的凱西先生我感到相當遺憾，但我卻對因此可以繼續照顧雙胞胎而感到十分高興。」

「這筆遺產來得還眞是剛好，這將對我們的生活產生莫大的幫助。」瑪麗拉很實際地說，「我也想繼續照顧這兩個小鬼，但我眞不知道該怎麼去負擔生計了，尤其當他們漸漸長大後，所需要的開銷會越來越多。農場的租金已經無法再應付家計以外的支出，我打定主意不把存的錢花在這兩個孩子身上，你已經替他們做太多了。朵拉不需要你幫她買任何新帽子，這就像貓需要兩條尾巴一樣。但現在不同了，他們的開銷已經有了後盾。」

德比和朵拉一聽到他們可以住在綠色屋頂之家「直到永遠」，實在開心極了！相形之下，反倒是那位在去世之前都未曾謀面的舅舅已經入土為安的消息，在他們心中顯得不是那麼重要了。儘管朵拉對這個消息感到害怕。

「理查舅舅被埋起來了嗎？」她小聲地向安探問。

「是的，親愛的，當然被埋起來了。」

「他……他不會像米拉貝爾的叔父一樣，對不對？」她還是很焦慮地小聲問道：「他被埋起來以後，就不會在房子外面走來走去了對不對？安？」

第23章 拉文達小姐的浪漫情史

「我想在傍晚散步到回聲莊一趟。」在十二月一個週五的午後，安對瑪麗拉說。

「可是這天氣看起來快下雪了。」瑪麗拉半信半疑地看看外頭的天空。

「在下雪前我就會到回聲莊了，我會在那兒過夜。黛安娜這次沒辦法一起去，因爲她家有客人，而且我很確定，拉文達小姐今晚一定也在等我過去找她，我們有整整兩星期沒見面了。」

自從十月第一次見到拉文達的那日起，安已多次拜訪過回聲莊。有時她和黛安娜會駕車走大路過去，有時她們會漫步穿越森林到達。當黛安娜不能同行時，安就會獨自一人前往拜訪。在她與拉文達小姐之間湧起一股熱烈的情誼，這友誼只有在一個心與靈魂都保持青春永駐的女人，和一個想像力與直覺都源源不絕的女孩之間才能擁有。安終於找到與她擁有「相同靈魂」的寂寞淑女，在她夢幻般的隱居生活中，安與黛安娜自外面的世界帶來歡愉與快樂的生活方式，讓被世界所遺忘的拉文達開始跟外界接觸——她們帶給這棟小石屋青春及眞實的氣氛。

喬洛特四世總是用一朵很大的微笑來接待她們——喬洛特的嘴角笑得頗寬——來喜愛她們爲她所敬愛的女主人帶來的一切。當十一月的氣候有如十月再次到來，而十二月則彷若沉溺在夏日的陽光與薄霧當中時，她們在美麗的秋季把握最終的巡禮之際，畢竟小石屋已經許久沒有這麼喧鬧作樂過了。

但在這個特別的日子裡，就像十二月憶起了該是冬季的時候，天空突然間烏雲密布，籠罩了整個大地，無風的日子有如風雪來襲的前兆。然而安自得其樂地穿越巨大灰暗得有如迷宮般的樺樹林，一個人卻不覺孤獨，她想像著有許多人在她身邊與她嘻笑對談，那些幽默饒富機智、充滿無限吸引力的談話遠比現實生活來得更生動。在現實生活中，人們只因需要才可悲地與人說話；在想像的世界裡，那些奇幻妖精們每一個都只說著他們想說的話，然後給自己一個想要說什麼就說什麼的機會。在這些無形朋友的陪伴下，安跋涉過森林到達樅樹小路，天空也正巧在此時緩緩落下一片片雪白的羽毛。

在第一個轉角處，她迎上站在一棵枝幹繁盛的大樅樹下的拉文達，她穿著一件鮮紅色的溫暖長袍，在頭及頸部圍裹著一條銀灰色的絲質披肩。

「您看起來就像是樅樹林裡的妖精女王啊！」安高興地對拉文達喊著。

「我就在想你今晚一定會過來，安。」拉文達小姐蓮步輕盈著走向安，「看到你，我眞是感到無比喜悅。喬洛特四世不在，她的母親病了，她必須在今晚回去一趟，如果你沒來，我會變得非常寂寞……就算有幻想和那些回聲也無法假裝宴客。噢！安，你是多麼的漂亮啊！」拉文達忽然插入這句話，直盯著那高眺修長的女孩。安因爲走了一段路，臉蛋有如玫瑰盛開般地嬌紅。「多美啊！多年輕啊！十七歲是個快樂的年紀，不是嗎？我眞是羨慕你啊！」拉文達小姐坦白地說出她的心聲。

「但你有一顆十七歲的心呀！」安微笑著。

「不，我老了，或說我是個中年人了，這樣年輕的心反而不好啊！」拉文達小姐嘆息著。「有時我可以佯裝我還年輕，其他時候卻只能讓現實吞噬我，而且我也像大多數女人一樣，無法對自己已經變老的事實看開。當我發現我的第一根白髮時，我眞是不敢相信！這不是十七歲的你看著我就能夠了解的，我能夠假裝自己是十七歲，而且我辦得到，那是因爲你在這兒，你總是帶著青春的氣息，宛如你手上的禮物一般地送給我。我們肯定會有個愉快的晚宴，先來喝杯茶吧，你想要吃什麼茶點呢？不管你喜歡什麼，我都會爲你準備的，你可以想一下，那些美味可是不好消化的食物！」

暮靄之後，歡笑喧鬧聲洋溢在石屋中，她們下廚、設宴、做糖果，盡情歡笑和「假裝」，拉文達小姐與安沒形象地拋開了一個四十五歲未婚女子該有的尊嚴與穩重，以及一個學校教師該有的威嚴大方，享受著她們所製造出來的歡愉。然後，當她們覺得倦了，她們一同坐在客廳壁爐前的軟墊上，只有柔和的爐火照耀著，爐架上的花瓶裡放著拉文達小姐摘回來的玫瑰，香氣飄然瀰漫。風兒在四周不停嘆息長呼，雪花也輕敲窗戶，就像有許多小妖精正在屋外呼喊，懇求著讓他們也進到屋內似的。

「我眞的很高興你可以在這裡陪我，安。」拉文達小姐輕咬著糖果，「如果你沒來，我會變得憂鬱，非常憂鬱……就像那深沉的藍色。在白日還有夕陽西下時，作作夢或者假裝是很合適，但到了夜晚，或是暴雨來襲時，這就一點用也沒有了，總需要個眞實的人來陪伴。這是你無法體會的，在十七歲這個年紀是不會明瞭這種感覺的。十七歲的夢幻是相當幸福的，因爲未來就在前方等著你。當我十七歲的時候，安，我沒想到四十五歲的我是一個滿頭白髮、一無是處的老小姐，但夢幻卻塡滿了我的生活。」

「但你並不是一個老小姐呀！」安臉上那朵微笑映在拉文達憂鬱的褐色雙眸裡。「老小姐是天生的，不是後天造成的。」

「有些人一出生就註定是老小姐，有些人則是讓自己成爲老小姐，還有些人是因爲不得已才會變成老小姐。」拉文達小姐異想天開地用模仿詩詞的口吻調侃自己。

「而你就是『成爲』老小姐的其中一人呀！」安笑著說，「而且，你還把老小姐這個角色扮演得十分美麗呢！如果每一個老小姐都像你一樣，這會蔚爲風潮的。」

「我總喜歡盡我所能將事情做得盡善盡美。」拉文達小姐沉思著說著，「反正都已經是個老小姐了，所以我決定成爲一個很好的老小姐！大家都說我是個怪人，但這也只是因爲我用我自己的方式，過著不像傳統老小姐所過的那種生活罷了。安，有人告訴過你史蒂芬·艾文跟我的事情嗎？」

「有的。」安很坦率地說，「我聽說你跟他訂過婚。」

「是這樣沒錯。在二十五年前……眞是久遠的日子，我們已經決定好在下個春季舉行婚禮，婚紗也做好了，雖然沒人知道，只有我的母親與史蒂芬知道而已，就某方面而言，你可以說，我們已經訂下我們的一生了。當史蒂芬還小的時候，他的母親會帶他來找我的母親，他第二次來的時候——那時他九歲，我六歲——在花園裡一面漂亮的牆下，他告訴我他決定等他長大以後，要娶我爲妻，我還記得我對他說『謝謝你』；等他回去以後，我很愼重地告訴我的母親，我眞的是鬆了一口氣，因爲我不必擔心我以後會成爲一個老小姐。我的母親聽到，笑得可開心了！」

「那後來呢？出了什麼問題呀？」安輕呼了口氣。

「我們只是很愚蠢地經常爲了些小事吵架，很小很小的、芝麻綠豆般的小事，說出來也不知道你信不信，我已經記不得當初到底是爲了什麼開始吵起來的。我僅僅知道這是誰的責任，是史蒂芬先開始的，但我想我做了很多蠢事惹毛了他。那時他有一兩個情敵，你知道的，我自視甚高也有些招蜂引蝶，這只是想小小測試他一下；他是個神經緊繃又敏感的人，我們兩個吵了一架，不歡而散，但我想我們很快就會和好的，如果史蒂芬別那麼快回來就好。安，我親愛的，我不該說這樣的話……」

拉文達小姐壓低聲音，好像她要承認自己殺了某人似的，「我是一個非常抑鬱的人，噢！你別笑，這是眞的！我很愛生氣，在我還沒生完氣前，史蒂芬就回來了，我不想聽他說話，所以他就走了。他太驕傲了，不會再回頭，之後我也因爲他不來找我而開始賭氣。也許我可以派人送個訊息給他，但我不可能讓自己低聲下氣，我跟他一樣驕傲。

「高傲與倔強眞是個非常糟糕的組合啊！安，但我無法喜歡別人，而且也不想喜歡別人，我寧願變成老小姐在這兒等上一千年，只爲了嫁給史蒂芬・艾文，其他的人我一個也不要，但這一切就像一場夢一樣。你看起來是多麼地同情我啊，安，就像十七歲少女般的同情心，但別太過度啊。我眞的很快樂，有許許多多的小精靈塡滿我已破碎的心。當我確定史蒂芬不會再回來時，我的心碎成片片，再也湊不回來了，但心碎並不像書裡所講的那樣疼痛。

「那就像牙痛一樣，雖然你很難用此來做爲浪漫的比喩，那有時會讓你痛得睡不安穩，但當你不再介意之後，時間會引領你享受你的生活、夢想、回聲和花生糖。你現在看起來很失望呢！剛剛的氣氛很好的，在五分鐘前我才極力壓住這些悲慘的回憶，想要給你一朶微笑的呀！這是最壞，或說最好……在現實的生活裡，安，他不會讓你陷入悲慘，而且試著讓你過得舒適又成功……即使當你已經決定要不幸或浪漫時。這糖果很好吃吧？我已經吃很多了，但我還想再吃。」

在一陣短暫的沉默後，拉文達小姐突然開口。

「那眞是讓我驚訝，就是你第一天來這裡，提到史蒂芬有兒子的時候。安，在你來之前我都沒聽說過他的消息，但我很想知道這個小男孩的故事。他是個怎麼樣的男孩呢？」

「我從未遇過像他這般貼心可愛的孩子，拉文達小姐。而且他也熱愛想像，就跟你我一樣。」

「我好想見見他啊！」拉文達小姐柔和得像對自己說話一樣。「我想，他看起來可能就像住在我想像中的那個男孩一樣。」

「如果您想見他的話，下次有機會，我帶他來！」安說道。「眞的嗎？好啊……但別太快將他帶來，我需要些時間沉澱心情，讓我做好心理準備。他長得像或不像史蒂芬，都會給我傷痛遠比高興得多，只要一個月，你就可以帶他來了。」

因此，一個月後，安帶著保羅穿越森林，步行至小石屋，並與拉文達小姐在小徑中相遇。出乎她的預料，拉文達小姐的臉色一下子變得十分蒼白。

「這就是史蒂芬的兒子。」她低聲說，握住保羅的手凝視他。這美麗的男孩頭戴帽子，身穿長外套。「他……他跟他的父親長得眞像啊！」

「每個人都說我跟爸爸是同個模子印出來的！」保羅很驕傲地下了註解。

安在一旁屏息觀察一陣子，發現拉文達小姐與保羅的相處並不會拘束或是不自在。拉文達小姐是個感情豐沛的人，雖然她常常徘徊在夢幻與浪漫故事之中，但在不小心暴露出內心感覺後，隨即能以常人待客的態度來招待保羅。他們一起度過一個愉快的下午，晚上吃了許多豐盛餐點，要是保羅的奶奶知道的話，她一定會驚駭地握緊手，認定保羅一定會消化不良的。

「下次要再來哦！」拉文達小姐在保羅離開時和他握手。

「如果您想的話，您可以親親我。」保羅莊重地說。

拉文達小姐俯身給了保羅一個吻。

「你怎麼知道我想親你呢？」她輕聲細語。

「因爲您看起來就像我小時候我的母親想要親我的模樣。但通常我不是很喜歡別人親我，男孩子都不喜歡這樣，您知道的，路易斯小姐，但我喜歡讓您親吻我。當然，我會再來拜訪您，如果您不反對的話，我希望您能成爲我最特別的朋友。」

「我……我是不會反對的。」拉文達小姐說完，轉身快速回到屋子裡，但又很迅速地，她就走到窗邊面帶微笑，對他們揮手道別。

「我喜歡拉文達小姐。」在走過樺樹林時，保羅如此宣布。「我很喜歡她看我的眼神，喜歡她的石屋，而且我也喜歡喬洛特四世。我希望奶奶能夠請喬洛特四世來取代瑪莉·喬的位置，我覺得我在告訴喬洛特我想的東西時，她一定不會認爲我編造的故事是錯誤的。

「我有了一頓豐盛的午茶，對吧？老師，奶奶說男孩子不該想著那些吃的東西，但是當您餓的時候，怎麼可能不去想呢？您知道的，老師。我不覺得拉文達小姐會讓小男孩不想在早餐吃粥的情況下，硬要他吃掉，她一定會做其他他愛吃的食物讓他吃，但當然啦……」保羅是個公正的孩子，「這對小男孩並不是很好。有時交換一下想法眞是有幫助呀，老師，您懂的。」

第24章

活在自己國度中的預言家

在五月的某一天，夏洛特鎭的《企業日報》刊登了一篇〈艾凡里注意報〉，上頭署名的作者叫「觀察者」，這篇報導在艾凡里的村民間掀起了小小的討論。小道消息指出，寫報導的觀察者很有可能就是查理·史隆，會這麼認爲的原因，有一部分是因爲謠傳那篇艾凡里的報導透露出對吉伯的嘲諷之意。艾凡里的青年會堅持道，就吉伯與查理·史隆而言，就有如兩個競爭對手聚焦在某一位有著一雙灰色眼眸以及豐富想像力的優雅少女身上。

小道消息就如往常一般，都是些荒謬的謠言，吉伯在安的援助與慫恿之下寫了篇報導，在其中裝作毫不知情般摻入一些荒謬言論。在這篇報導裡只有兩則記錄與本地有關：

傳聞在雛菊盛開之際，我們的村子裡將會有場婚禮。一位備受村民們敬重的新村民將帶領我們所知曉的一位女士，一同踏進婚姻的聖壇。

亞博大叔——我們的天氣預測家，預測在五月二十三日晚上七點整，會有一場夾帶雷聲與閃電的猛烈暴風雨，襲擊的範圍將涵蓋整個省。民眾若是要在那時出門，請記得隨身攜帶雨傘及雨衣。

「亞博大叔確實預測在春天某個時候會有風暴降臨。」吉伯說，「但你說哈里森先生是不是真的要去見伊莎貝拉·安德羅斯？」

「不是的！」安笑了出來，「我很確定那只是去找哈蒙·安德羅斯先生下個棋而已。但林德夫人說她知道伊莎貝拉·安德羅斯一定是快結婚了，不然她怎麼會在整個春季裡都有一副好臉色呢！」

可憐的老亞博大叔因爲這則報導而感到相當氣憤，他懷疑那個「觀察者」只是拿他在開玩笑，他生氣地否認有預測出任何時間，但沒人要相信他。

艾凡里的生活持續以安穩和平的方式度過每一天，而植樹活動也如期在植樹節當天慶祝，每一位村善會成員都要種植五棵裝飾用的樹。而到目前爲止，村善會已有四十名會員，所以將會有兩百棵小樹被種在艾凡里的任何一處。早熟的黑麥綠油油地覆蓋住紅色原野，蘋果園裡盛開滿枝椏的花朵，猶如農舍的徽章一般，白雪女王也將自己裝飾得有如等待丈夫的新娘。安喜歡在這樣的季節開窗入眠，這可以讓她在睡夢中任由櫻桃的香氣整夜吹撫自己的臉龐。她詩情畫意地想像著，瑪麗拉卻認爲她是在拿自己的生命開玩笑。

「感恩節應該在春天的時候慶祝才是。」在某天傍晚，安如此對瑪麗拉說道。她們倆就坐在前門石階上，聆聽青蛙宛如銀鈴般的合唱。

「我認爲這比在十一月慶祝感恩節還要好呢！十一月的時候，大自然裡的生物不是陷入永眠就是冬眠，這要怎麼讓大家記得必須懷抱感恩的心呢？但在五月的日子裡就能情不自禁地由衷感謝了，感謝大地萬物都還活著，欣欣向榮，這樣子也就足夠了。我確切地感受到這一切——就像伊甸園的夏娃在磨難開始前，一定也感受得到亞當。布滿窪地的小草是綠色還是金色的呢？瑪麗拉，對我而言如珍珠般的美好生活就是徜徉在百花盛開、風兒自然吹拂著紗簾而來的感覺，可以盡情狂歡的當下，那就像置身在天堂一般令人愉悅啊。」

瑪麗拉被這番狂想的言詞刺激得有些惱怒。她惴惴不安地到處張望，確認那對雙胞胎聽不見這裡的閒談。小孩子們那時正在房子四周到處亂跑著。

「眞是個好香的晚上哦！對不對？」德比問道，高興地吸著空氣，布滿泥巴的小手抓著鋤頭揮舞。他正在他的花圃裡工作。這個春天，瑪麗拉爲了讓德比對於泥巴還有泥土的熱愛轉換在有益的用途上，她給了他和朵拉一人一小塊花園裡的地，讓兩人種植他們想要的東西。他們很熱切地展開屬於自己的園藝工作，朵拉小心翼翼、按部就班、冷靜地種植、除草還有澆水，結果，她的秘密計畫已經整齊地冒出綠色的芽兒；反觀德比，滿腔熱情遠勝於他的謹愼，他非常勤勞於挖洞、鋤地、耙土、澆水、移植的動作，這讓他的種子毫無機會存活下來。

「你的花園種地怎樣啦？德比小朋友。」安問。

「很慢耶！」德比說的時候附送個嘆息，「我不知道爲什麼這些東西都長不好，謬弟說我一定是在月亮變暗的時候種的，才會一直有問題。他說在錯誤的月亮出現時間裡，你一定不可以做播種、殺豬、剪頭髮或是做其他所有重要的事情，這是眞的嗎?安，我想要知道。」

「如果你不要每天都將你種的東西拿起來看它們的根長齊了沒，它們就會長得比較好啦!」

「我也只拿了六個起來看啊!」德比抗議。「我想要看根下面是不是有長蟲呀!謬弟說如果不是因爲月亮的關係，那就是因爲蟲的關係了。可是我也只找到一隻蟲而已，那眞是一隻又大又多汁、捲在一起的蟲，我就把牠放在一顆石頭上面，然後拿另一顆石頭把牠打的扁扁的。這樣打扁牠眞好玩!眞可惜這裡只有一隻而已。朶拉的花園跟我的是同一個時間種的耶，可是她的都已經長那麼大了，那一定不是月亮的關係!」德比說得好像他的理論經過深思熟慮一樣。

「瑪麗拉，你看那棵蘋果樹。」安說：「它看起來就像個人一樣。伸長了手臂，輕輕將她粉紅色裙襬優美挽起，好讓我們如此讚賞她。」

「蘋果樹的收成相當不錯，看看我們那些黃色公爵夫人!」瑪麗拉自傲地說。「今年一定是大豐收，我眞的爲此感到高興!我們將會有蘋果派可以吃了!」

但瑪麗拉也好，安也好，換成其他人都好，他們全都沒有料到，今年的黃色公爵夫人不會生產任何蘋果來讓他們做派了。

五月二十三號到來——這天眞是個不合時令、異常溫暖的一天，學生密集的教室比往常更爲悶熱，安和學生們揮汗如雨地上著法文課。在中午之前都還有些熱風，到了下午，空氣幾近無法流動地凝滯。三點半，遠方隱約傳來隆隆的雷聲作響，安立即決定提早下課，希望能在暴風雨到來前讓孩子們回到家。

當他們走到運動場的時候，安感覺到一個巨大的黑影正籠罩住世界，不管現在是否正烈日當空。安妮塔．貝爾緊張地抓住她的手。

「噢！老師！你看那雲好可怕啊！」

安看向天空，沮喪地大叫起來，西北邊冒出大量雲層，從她出生至今都還沒見過像這樣的現象，雲層正快速地捲動蔓延。那死氣沉沉的黑色捲雲斷斷續續閃耀出可怕的鉛色白光，它讓清澈的藍天變成難以形容的灰暗，一次又一次突然乍現的閃電爬滿整片天空，伴隨著猛烈的轟鳴聲。雲層垂吊得極低極沉，幾乎都快壓到丘陵上的森林樹冠了。

哈蒙．安德羅斯先生駕著他的馬車，從丘陵那兒卡啦卡啦駛向校園，快馬加鞭地催促他的灰色馬兒盡其所能地快，駛到學校前面拉緊轠繩。

「亞博大叔終其一生終於被他說中一次了，安！」哈蒙先生大喊著。「他預言的暴風雨提早了些時間來襲，你看過像那樣的雲嗎？這裡！你們這些小毛頭，跟我同方向的趕快上車，住得比較遠的孩子就先到郵局躲一下，剩下的就快跑回家吧！」

安一手一個，緊緊抓住德比跟朵拉，以雙胞胎的兩雙胖胖小腿所能承受的最快速度狂奔。他們快速越過小山丘，沿著樺樹道經過紫羅蘭谷還有幽靈森林，不消片刻就返回綠色屋頂之家。他們在門口碰到瑪麗拉，她剛把那些沒有避所的雞鴨趕進廚房，在他們匆忙進入廚房後，所有光亮突然就消失了，外頭大風呼呼作響，可怕的雲層蓋住了太陽，有如暮沉時分，日落後的黑暗橫跨籠罩整個世界。在那同時，雷聲轟隆震耳，閃電眩目地瞪視大地，憤怒的冰雹突然間狂亂落下，肆無忌憚地破壞它們任何所及之處。

透過暴風雨帶來的喧囂，樹枝胡亂拍打房子，尖銳的玻璃破碎聲不斷傳來，三分鐘不到，北邊與西邊所有玻璃窗早已被冰雹擊成碎片，夾帶石頭布滿整面地板，然而那最小的冰雹也有雞蛋那麼大。在經歷這場暴風雨發怒肆虐的四十五分鐘至一小時內，沒有人能夠忘記得了。

瑪麗拉生平第一次被嚇得如此驚慌失措，蜷伏著身子縮在廚房角落的搖椅旁，隨著外頭震耳欲聾的雷鳴四起，夾雜著瑪麗拉的抽氣及啜泣聲。安的臉色慘白如紙，她將沙發拖離窗戶，抱著雙胞胎擠在上頭。德比在第一聲雷鳴時大聲叫著：「安！安！審判之日來了嗎？安！安！我不是有意要搗蛋的！」然後將自己的小臉一直埋在安的腿上，小小的身體不斷地發抖。朵拉的臉色蒼白，卻仍鎮定地坐在安的旁邊抓穩她的手，安靜而且文風不動，恐怕連地震來襲，她也能如此鎮定自若。

然後，就像是它突然出現一般，暴風雨毫無預警地消失了。冰雹停止了，雷聲喃喃自語著往東方離去，陽光再次籠罩大地。經歷了那三刻鐘的浩劫，雖然如同往常，陽光熱力仍在催送，外頭景致卻早已全然換了模樣。

瑪麗拉撐起膝蓋，虛弱且顫抖地將自己拋入搖椅中，一張臉憔悴得好似忽然老了十歲。

「我們都還活著吧？」瑪麗拉慎重地問。

「你可以跟我們打賭看看！」德比高興地大叫，又恢復了他男人的氣勢。「我一點也不怕……只有一開始的時候而已！它那麼突然就來了！我本來有點反悔跟泰迪．史隆約在星期一打架的，但是現在已經沒關係了！說！朵拉，你害怕嗎？」

「有，有一點怕，」朵拉規規矩矩地回答，「但我一直緊緊握住安的手，然後在心中一直不停地禱告。」

「好吧，如果我記得要禱告的話，我也會禱告的。」德比說，「但是……」他得意洋洋地加上一句：「你看我沒禱告還不是跟你一樣平安度過了！」

安替瑪麗拉倒了杯葡萄酒——她小時候曾因它惹出大麻煩——然後她們到門外看看這世界變得如何。

放眼望去，無際的冰雹有如白色地毯一般，深深堆到膝蓋處，被吹落到屋簷下的則堆積得像座小山，只有再過三、四天，等到冰雹融化之後，她們才能看到真正的損害。田裡或是花園中的綠色植物全都被冰雹給壓扁了，不只是蘋果樹那盛開的花朵，就連粗幹細枝也都被打斷了，村善會成員們所種植的那兩百棵小樹也全被破壞殆盡。

「這跟一小時前是同個世界嗎？」安茫然地問。「這樣的浩劫一定還要更久時間才是呀！」

「沒見過像這樣的事發生在愛德華王子島上。」瑪麗拉說，「從沒有過。我記得在我還小的時候，曾經有次嚴重的暴風雨，但跟這一次比起來，那還眞是小巫見大巫，可以肯定的是，我們將會聽到許多關於災害的消息。」

「我希望我的學生全都平安無事回到家中。」安擔憂地柔聲說道。後來她會發現，學生們個個平安無事，因爲較遠的孩子們都聽從了安德羅斯先生那傑出的意見，先到郵局躲過暴風雨了。

「強．亨利．卡特來了。」瑪麗拉說道。

強．亨利費力地穿越冰雹，心有餘悸地露齒微笑。

「噢！這一切眞是可怕，對吧？卡伯特小姐，哈里森先生要我來看看大家是否都安好。」

「我們一切平安，沒有生命危險。」瑪麗拉說，「房子大致上都算完好，我希望你們的也是一切完好。」

「並不太好，我們被雷劈中了，那道雷從廚房的煙囪竄下來，然後劈到生薑的籠子，並且在地上開了個大洞，直衝地窖而去。」

「生薑有受傷嗎？」安詢問。

「牠被傷得非常嚴重，已經死了。」過了一會兒，安到哈里森先生那兒去安慰他。他面對桌子坐著，溫柔地撫摸生薑那美麗的軀體。

「我可憐的生薑再也無法對你叫囂了，安。」他悲慘地說道。

安沒想到她會爲了生薑的死而哭泣，但眼淚確實在此刻蓄滿了她的眼眶。

「牠是我最好的夥伴，安，牠卻死了！好吧，好吧，我這個老笨蛋是如此地在意，我會盡量讓自己別那麼難過的，我知道你會在我說話的時候安慰我幾句，但請你別這樣做，如果你做了，我會像個小嬰兒那樣哭出來的。這是前所未有的大暴風雨對吧？我猜村民們不會再恥笑亞博大叔的任何預測了。雖然他之前所預測的暴風雨都集結在這一次，而這次的日子也相當準確，不是嗎？看看我這兒，眞是糟糕，我必須去拿些木條來把這地板上的洞補一補了。」

艾凡里的人們隔天盡皆無事可做，大家都在四處拜訪，比較一下損害程度。由於道路被冰雹打得亂七八糟，無法再讓馬車通行，所以衆人都用走路或騎馬的方式出門。因爲這次風暴，遲來的信裡皆在傳遞噩耗遍及整個省的消息。房子被雷劈裂、村民死亡或受傷，整片電話線路也因此大亂，牧場裡的年幼牲畜也是死傷慘重。

亞博大叔起了個大早去打鐵舖待上一整天，這是個屬於亞博大叔的勝利時刻，而他也全然地享受著這份喜悅。也不是說亞博大叔很期待這次暴風雨的降臨，反正來都來了，他還是很厚臉皮地開心宣揚自己的預測結果，還有那準確的日期，但到了這個時候，那也不是那麼重要了。

吉伯在傍晚拜訪了綠色屋頂之家，而瑪麗拉與安正忙著將防水布釘在玻璃毀損的窗子上。

「只有天知道什麼時候才能買到玻璃了！」瑪麗拉說道。「貝瑞先生在下午去了趟卡摩地，不管花再多的錢或是多受人愛戴也買不到任何玻璃。羅遜和布萊亞的店都是，十點前就被卡摩地的人採購一空了。吉伯，白沙鎮那邊的災情嚴重嗎？」

「我只能說是很慘沒錯。我跟所有孩子都留在學校裡避過風暴，有些孩子被嚇到發狂，有三個暈倒了，兩個女孩子歇斯底里起來，湯米．布列維從頭到尾，一直不停用他那無人能比的尖銳聲死命尖叫。」

「我只有叫一聲而已哦！」德比驕傲地說。「但我的花園被毀掉了。」他悽慘地繼續道，「不過朵拉的花園也是啊！」小男孩轉而又以靈歌的莊嚴聲調高歌起來。

安從西邊房間跑了下來。

「噢！吉伯，你聽說了嗎？雷維．波爾特的老房子被雷劈到，付之一炬了！這消息讓我覺得自己有點惡質，但卻又非常地高興。雖然波爾特先生一直嚷嚷說，是我們村善會施法把那場風暴呼喚來的！」

「只有一件事是肯定的。」吉伯笑著說，「『觀察者』讓亞博大叔那天氣預測員的名聲響亮起來了，『亞博大叔的暴風雨』將會被記載下來。這眞是非常巧合，就在我們選的那天，事情就這麼發生了，我覺得有點罪過啊！就像是我有法術將它喚來似的，值得欣喜的是那間老房子已經被毀掉了，可是我們種的小樹也慘了，只剩下不到十棵啊！」

「呃，是啊，我們只有在明年春天再種一次了。」安十足睿智地說道。「不過，在這世上有一件值得高興的事——春天永遠都會再次來臨。」

第25章 艾凡里的醜聞

經過昨夜一場大雨後，在這個悠閒的六月早晨，安這會兒正從綠色屋頂之家的花園裡蹣跚走出來，手上還提著兩簍被風雨摧殘殆盡的白水仙。

「瑪麗拉，您快瞧瞧！」安手上拿著花，對眼前這位頭髮盤到綠色髮帶後的女士大聲疾呼，她正抓著待宰的雞隻要走向屋內。「這是昨晚大雨後僅存下來的花，儘管看起來不怎麼理想。我眞的很抱歉，我的確試著要找些鮮花到馬修墳上悼念的，他生前最喜歡的就是水仙了。」

「我也沒什麼收穫哩。」瑪麗拉說，「儘管發生這些糟糕的事後，不太適合拿它們去追悼的。幾乎所有水果也都被破壞了呀。」

「不過値得慶幸的是人們仍會繼續播種栽培。」安心裡感到舒坦些，「哈里森先生還說這個夏天應該是個好日子，稍晚一些還要到我們家來拜訪呢；而且，我的新學年又要來囉！不過，六月的水仙是怎樣也被無法取代的呀，我昨晚回來時還順便繞到海絲特墳前去瞧瞧，可憐的她卻什麼都沒有了。」

「安，你這麼說就不對了。」瑪麗拉突然嚴肅地說：「海絲特已經逝世三十三年了，但她的精神永遠存在啊。」

「是啊，但是我想她必定很懷念家中那片花園吧。」安說道，「倘若是我，不論我離開人間多久，總是會想瞧瞧世上的人們有沒有到我墳前擺上鮮花悼念我。如果我像海絲特一樣擁有一片花園，儘管離開凡間有三十年了，我必定還是會非常想念那個地方的。」

「可別讓那對雙胞胎聽到你說這些話。」瑪麗拉向她告誡，並捉起雞隻走進屋。

在著手忙於週六的例行雜務之前，安隨手將水仙花別在髮際，走到屋外小徑上享受六月活躍的陽光。繼昨晚之後，今天又是個美好的日子。大地之母驅走了一場大雨，眷顧到這田野間的美麗，儘管跟月神比起來似乎沒有那般榮耀，不過她的偉大也是無與倫比的。

「眞希望今天可以過得像個神仙一般。」安對樹梢上正在鳴唱的小鳥自言自語，「但身爲一個教職人員，又要帶一對雙胞胎，實在不容許我有恣意放縱的念頭。鳥兒，你的歌聲正貼切地投入我的心坎底呢。」

這時小徑上出現了一輛馬車，前方坐著兩個人，後頭還拖著一台小貨車。待他們接近，安認出馬車駕駛正是光河車站站長的兒子。至於隔壁那位女性，安就完全不認識了，在馬車尚未停妥以前，她已經急著要下車。這位女性大致上長得不錯，約略四、五十歲的年紀，有一雙深邃有神的黑眼睛，一頭亮麗的黑髮披垂在肩上。經過這一路泥濘的跋涉，她好整以暇地走了下來。

「請問這裡是哈里森先生家嗎？」那位婦人問道。

「不，他住在另一邊。」安回答。

「這地方乾淨得有條不紊呀，看來也不像他的作風，除非我認識的他變了個人。」這婦人繼續說道：「聽說他打算和一個女子結婚並定居於此，是眞的嗎？」

「才沒有！」安不禁難過起來，眼前這位陌生的婦人竟然懷疑且上下打量起她來。

「但我在《企業日報》上看到了這個消息啊。」這婦人堅持曾聽過這消息，「我有位朋友還特地給我一份報紙影本哩。朋友總是有閒暇去做這些事。哈里森還被形容是『新市民』呢。」

「那一定是在開玩笑吧。」安說道，「哈里森先生從不打算娶任何人的，我跟你保證。」

「很高興聽到你這麼說。」這位婦人隨卽坐回馬車上。「因爲他老早就結過婚啦，我正是他的妻子。你或許會感到相當驚訝吧！我想他一定仍舊喬裝成一副單身漢的模樣，騙走許多少女的心。」一邊說，她一邊望向前方原野上的白色屋子。「好吧，到此爲止。對了，他那一隻老是褻瀆神明的鸚鵡還在嗎？」

「那一隻鸚鵡已經死了。」安感到有些惋惜。

「死了？這下子所有事情都好辦了。」婦人繼續道，「那隻鳥不在的話，哈里森就會乖乖聽我的話啦。」

說完，這婦人隨卽離開，安也走進屋裡去找瑪麗拉。

「安，那女人是誰？」

「瑪麗拉，我看起來像是發瘋了嗎？」安神情閃爍地問。

「不會比現在更正常了。」

「那您覺得我的腦子夠清醒嗎？」

「安，你到底在胡說些什麼？我問你那女人是誰呀？」

「如果我意識很清醒，也沒有在做白日夢，那我剛才所見的女人就不是在夢境中了——瑪麗拉，她說她是哈里森先生的妻子耶！」

瑪麗拉目不轉睛地瞪著安，「他的妻子！那他為何一直以來都對外宣稱他未婚呢？」她們今晚的確知道了林德夫人的說法，夫人卻一點都不訝異，反倒對這種事津津樂道呢。

「說到他的妻子啊！」林德夫人說：「就好比這種事你會知道是發生在這個國家，但誰料得到是發生在艾凡里這個地方呢！」

「但我們不知道他究竟是不是拋棄了他的妻子呀？」安表示她的朋友應該是清白的，「畢竟我們什麼都不知道哩。」

「我們很快就會知道啦！」林德夫人說，「我打算要親自去一趟了解眞相。我不會直接說出她到這裡的事，況且今天哈里森得從鎭上幫托馬斯拿藥回來。我會好好一探究竟，並且在回來後告訴你們的。」

林德夫人準備起身前往，沒人能阻止她的決定。而安內心其實也有點高興，至少有人願意出面解開這個謎團。不過安與瑪麗拉一直待到很晚，始終未見到林德夫人的出現，直到德比九點鐘回到家才解釋了一切。

「我遇到林德夫人和一個奇怪的女人。」德比說：「林德夫人說她很抱歉，這麼晚還沒有給你個消息，安，我好餓喔！四點時我們在謬弟家喝下午茶，不過我覺得波爾特夫人眞是奸詐哩，她沒有給我們任何點心或蛋糕，就連個麵包都沒有。」

「德比，當你到人家家裡去拜訪時，不應該評論主人招待些什麼給你。」安訓誡他，「這是很不禮貌的行爲。」

「好吧，我知道了。」德比隨口回應，「那可以給我一些吃的東西嗎？」

安望向瑪麗拉。

「給他一些麵包，再加上一些果醬吧，安。」

德比看著眼前的一片麵包及果醬，突然嘆了口氣，「這世界眞是令人失望透頂啊。謬弟有一隻貓會發病，三個星期以來，牠天天都會發作，謬弟還因爲這樣覺得有趣哩。我今天就是專程去看牠是如何發作的，沒想到這小東西今天竟然正常得很。我什麼都沒看到，不過沒關係，我想總是有機會的。哇，這果醬好好吃喔！」

這個週日，除了在雨天中度過外，並沒有什麼動靜。不過就在週一時，有關哈里森先生的事隨卽被傳播開來。德比將他在學校中所聽到的消息帶了回家。

「謬弟說哈里森先生有一個新老婆，可是也不完全是新的，只是他們後來停止婚姻生活。我一直以爲婚姻生活一旦開始就會一直維持下去哩。謬弟說哈里森之所以離開他的妻子，主要是因爲他妻子朝他丟東西，是硬的東西喔！亞提說他的妻子不讓他抽菸，耐德則說是他妻子老是不斷地斥責他。不過要是我，我是不會因爲任何原因離開我的妻子的。我只會說：『德比夫人，你所需做的就是取悅你的丈夫，把自己打扮得美美的就是一個方法唷！』而安妮塔說，那是因爲哈里森先生沒把他的靴子好好地放在門邊的關係。總而言之，這會兒我要去哈里森先生家，看看他的老婆到底生成什麼樣子。

「啊！哈里森夫人不在家，她和林德夫人去鎮上買報紙了。哈里森先生還說要和他妻子好好談談。」德比突然回過頭來說道。

對安而言，哈里森先生家的廚房換成了她感到非常陌生的布置。地板被洗刷得異常乾淨，家具擺設得整齊劃一，爐子也被清理得光亮，終於可以從爐鍋上照出臉來；牆壁也是相當白淨，窗戶潔白得足以映射陽光，桌子旁還有幾件哈里森先生的衣服，同樣乾乾淨淨地擺放在那兒。

「請坐啊，安。」哈里森先生說，「愛蜜麗和林德夫人到城裡去了。她和林德夫人建立起不錯的友誼，女性之間的情誼總是這樣啊。安，我過去那種簡簡單單的生活已經沒啦，接下來我的人生將是一塵不染的生活喲。」

「哈里森先生，您應該很高興您的妻子回來了。」安說道，「您不需要再僞裝自己啦。」

哈里森笑著說：「是啊，但我已經習慣這一切啦，我無法說再度見到愛蜜麗我有多抱歉。只是身爲男人，有時候需要做些保護自己的動作。」

「要不是您聲稱自己未婚，沒有人會逼您一定要去見伊莎貝拉的。」安鄭重說道。

「我沒有故意要這麼說。若有人問我是否結過婚，我一定會說是的。但他們只是一廂情願地當我未婚，我也很難過呀。如果林德夫人知道我妻子曾經離開過我，她才會知道自己有多傻。」

「但很多人都說是您離棄她的呀。」

「不！是她先的呀！讓我告訴你原委吧，免得我好像是個負心漢似的。不過，讓我們回到陽台上聊吧。屋子裡現在被整理得太整齊了，乾淨得讓人害怕啊，我有點想念這裡之前的模樣了。我想，再過一陣子我就能習慣這一切，不過現在還是看著庭院會讓我比較舒服，因爲愛蜜莉還挪不出時間來整頓這一塊，哈！

「在我來到這裡以前，我住在新布藍茲維，那時是由我妹妹幫我打理家中一切，就像愛蜜麗說的，她整理得很妥當，相當適合讓我一個人獨居。不過她在三年前去世了，她去世前最擔心的就是我，不過好在後來我結婚了；她介紹愛蜜麗給我，主要也是因爲她有錢，而且是個不錯的管家。雖然我說愛蜜麗是不會看上我的，我妹妹卻說：『爲何不試試看呢！』於是我照做了，萬萬沒想到愛蜜麗竟然答應了。

「像她這樣的年輕女孩和我這樣的老男人在一起，眞是我人生中最大的意外了。然後，我們倆結婚了，從聖約翰出發度了個蜜月假期。當我們回到家時已將近十點，而她竟然可以在半小時不到的時間內開始清掃家裡！喔，我想你一定會說我家當然需要清理，但事實上並沒有那麼糟啊？在我仍單身的時候也不會那麼糟糕，如今我卻找了個女人專程來幫我清掃家裡。你會看到她不斷地刷刷洗洗，從不停止，除了星期天要上教堂以外。不過，她會期待星期一快點來到，好再開始這一切循環。每次我回到家，她都會要求我在門口將靴子換成拖鞋，否則不准進門；我也不被允許抽任何一根菸。早年她還在當老師時，甚至矯枉過正，最討厭看到我用刀子吃飯。安，我不是沒有試圖改變自己啊，但要公平一點，我只是對她有時挑剔的毛病感到不認同罷了。有一天我告訴她，她竟說沒有挑剔我求婚告白時文法上的錯誤就不錯了。這所有的點滴實在讓我難受，不過我們倆多半習慣對方了，而一切也就還好，直到導火線『生薑事件』的發生。

「愛蜜麗不喜歡生薑這隻鸚鵡，她討厭牠愛說話的樣子。可是生薑是我的水手哥哥在他死前送我的。我覺得再也沒有比當人更辛苦的事了，若是當一隻鸚鵡，你只需把你所聽到的重複一次就好，沒有任何特別意義。但愛蜜麗可不這麼認爲，她一直試著要讓生薑閉上嘴。

「後來有一天，愛蜜莉邀請了位牧師及他的妻子到家裡喝下午茶，還有另外一對牧師夫婦來訪。我答應把生薑放得遠遠的，不打擾到他們，我也不希望牧師們的來訪有任何不愉快。本來我們幾乎忘了生薑的存在，就在第一位牧師坐下喝茶聊天時，就在餐廳窗邊的生薑突然發難了。只見庭院中有隻火雞不斷地咯咯叫，生薑隨即也受到影響，一起大聲叫起來。

「安，你或許會覺得好笑。但那時，我看到了愛蜜麗鐵青的臉色呀！我知道這下子生薑完蛋了。當客人都離去後，我對愛蜜麗感到相當抱歉。另外，我在想那些牧師會不會以爲生薑的那些聲音都是我教的呀。就在我必須要除掉生薑，卻遍尋不著愛蜜麗時，看到她在桌上留下一封信。她要我在生薑與她之間選擇一個，否則她要回去她自己的住處。

「我這下子陷入兩難了。這些事情教我實在難以解釋，所有人都會相信愛蜜麗的話。後來我決定搬到這島嶼來，遠離所有的一切。其實我在孩童時代便來過此地，而且我喜歡這裡，但愛蜜麗說她絕不可能住在這種地方，一個因爲當地居民怕黑，所以晚上都不出門的地方。終究，我還是到這兒來了。

「就在週六以前，我一直沒聽到任何關於愛蜜麗的消息，不過就在我回家後，竟發現她正在刷地板！還看到隔了這麼久以後她再度爲我準備的晚餐。她要我先吃東西，後來我們聊了一下，我發現愛蜜麗成長許多，知道該如何與另一半相處，所以她決定要留下來了。她也知道生薑已死的消息，還有這島嶼遠比她所想的要大多了。啊，她和林德夫人回來了！安，先別離開，聽說愛蜜麗週六時跟你說了些話。」

哈里森夫人禮貌性地邀請安坐下來喝杯茶。

「我先生有跟我說過關於你的事情了。你眞是個好女孩，還會幫他做些糕點之類的。」哈里森夫人說：「我眞想趕快認識所有的鄰居，林德夫人就是一個親切的人呢。」

當安要啓程回家時，哈里森夫人也送她走了一小段路。

「我想，哈里森應該將所有事情都告訴你了吧。那我也不需多說了，哈里森是個男人，他會解釋一切的。我想是我對他的要求太多了，我眞是傻，竟然連他的文法都挑剔。基本上，一個男人就算文法差也不打緊，只要他別成天繞在你身旁，問你用了多少柴米油鹽就好。我想，我們倆現在應該能好好地一塊兒相處了。」

她們倆繼續走著，但安的想法有了些變化。面對一些小細節，你會發現那並不是相處上最重要的關鍵。

而林德夫人就在綠色屋頂之家的廚房裡，一五一十地告訴瑪麗拉所有事件的始末。

「那麼你喜歡哈里森夫人這個人嗎？」瑪麗拉問著安。

「是啊，我很喜歡她，她是一個不錯的好人。」

「的確是啊！」林德夫人在一旁附和，「我們也錯看哈里森先生了！好吧，我得走啦，我出門已經有一陣子啦，好在這幾天托馬斯的身體看起來好多了，不過我還是別離開他太久得好。對了，我聽說吉伯從白沙鎮辭職了，秋天時大概要回去讀大學吧。」

林德夫人看了一下安的反應，然而女孩的目光正在留意沙發上昏昏欲睡的德比，沒有任何表情。安抱著德比上樓去，就在走到一半時，德比伸展了胳臂，給了安一個睡前的吻。

「安，你眞是個好人！今天謬弟在他的石板上寫下一段話，並拿給史隆看，這段文字正描述了我由衷的感覺——鮮紅的玫瑰與深藍色的薔薇草，甜美的楓糖正如你一般！」

第26章 順其自然

托馬斯・林德安詳地與世長辭，一如他生前，安靜而謙遜地活著。他的妻子像個溫柔、耐心、不辭辛勞的護士照料他。當瑞雪的托馬斯仍健在時，她有時會對他兇了點，當他慢吞吞或是順著她的時候，總會惹得她想發脾氣。然而，當他病了，同樣地，再沒有人能像她那樣不眠不休地照顧他，沒有一句怨言。

「對我來說，你是一個好妻子，瑞雪。」那天的天空籠著薄暮，她坐在他身邊，用她因爲工作而布滿厚繭的手握住他那日漸消瘦、蒼老泛白的手。他很坦白地跟她說：「一個好妻子。很抱歉，沒辦法讓你過更好的日子，但是孩子們會好好照顧你的。他們都是很聰明、有能力的孩子，就像他們的母親一樣。一個好母親……一個好女人……」

說完，他就陷入沉睡之中。隔天早晨，破曉的日光照耀在窪地上的樅樹梢，瑪麗拉輕聲進入安的臥室，把安叫醒。

「安，托馬斯・林德走了，他們雇的男孩剛才傳了話給我，我要趕緊去瑞雪家一趟。」

在托馬斯・林德葬禮後的隔天，瑪麗拉在綠色屋頂之家裡，心事重重地來回走動著，一會兒看看安，欲言又止，然後又搖搖頭，抿緊唇。她在午茶之後便出門去探望林德夫人，當她回到綠色屋頂之家，安正在批改學生的作業。

「林德夫人今晚的情況如何呢？」過了一會兒，安問道。

「她的心情已經平靜下來了，也比較鎮靜了。」瑪麗拉回答，然後坐在安的床上。這樣的行爲表示瑪麗拉可能受了什麼不尋常的刺激，因爲在她的持家之道中，有一條規定就是坐在整理好的床鋪上是一件不可饒恕的過錯。

「但她很孤單，伊莉莎今天也回家去了，但她兒子的狀況不是很好，沒辦法再讓她多留一些時間。」

「等我把這些作業批完，我再去林德夫人家晃晃，跟她說說話。」安說道，「我本來想在今天晚上讀些拉丁文，但這件事可以晚些再做。」

「我想吉伯會在秋天時去上大學吧。」瑪麗拉急切地說：「你也很想上大學吧，安？」

安揚起頭，陷入一陣訝然。「我當然想去，瑪麗拉，但這是不可能的呀！」

「我認爲這變得可能了。我總覺得你該去念大學的，我從不覺得你會因爲我的關係，那麼輕易放棄上大學的機會。」

「但是，瑪麗拉，我從沒後悔待在家裡，能夠待在家裡讓我感到相當開心。噢，過去的兩年多麼令人愉快呀！」

「噢！是的，我知道你因此感到滿足，但這不是問題，你應該繼續深造，你已經存夠足以應付雷蒙學院第一年開支的錢，我賣掉牲口可以再應付一年，你也可以在大學裡爭取些獎學金。」

「是可以，但是我不能就這樣丟下你們呀，瑪麗拉！當然，你的眼睛已經比較好了，但我無法留你獨自面對這一對雙胞胎啊！他們需要更多的精力去照顧。」

「我不會獨自一人照顧他們的，這正是我想要跟你討論的。今晚我跟瑞雪談了很久，安，她現在的處境十分艱困，很多事讓她無法放心離開，就像她為了讓她最小的兒子到西部發展，她在八年前把農場給抵押了。除了利息，她再也無力支出更多，而接下來托馬斯的病痛也給她增加了另一個負擔，她準備將農場賣了。瑞雪自己算過了，將一切帳目都結算清楚後，生活還是一樣艱辛。她說她會離開這裡去跟伊莉莎一起住，可是只要一想到要離開艾凡里就讓她覺得心碎。她都已經到了這個年紀，很難再交到新朋友了。安，在她說著這些話的時候，有個念頭竄進我腦海，也許我可以問她要不要來跟我住在一起？但我想，我應該先和你談過再告訴她。如果瑞雪能來跟我一起住，這樣你就能上大學了，你覺得這個主意如何？」

「我覺得……假如……有人能夠幫我……而且我不知道，正確……應該做什麼？」安呆滯地說：「但要不要邀請林德夫人同住，這點還是要由瑪麗拉自己決定，您不認為……您確定……您真的要這麼做嗎？林德夫人是很好的人，也是個好心的鄰居，但是、但是……」

「她也有她的缺點，你的意思是這樣對吧？嗯，她當然有缺點，但我認為我寧願忍受她的缺點，也比讓她離開艾凡里得好。我會想念她的，我是她唯一親近的好友，而且我也不想失去她。

我們已經當鄰居四十五年了，從未吵過架……但也有一次幾乎快吵起來，你抗議她說你不漂亮、挑剔你的紅頭髮，你還記得嗎？安。」

「我是記得當時我做的。」安懊惱地說：「只要是人就不可能會忘記像那樣的事。那時我多討厭林德夫人啊。」

「之後你也跟她賠不是啦。不過，在合情合理的範圍之下，你也是難以控制啊，安。我總拿你沒辦法，不知道該怎麼去帶你這個孩子，還是馬修比較了解你。」

「馬修他了解所有事情。」安溫柔地說，當她提到馬修的時候總是如此。

「那麼，我認為在我和瑞雪之間不會出現任何衝突的。兩個女人要是無法和平共處一室，那是因為她們得共用一個廚房。現在，如果瑞雪要搬進來的話，北邊那個房間可以給她做廚房，反正我們也不太需要那間空房了；她可以把她的廚房用品放在那裡，然後將她要的家具搬過來，這樣就會過得既舒適又獨立。我們各做各的，互不干擾。她會有足夠的生活空間，當然，她的孩子會照顧她，我們只是提供一個居所給她而已。是的，安，就這樣而言，我會喜歡這樣的生活。」

「最後要問她願不願意。」安敏捷道：「如果林德夫人要離開，我會非常傷心難過的。」

「如果她要過來的話……」瑪麗拉接著說：「你就能到大學念書了。有她跟我作伴，如果我忙不過來，她也可以幫我照料那對雙胞胎，這樣的話，在這世上就沒有任何讓你放棄上大學的理由了。」

那天晚上，安在窗前沉思許久，歡欣與遺憾在她心中拉鋸著。它終究來了——突然而出乎預料地——到了道路的彎角處，大學就在那裡等著她，伴隨著燦爛萬千的希望與未來的遠景。不過安了解，一旦她順著那個彎過去，她將會留下這些美好的事物於身後：這些陪她一起度過兩年歲月的可愛學生們。她給予過他們鼓勵與讚美，也在他們心中種下小小的火苗，她必須要放棄她在學校的工作。她很愛她的學生們，不管是聰穎的或笨拙的，每一個她都喜歡。如果雷蒙只是一個保羅．艾文爲了讓她開心，而用咒文召喚出的湖泊，那該有多好。

「在這兩年，我已經在他們心中埋下小小的根苗。」安望著月亮說道：「當我將那些苗連根拔起，他們勢必會感到傷痛，但這勢在必行。我想，就像瑪麗拉說的那樣，現下已經沒有任何理由可以阻止我了，我爲何不去呢？現在應該把我的夢想全都拿出來，並拂去它們身上的灰塵。」

隔天，安遞出她的辭呈。林德夫人則是在與瑪麗拉談過後，感激地接受搬到綠色屋頂之家的提議，她預計在原本的房子待到夏季，然而農場在秋季之前都還無法出售，而且還有許多事物需再花些時日處理。

「我從沒想過會住在這麼遠離塵囂的綠色屋頂之家。」林德夫人對自己嘆息，「但說眞的，綠色屋頂之家已經不像之前那樣與世隔絕了，安的朋友和這對雙胞胎都讓這屋子漸漸生動起來。不管怎樣，只要不離開艾凡里，就是叫我去住井底，我都願意！」

安要上大學的消息迅速傳遍整個村子，哈里森夫人的出現反而漸漸被淡忘在村人的八卦話題以外。賢明的他們一致對瑪麗拉．卡伯特的決定大搖其頭，認爲她太輕率地邀請林德夫人一同居住。人們都覺得她們無法生活在一起，這兩人的生活方式是如此不同，大家都抱持著不看好的態度。雖然如此，她們倆仍舊清楚地劃分好責任與權利，並且共同遵守。

「我不干涉你的生活，你也別來干涉我的。」林德夫人明確表示，「至於那對雙胞胎，我很高興可以幫上忙，但我不會回答德比的問題。我不是百科全書，也不是費城的律師，所以別叫我回答，這一向都是安負責解決的。」

「有時候安的答案就跟德比的問題一樣詭異。」瑪麗拉故作冷淡地回答。「那對雙胞胎會很想念她的，這會成爲一個大麻煩，但不能爲了滿足德比的求知欲而犧牲掉安的大好未來。當他問了什麼問題而我無法回答時，我就告訴他小孩子只要看就好，不用聽。我自己就是這樣被撫養長大的，我不知道什麼新方法教養孩子，但也不覺得舊的方法會差到哪裡去。」

「還是安對德比比較有辦法。」林德夫人笑著說：「德比眞是改變了許多啊！」

「他不再是之前那個小壞蛋了。」瑪麗拉承認，「我沒想過他們會這麼討喜。德比總愛在你身邊繞來繞去……朵拉則是個可愛的孩子，雖然她的個性有點……有點……嗯……」

「單調，對吧？」林德夫人接道：「就像一本書裡每一頁都寫著相同的東西。朵拉長大以後會是個可靠的好女人，絕不會做出在池塘上放火的舉動，但這樣的性子也讓人覺得無趣了些。」

吉伯可能是唯一一個因爲聽到安辭掉工作而感到高興的人。她的學生們一聽到這個消息，都彷彿遭受晴天霹靂般的空前噩耗。安妮塔．貝爾回家後開始歇斯底里；安東尼．帕伊和其他男孩沒來由地打了兩次架，以拳腳相向來抒發自己鬱悶的心情；芭芭拉．蕭哭了一整晚；保羅．艾文則「挑釁地」告訴奶奶，在這一週間休想要他吞下任何一碗任何粥。

「我辦不到啊，奶奶。」他說：「我眞不知道我還吃得下什麼，覺得就像有個腫塊卡在我喉嚨裡，如果雅各．多尼爾沒有盯著我看的話，我會從學校一路哭回家的。我相信我在上床之後就會開始掉眼淚，可是明天不會被人發現我哭過吧！會嗎？哭泣也是一種舒緩心情的方式，但不管怎樣，我無法吃粥！我需要用盡全身力氣，才能支撐自己來對抗我的情緒，奶奶，我已經沒有剩餘的力量可以跟粥搏鬥了。噢，奶奶！當我那漂亮的老師離開以後，我不知道我該怎麼辦才好，謬弟．波爾特說琴．安德羅斯會來教我們，我想安德羅斯小姐是很不錯的老師，但我知道她無法像雪莉小姐那樣了解我的一切。」

黛安娜也對這件事有著非常悲觀的見解。

「這個冬天，這裡將會充斥著可怕的寂寞氣息。」黛安娜如此哀悼著。

一個朦朧的夜晚，月光宛如灑落銀色粉末般地穿越櫻桃樹的枝椏，柔和如夢幻般地閃耀盈滿綠色屋頂之家的東邊一角。這兒坐著兩個女孩聊天，安坐在窗邊的搖椅上，而黛安娜則像土耳其人那樣坐在床上。

「你跟吉伯兩人就要走了，亞倫夫婦也是。教會要亞倫先生到夏洛特鎮去，當然他們也接受了這樣的邀請。這眞是太糟了，我想，我們整個冬季都會過得空蕩蕩的，更何況還要聽那些候補牧師講道……那些牧師都不及亞倫先生好啊！」

「不管怎樣，我希望他們千萬別叫東葛夫頓的巴斯特先生來這兒！」安果斷地說：「他想來這裡，但他傳的道讓人感到抑鬱。貝爾先生說那是因爲他是個老學究，但林德夫人說他除了身體容易有點消化不良外，也沒什麼不對的。倒是他的妻子好像不太擅長烹飪，林德夫人也說了，當一個男人吃了兩三星期的酸麵包，他的神學理論肯定就跟著他的腦袋一起打結了。」

「亞倫夫人對於卽將離開這裡也感到十分難過。她說她初來這裡的感覺就像個新嫁娘一樣，自從來到這裡後，每個人都很好心地對待她，這讓她覺得好像卽將留下終生好友離去似的。而且她寶寶的墓也在這兒，你知道，她說她怎麼能說走就走，離去之後就看不到他了……那是她三個月大的孩子，她很擔心她的寶貝會想媽媽，雖然她知道不跟亞倫先生說會比較好。她幾乎每個晚上都偷偷溜過牧師館後的樺樹林，到孩子的墓地那兒爲他唱一首搖籃曲。這是昨天傍晚她告訴我的，我帶著早開的玫瑰到馬修墓上，正巧遇到她。我答應她，只要我還待在艾凡里，我會幫她在孩子的墓上擺放鮮花，但我離開艾凡里後……」

「那就由我來做。」黛安娜接下話頭，衷心地說：「我當然會這麼做。因爲是你，我也會爲你放些鮮花在馬修的墓上，安。」

「噢！謝謝你！如果可以，我還想請你幫個忙，海絲特．葛雷的墓也能一起放上鮮花嗎？請你別忘了她。你知道嗎？我經常想著、做著很多關於海絲特．葛雷的白日夢，這樣她就會以十分眞實的形象存在我的腦海裡。我想到她回到她的小花園那涼爽青綠的角落，然後就會開始想像，假如我能悄悄溜回那春天的傍晚，就在那光與暗交會的魔法時刻，爲了不讓腳步聲驚擾到她，我用腳尖輕巧越過樺樹丘陵，接著會發現花園如同以往一般，如此甜美地開滿六月的百合與玫瑰，小屋也爬滿了常春藤。擁有柔和眼神的海絲特．葛雷也會在那兒徘徊著，黑色的髮隨風飄然，她將指尖放在百合花萼下，與玫瑰說著悄悄話，然後我會慢慢靠近她，伸出我的手對她說：『海絲特．葛雷，可以讓我成爲你的玩伴嗎？我也很喜歡這些玫瑰呢！』我們將一起坐在老長凳上，有時小聲交談，有時稍微幻想，或只是一起美好地沉默。時間流逝，明月升起，我環顧四周，發現海絲特．葛雷不見了，爬滿藤蔓的小屋消失了，玫瑰也不知去向，只剩下老舊殘破的花園。六月的百合有如星星一般綻放在草地裡，微風輕輕嘆息，噢！如此悲戚地在櫻桃樹中繚繞，而我無法分辨這一切是眞實，抑或只是我虛構出來的。」

黛安娜起身，讓自己的背靠上床頭板。當你在昏暗的情景下訴說幽靈怪談之類的東西，總是會想像自己身後站著什麼，所以還是靠著東西會比較安心。

「我很怕在你跟吉伯離開以後，村善會將瀕臨解散的命運。」黛安娜悲哀地下了註解。

「你根本不用擔心呀。」安活潑地說道，思緒從夢土中回到現實生活裡，「村善會的基礎已經穩固了，老一輩的村民現在也開始熱情地加入我們的行列啦！看看他們夏天爲了他們的草皮跟小徑所做的一切，除此之外，今年冬天我會在雷蒙學院多注意些，看看有什麼新點子可以寫信回來告訴你。別這麼憂鬱地看待每一件事啊，黛安娜！別怨我呀！我也只剩這麼一點點時間可以歡樂高興一下了。等我不久後離開這裡時，就不會過得像現在這樣快活了。」

「那對你來說是很值得慶幸的。你要到大學去讀書了，你將會有一段愉快的求學時光，而且還會交上一大堆可愛的新朋友。」

「我是希望交些新朋友。」安思考著說，「結交新的朋友會讓生活更多彩多姿，但不管我交了多少朋友，他們也不可能像我的老友那樣親近。特別是像那位有一雙烏黑眼珠和甜美酒窩的女孩，你能猜猜那個人是誰嗎？黛安娜？」

「但在雷蒙學院裡會有很多很聰明的女孩。」黛安娜嘆著氣，「而我，只是一個愚笨的鄉下姑娘，有時說話也帶些口音，雖然當我停下來想的時候，我很清楚那會對你比較好。當然啦！這兩年我有一段快樂的時光。我知道有個人因爲你終於能到雷蒙讀書而感到非常高興呢！安，我問你一個問題，一個嚴肅的問題，別心急，要很愼重地回答我喔——你會關心吉伯的任何事嗎？」

「當然！我就像朋友那樣關心他，而且一點也沒有你所謂的那種『感覺』。」安平靜肯定地回答，她是由衷地這麼覺得。

黛安娜嘆了口氣。以某方面來說，她希望安可以給她不同的答案。

「你沒想過要結婚嗎？安。」

「也許……有一天吧！當我遇到那個對的人的時候。」安抬頭凝視月光，彷如落在夢中一般地笑著。

「但你怎麼知道，當你遇到那個對的人時，他就是你所謂的對的人？」黛安娜堅持問道。

「噢！我就是知道是他……有種感覺會告訴我。你知道我的意思，黛安娜。」

「但是人們的想法有時也會隨時間而改變。」

「我不會的！我才不會在乎那些無法達到這個條件的男人。」

「如果你一直沒遇到那個人呢？」

「那我就做個單身貴族，直到生命結束。」眞是個令人振奮的回答啊。「從任何角度看來，我敢說這沒什麼困難的。」

「噢！我想死亡是件容易的事，但我不喜歡當個老小姐。」黛安娜沒有幽默的打算，「如果能像拉文達小姐那樣當個單身貴族，我並不介意，但我不可能成爲那樣的人。當我四十五歲了，我一定會變得非常臃腫。羅曼史也許能發生在苗條的老女人身上，但要發生在肥胖的女人身上是不可能的。噢！對了，安，你聽說了嗎？尼爾森・安金斯在三星期前向露比・吉利斯求婚了！是露比告訴我的，她說她對他從來沒有任何結婚的念頭，因爲不管是誰嫁給他，都必須跟一堆老人一起生活，但露比又說他對她展開一個如此完美、既美麗又浪漫的求婚，這麼簡單就迷倒她了。但她不想那麼匆促地就下決定，於是向安金斯要求給她一週時間，讓她好好考慮考慮。兩天後她參加了安金斯母親舉辦的一場縫紉聚會，然後看到一本名叫《完全禮儀指南》的書橫躺在客廳桌上。露比說她無法三言兩語將她的感觸描述清楚，當她隨意地看到那本書的標題時——〈求愛與結婚的行爲舉止〉，察覺到尼爾森的一切求婚方法都是照本宣科，上面寫什麼他就做什麼。她回家後就馬上寫了一封信，嚴厲地痛斥且拒絕了他。後來聽說尼爾森的父母輪流看著他，生怕兒子會去跳河自殺，但露比又說其實他們不用害怕他會跳河，因爲在求愛與結婚的行爲舉止這個章節裡，有提到被拒絕以後會有怎樣的舉止，但就是沒有投河自盡這一條。雖然她又說啦，維伯・布萊亞正在爲了她而日漸消瘦，她卻完全不把他放在心上。」

安做出了急切不耐的動作。

「我很討厭這麼說，因爲這種說法似乎有點背叛她……但是，好吧，我現在不太喜歡露比・吉利斯。我曾經挺喜歡她，當我們一起在艾凡里學校和皇后學院上學那段期間……雖然沒像跟你還有琴那麼要好，但近一年來，她在卡摩地是這麼地不同，這麼……這麼……」

「我明白。」黛安娜點點頭，「只要是吉利斯家都是這樣的，她也沒辦法。林德夫人就說吉利斯的女孩們怎可能在言談與舉止中不出現有關男性的議題呢？她大方地討論男生的話題，人們還對她恭維不已呢。現在整個卡摩地都爲她瘋狂不已，這就是在那兒的怪異現象，所有男孩子都喜歡她。」黛安娜感到有些不平衡：「昨晚我在布萊亞先生的店裡遇見她，她小聲在我耳邊告訴我，她正相中個新對象，要對他搔首弄姿一番。我不會問她那個倒楣鬼是誰，因爲我知道她就是在等我問她。唉，我想這就是露比所要的生活吧。你記得在我們小時候，她總是說等她長大，就要與幾打的花花公子交往，在她下定決心之前，她要好好享受她的青春。她跟琴是如此不同，不是嗎？琴是個如此美好、知書達禮、有如淑女一般的女孩子。」

「琴，這親愛的老友就像珠寶一樣。」安同意道，「但是……」她繼續說，將身子傾斜越過枕頭，拍拍黛安娜那圓圓胖胖的小手，「再怎樣都沒人比得過我的黛安娜。你還記那天傍晚我們初次相遇的時候嗎？黛安娜，那時我們在你的花園裡發誓永恆的友誼，還記得嗎？我們也遵守著誓約，我想想……我們絕不吵架也不冷戰，我永遠記得，不會忘記你告訴我你愛我的那一天，那種震撼有如電流般竄過我全身，我曾經是如此地孤單寂寞，渴望別人愛我的心伴隨著我的童年，想開始了解渴望與寂寞有多麼眞實。沒人關心我、沒人在乎我，假如我沒辦法做些奇異的幻想，想像我所殷勤期盼的朋友和愛陪伴我，我就只能悲慘地活著，可是當我來到綠色屋頂之家以後，一切都改觀了。然後我遇見了你，你不知道，你當時的友誼對我來說有多麼深切的意義。現在，在這裡，我要跟你說謝謝。親愛的，你總是給予我溫暖與眞實的愛。」

「而且永遠、永遠都會！」黛安娜啜泣著，「我不會再喜愛任何人了……任何女孩……她們都無法像我喜愛你這樣，如果有天我結婚了，還生了個小女孩，我要把她取名爲『安』。」

第27章 在石屋的下午

「你要上哪兒去啊？都打扮好了耶，安。」德比望著安，急切地想知道答案。「你穿這件洋裝眞是讚爆了！」

爲了今日的晚間餐會，安穿了一襲全新淡綠色的紡紗洋裝——自從馬修過世後，安第一次穿上這般極具色彩質感的衣服，它讓安纖細的身材更加完美，更襯托出安有如出水芙蓉般的臉龐，而她的頭髮看起來也更加耀眼奪目。

「德比！跟你說過多少次，要稱讚不可以用那種字眼！」安斥責德比。「我要去回聲莊。」

「帶我一起去！」德比向安懇求。

「如果我是駕馬車去，我就會帶你一起去，可是今天我要用走的過去。對你這個只有八歲的小男孩來說，路眞的太遠了。保羅也會跟我一起去，你不想跟他一道走吧？」

「才不會呢！我已經比以前更喜歡保羅了！」德比開始狼吞虎嚥他的布丁，「之前我還沒這麼乖的時候，我才不管他有多好。如果我可以一直都這樣下去，有一天我就會跟他一樣棒了！而且保羅對我們二年級的學生都很好，都會保護我們，不讓別的高年級男生來欺負我們，還會教我們玩很多好玩的遊戲。」

「昨天的午休時間，保羅怎麼會掉進河裡呢？」安問道。「我在運動場上遇到他，他全身都濕透了，身上滴著水。我很快把他送回家換衣服，也沒什麼時間問他到底怎麼一回事。」

「好吧，這只是個小小的意外啦！」德比解釋著，「他只是想用溪裡面的水把頭弄濕而已，沒想到他就這樣掉下去了。那時候我們都在小溪邊，普莉．羅傑森忽然不知道為什麼對保羅生氣……她變得超恐怖，不過也要她是美女才會變恐怖。她說保羅的奶奶每天晚上都會抓著保羅的頭髮把它弄捲，我想保羅應該不會在意她說的話啦，但是葛麗絲．安德羅斯笑出來了，然後保羅的臉就紅起來，眞的很紅喔！因為葛麗絲是保羅的女朋友，你知道的。保羅對葛麗絲很好——會帶花送給她，還走很遠帶書給她看，保羅的臉紅得跟甜菜根一樣，說他的奶奶才沒有用東西來弄他頭髮，他的捲髮是生下來就這樣的。然後他就趴在堤防上，想把頭髮弄濕證明給她們看，結果不小心就掉進溪裡頭了。我跟你說哦！還有好大一聲噗通哦！讚爆了！啊！安、安，對不起，我不是故意要說那個字的，我的意思是說他的噗通一聲眞是……震天價響！他站起來時的樣子好好笑，全身濕答答的，還有好多泥巴，全部的女生都笑了，但是葛麗絲沒笑，她看起來好像覺得很抱歉。葛麗絲她人很好，但是她有獅子鼻，等我長大娶新娘子，我才不要娶有獅子鼻的那種！我要娶一個鼻子像安這樣好看的女孩子！」

「女孩子不可能會看上一個布丁吃得亂七八糟，弄得滿臉都是的男生！」瑪麗拉嚴厲地說。

「那我在結婚前先把臉洗好就好啦！」德比抗議，還試著用手背在臉上擦了擦。「而且不用你跟我講，我也會把我耳朵後面洗一洗，我到今天早上都還記得呢！瑪麗拉，我不會忘記我常常在做的事情，但是……」德比小小嘆一口氣，「要記住全部的事情眞的好難哦！好吧，不能去找拉文達小姐，那我去找哈里森叔叔吧！哈里森阿姨人好好哦，她在廚房裡放了一個餅乾盒，是專門要給小孩子吃的哦。裡面放著李子餅乾！還有好多李子乾！哈里森叔叔以前就是個好人，雖然這是他第二次結婚了，但是他結婚以後又變得更好了。我想結婚會讓人變得更好耶，所以你怎麼還不結婚呢？瑪麗拉，我很想知道。」

瑪麗拉對於自己的單身從未感到憂心或惱怒，所以她以溫柔的態度回答德比，同時對安使了個眼色，打趣道：「也許是年紀大了，沒人要吧。」

「但也有可能是因爲你沒有去問別人要不要娶你呀！」德比反駁。

「噢！德比！」朵拉終於受不了地插嘴。她像往常一樣把自己整理得乾乾淨淨的，「是男生要跟女生求婚耶！」

「爲什麼永遠都是這樣子？」德比覺得很不公平，「在這世界上，什麼事都要男生去做！我可以再多吃一些布丁嗎？瑪麗拉。」

「你已經吃太多了！」雖然這樣說，瑪麗拉還是拿了布丁給他。

「我眞希望可以每天都吃布丁，那該有多好啊！爲什麼不行呢？瑪麗拉，我很想知道。」

「因爲吃布丁很容易就膩了。」

「我有試過哦，我想看看會不會這樣！」懷疑的德比又說：「可是我還是想隨時吃得到布丁耶，這總比只有在吃魚還是有客人來的時候才有布丁吃來得好。謬弟都沒吃過布丁耶！謬弟說他家有客人來的時候，他媽媽就會切乳酪……一人一片，另外多切一片拿來擺好看的呢！」

「如果謬弟說他媽媽的事，你不用重複再說一次，這是不好的。」瑪麗拉嚴正地告誡他。

「保佑我的靈魂吧！」德比模仿起哈里森先生的口頭禪。「謬弟的意思是說他們家就是這樣啊！他很敬畏他媽媽呢，因爲他家族的人都說，他媽媽就算是咬到石頭也會吞下去！」

「我……我想那隻討厭的母雞又在破壞我的花圃了。」瑪麗拉站起來，匆忙走了出去。但是並沒有任何母雞待在花圃上，瑪麗拉也不是去關心她的花圃，她一個人跑到儲藏室，坐在裡頭一直笑，笑得肚子都發疼了。

那天下午，安和保羅一起來到回聲莊，拉文達小姐和喬洛特四世正在花園裡鋤草、耙土、修剪一些不齊的花草，整修環境來美化她們的生活。喜愛鮮豔、可愛的綴邊和蕾絲的拉文達小姐，一看見安立刻放下剪刀，非常高興地跑來招呼她的訪客。喬洛特四世也露出愉快的微笑。

「歡迎你的蒞臨呀，安。我就在想你會在今天出現呢！你屬於這個美麗的午後，所以它將你帶來這裡，相互歸屬的事物一定都會同時降臨的。如果人們能夠知道那衆多障礙可以拯救他們就好了，但他們就是無知，並浪費他們美麗的精神去移動天與地，帶來互不相屬的結果。而你，親愛的保羅，噢，你長大了呢，你比上次來的時候又高了半顆頭！」

「是的，就像林德夫人說的那樣，我就像那種晚上也會成長的藤類植物！」保羅似乎覺得非常高興，「但是我奶奶說這一切都是因爲我吃了她煮的粥。」說到這兒，他嘆了一口氣。「如果每個人都跟我一樣，不管是誰都會長高的！我要長得跟我爸爸一樣高，他有六英尺高呢！我想你是知道的，拉文達小姐。」

拉文達小姐那漂亮的臉蛋突然紅起來，不發一語地一手摟住保羅，另一手摟住安，一起朝屋子走去。

「今天的天氣可以聽到回音嗎？拉文達小姐。」保羅很擔心地詢問。他第一次來的時候，因爲風太大而沒有聽過回聲，讓他非常失望。

「嗯！聽得到哦！今天這日子再適合不過了。」拉文達小姐回答，從沉思中振奮起來。「但首先呢，我們都需要吃一點東西。我知道你們越過樺樹林，走了好長一段路才來到這裡，肚子也該餓了吧！我和喬洛特四世隨時隨地都可以吃東西，這種食欲眞像是無底洞啊！我們今天襲擊了食物儲藏間，裡頭幸運地儲滿了各種可口的食材，我和喬洛特四世都有預感，今天會有人來訪，所以我們早就將一切都準備好了。」

「我正覺得你就是會用許多美味食物塡滿儲藏間的那類人！」保羅如此宣布，「我奶奶也會這樣，但她不准我在正餐以外的時間吃零嘴。我覺得很疑惑，」他想了一下，「在我知道奶奶不會答應的情況下，我可以在外頭吃嗎？」

「噢！我想，在你走了這麼長一段路後，你奶奶是不可能不答應讓你吃點零嘴，這兩者間是不一樣的。」拉文達小姐說道，眼光從保羅的棕色捲髮上移開，給了安意味深長的一瞥。「我想也許零食對健康來說極爲不利，我們——喬洛特和我——都與大衆認知的日常飲食規矩過著截然不同的生活。不管是白天還是晚上，當我們想到時就會吃起那些不好消化的食物，但我們就如同月桂樹一般那麼茂盛有活力，那也是爲什麼在回聲莊裡我們時常吃點心的原因。我們經常更換菜色，當我們在雜誌或書籍上看到好吃甜點的作法，都喜歡把它剪下來釘在廚房的牆壁上，這樣我們才會記得。這樣子的生活方式，我想會一直持續到我們吃遍所有東西吧，至少到目前爲止還沒有食物可以危害我的健康，足以置我於死。但是喬洛特四世要是在晚上睡前吃甜甜圈、碎肉派或水果蛋糕的話，她晚上就會做惡夢呢。」

「在就寢前，奶奶都會讓我喝一杯牛奶還有吃奶油麵包。星期天晚上，奶奶就會換塗果醬在麵包上。」保羅說著：「所以每個星期天晚上我總是非常高興……當然不只是這個原因。待在海岸路這兒的星期天眞是令人感到漫長，但奶奶卻說星期天對她而言太過於短暫，在爸爸年紀還小的時候，根本沒有時間會覺得無聊。其實，如果我可以跟我那些岩洞朋友聊天的話，我就不會覺得日子那麼難過，但我不會這麼做過，因爲奶奶並不同意。那我就會開始想東想西，但我擔心我那漫無邊際的思緒，奶奶說星期天不可以想其他的事情，只可以想跟宗教有關的事，但是老師說只要是美好的思維就是有宗教意義的，不管那想法是關於什麼，或者一定要在某一天才可以想那些。但我感覺到奶奶與老師的意見不同的時候，我不知道我該怎麼辦才好，在我心中……」保羅把一隻手放上胸膛，用他那湛藍色的眞誠眼神望向立即顯露出一臉同情的拉文達小姐，「我同意老師的看法。但您知道的，奶奶以她自己的方式把爸爸帶大，把他教育得如此成功、如此傑出。雖然老師目前正在照顧德比和朶拉，卻還沒有將小孩扶養長大的經驗。但是你無法預知將來他們會有怎樣的轉變，所以有時我會覺得，依照奶奶的方法會比較保險。」

「我也是這麼覺得。」安鄭重同意道。「不管從哪個角度來看，我敢說你奶奶和我都是全心全意在教育孩子，在我們不同的表達方式下，你可以從中發現，我們倆最初的意念是相同的。依照你奶奶的教導方式是比較好的，她的方式已經有了經驗與成果，而我們必須等到那對雙胞胎長大，才能知道我的方法是不是也同你奶奶的成效這麼好呢！」吃完午餐，他們回到花園。當安與拉文達小姐坐在白楊樹下的石長凳上交談時，保羅在花園裡以自己對回聲的理解製造回聲，而效果讓他感到驚奇與高興。

「你秋天時就要離開了？」拉文達小姐憂愁地說，「我該爲你感到高興的，安，但很抱歉，我是這麼地害怕與自私，我會非常想念你的！噢！有時我會覺得交朋友一點用處都沒有，他們不久就會離開你的生命，比起未遇見他們前所過的空白時光，徒留更多的空虛與寂寞侵蝕著你。」

「這句話聽起來眞像是伊莉莎．安德羅斯會說的話，拉文達小姐。」安說，「沒有任何事會比空白的生活更糟糕，而且我並不會走出你的生命，像是寫信、放假這些事都可以讓我們保持聯繫呀。親愛的！你怎麼了？你的臉色看起來有點蒼白，而且十分疲倦。」

「哦……喉……喉……喔……」當保羅跳上堤防後，便努力發出各種聲音。雖然不是每次都帶著優美的旋律，但經由河對岸的妖精施法後，堪比煉金術的神奇現象出現了，所有呼喊都幻化爲有如金銀般悅耳的聲音漫回來。拉文達不安地動了動她那纖纖玉手。

「我只是對這一切感到厭煩，甚至回聲也是。我這孑然的一生，除了回聲……那沒有希望、沒有夢想、沒有歡樂的回聲。它們很美，卻也帶著嘲弄。噢，安，我眞是令人討厭，在招待客人時還說這些掃興的話。我想我是眞的老了吧，連回聲都無法認同我。我知道等我六十歲時，我就會變成一位提心吊膽又詭異的老太婆，但也許我只要吃點藍色藥丸就沒事了。」在這片刻，從午餐過後就消失得不見人影的喬洛特四世出現在她們面前，她說在強．金博先生的墓地東北角的草莓早熟轉紅了，想邀請安跟她一起去採一些回來。

「早熟的草莓可以作爲下午茶的茶點！」拉文達小姐高聲說：「噢！我其實沒有想像中那麼老嘛！而且我也不需要那些藥丸了！女孩們！當你們採好那豔紅的草莓回來時，我會將一切準備就緒的，還有自製的奶油哦！」

安與喬洛特四世隨著以前的路線來到強．金博先生的牧場。那兒的空氣有如天鵝絨般柔軟，瀰漫著紫羅蘭香氣，有如琥珀般輕透裡交織金光，襯著那遠離塵囂、一望無際的翠綠的牧場。

「噢！你不覺得這眞是甜美清新的地方？多令人心曠神怡啊！」安深吸一口氣，「我感覺好像沐浴在金黃色的陽光下呢！」

「是啊，小姐，我也是，正好我也有這種感覺呢！」喬洛特四世附和道。若要說安從她身上觀察到什麼，那就是她彷彿一隻荒野中的鵜鶘般，總能精確地說出某樣東西。在安拜訪過回聲莊後，喬洛特四世總是把自己關在她那位於廚房隔壁的小房間裡，對著鏡子，試圖模仿安說話的音調、看起來的樣子以及動作。喬洛特四世無法成功地模仿安，但熟能生巧，就像在學校裡讀書一樣，希望自己能夠抓到安說話時下巴微揚的技巧、像星星一般閃亮的眼神、有如樹枝在風中搖曳的步行風格。當你看著安，那些姿態看起來再簡單不過了，喬洛特四世打從心裡崇拜安，但她並不覺得安特別美麗，與有著紅潤雙頰和一頭黑色捲髮的黛安娜相比，安生了一雙有如盈滿月光而散發迷人光輝的灰色大眼，配上一頭紅髮一頭閃耀紅髮，就是沒有黛安娜那樣好看、漂亮。

「與漂亮的外貌相比，我寧可像安那樣！」喬洛特四世發自內心，眞誠地對安說。

安笑了，她接受了喬洛特四世對她的讚美，忽略比較不中聽的部分，安已經習慣那些不知是稱讚還是損她的話了。每個人對安的描述全都意見相左，有人說安是個美女，但見過她後都會覺得惆悵若失；有人說安長相平凡，但見過她後，都認爲她比想像中還要漂亮。安從來不覺得自己有多漂亮，當她看著鏡子時，只看到一張蒼白的臉上冒出七顆雀斑在鼻子周圍。她的鏡子無法映照出她那難以描述、有如玫瑰色煙火般、隨著感情而變換的表情，或是交錯在安眼中那令人眩惑的夢幻還有笑意。

不管怎麼去定義漂亮或美麗，安都很難稱得上是「絕世美女」，但她的吸引力有別於她的外貌，總是在女性同儕中散發出一種令人陶醉的魅力。不過，眞正了解安的人，在這怡然的陶醉氛圍外，更能深刻感受到安的截然不同來自於她堅毅的個性。對安而言，她永遠相信未來有著無限希望，永遠相信自己的未來可以靠自己的力量去創造。

當她們採草莓時，喬洛特四世向安吐露她對拉文達小姐的擔心。這位熱心的小女傭非常擔心主人的狀況。

「拉文達小姐這一陣子不是很好，雪莉小姐，雖然她從未抱怨過，但我非常肯定。自從你跟保羅一起來訪後，有好長一陣子她都不像她自己了，我覺得她在那天晚上就著涼了。你和保羅回去後，她自己一個人跑到外頭去，天黑了，她還繼續待在那邊，沒穿什麼保暖的衣服就在花園裡走，身上還沾了一點雪。地上到處都是積雪，我覺得她一定就是那時候感冒的。自此之後，她就一直一副很疲倦、很寂寞的樣子，她對任何事都不感興趣了，不再想像有客人來訪的樣子，也不想再弄些好吃的食物，什麼都沒有。小姐，只有在你來的時候，她的情況才會好一點。最令人想要嘆氣的是……」喬洛特四世降低聲音，好像要講一些讓人感到詭異害怕的事情一樣。

「當我打破她的東西時——她以前從沒因此放過我，可是現在……爲什麼會這樣呢？雪莉小姐，昨天，我打碎了一個放在書架上的黃綠色花瓶，那是她奶奶從英國帶回來的，而且她一直都很小心地保管它。我也很小心地擦著那個花瓶，但不小心手一滑就掉到地上了！我那時感到非常害怕和抱歉，不知道該怎麼做才好，想說她一定會罵我一頓，我當時眞希望她可以罵我，結果她只是走進房間，連看也沒看地只說：『沒關係，喬洛特，收拾一下碎片，拿去外面丟就好了。』好像那不是她奶奶的英國花瓶一樣！噢，她眞的不太舒服，而且我擔心她的情況要是變壞了怎麼辦，除了我以外就沒有人可以照顧她了。」

喬洛特四世捧著裝草莓的粉紅色小盒，雙眼盈滿淚水。安見了，伸手拍拍她沾滿泥土的手，溫柔撫過小盒上的裂痕。

「我認爲拉文達小姐需要改變一下，喬洛特。她獨自一人生活太久了，我們可以建議她做一趟小小的旅行，怎麼樣？」

喬洛特四世搖搖頭，她那誇張又顯得淒涼的蝴蝶結也跟著搖晃。

「我不認爲會有用，雪莉小姐，拉文達小姐討厭去別人家裡拜訪。她有三個親戚，從來沒去拜訪過，可是她曾說因爲是家族的關係，還是去了一次。上次她回來以後，卻說再也不要因爲家族的關係而去拜訪那些親戚了。『我喜愛那種在家裡的孤獨感，喬洛特。』她這樣跟我說，『我再也不會迷失在自己的藤蔓還有無花果樹裡了。我的親戚妹都努力試著把我當作一位老小姐來款待，而我非常討厭那種感覺！』就是像這樣，雪莉小姐，『我非常討厭那種感覺！』所以我不認爲出去旅行對拉文達小姐會有多大的效用。」

「我們必須想一下該怎麼做才好。」安堅定地說道，如同她將摘下的最後一顆草莓放進她的粉色小盒裡一樣愼重，「很快，我的假期就到了，到時我會過來這裡，跟你們住上一星期，我們可以每天出去野餐、幻想些有趣的事，看看這樣能否讓拉文達小姐高興些。」

「這眞的是太棒了！雪莉小姐！」喬洛特四世興高采烈地大叫，在爲主人感到高興的同時也爲自己感到高興，因爲她將會有一整週時間可以不斷學習安的各種儀態和一擧一動。

她們回到回聲莊，找到已經將一張小方桌從廚房搬到花園的拉文達小姐和保羅，所有東西也都準備好了。沒有什麼比得過草莓奶油那麼美味的組合了。在布滿羽毛般小雲的廣闊藍天下享用午茶，有著長長影子的森林裡傳出陣陣呢喃與沙沙聲。午茶結束後，安在廚房裡幫喬洛特四世洗碗，拉文達小姐和保羅則是坐在石長凳上，專心聽保羅分享岩洞族的故事。拉文達小姐是一位很好的聽衆，她很溫柔地傾聽，但在說到雙胞胎水手時，她卻彷彿突然間失去了興趣。

「拉文達小姐，爲什麼您會這樣看著我呢？」保羅鄭重地問。

「我怎樣看著你呢？保羅。」

「就好像您看著我，但您不是眞正在看我，而是透過我在想著另一個人。」有時保羅那一閃而逝、令人感到不可思議的洞察力，讓人感到有如心中的秘密被人覷見一般。

「我想著的那個人，對啊，是在很久之前就認識的朋友。」拉文達小姐如在夢中。

「是您年輕的時候嗎？」

「是的，正値青春年華的時候。由你看來，我看起來很老了嗎？」

「您知道嗎？我沒辦法想像您年老的樣子。」保羅偷偷說。「您的頭髮看起來是有些年紀，我從來都不知道原來年輕的人也會長出白頭髮。但當您笑起來時，雙眼就如我那漂亮的老師一般年輕有活力。告訴您哦，拉文達小姐……」保羅的聲音和表情變得像法官一樣嚴肅，「我想您會是個稱職的母親，從您的眼神中我便看得出來，就像我媽媽一樣，很可惜的是您沒有孩子。」

「但是在我的心中，住著一個我想像出來的小男孩。」

「噢！眞的嗎？他幾歲呀？」

「我想，他大概跟你差不多年紀，在你出生之前，他就已經存在我的想像之中了，所以他的年紀應該比你還大，但是我從不讓他超過十一或十二歲這樣的年紀；如果有天我眞這麼做了，讓他長大了，那我就會失去他的。」

「我能夠了解。」保羅點點頭。「那就是幻想出來的人的美好，他們停留在任何我們想要的年齡。在這世上只有您和我那漂亮的老師、還有我自己有這樣子的想像力。我們能夠認識彼此不就是一件奇妙又美好的事嗎？那麼我猜想有很多像我們這樣的人，一定都可以互相找到彼此的。像我奶奶就從沒想像過一個虛幻的人，瑪莉．喬也認爲這是錯的，認爲我只是一味沉浸在我所擁有的故事書裡。雖然他們是這麼想的，但我還是認爲，能夠有想像力的人是非常值得讚揚的！您知道的，拉文達小姐。把您想像的那個小男孩的事都告訴我吧！」

「他有一雙藍色的眼睛和一頭短捲髮，每天早上都會偷偷走進我房間，用吻喚醒我，然後他一整天都在花園裡嬉戲，而我也陪著他一同玩樂。我們有很多遊戲可以玩，我們互相追逐，與回聲對話，然後我會說故事給他聽，直到夜晚降臨……」

「我知道！」保羅急切地打斷，「他走到你的身邊，然後……嗯……當然了，十二歲的男孩已經太大了，沒辦法坐在您的大腿上，所以他把頭靠在您的肩上。然後您緊緊抱住他，用臉頰輕摩擦他的頭。是的，就像這樣……噢，您可以理解的，拉文達小姐。」

當安從石屋走出來時，她找到了拉文達小姐和保羅，但拉文達的臉上呈現出一副不想被打擾的表情。

「我很抱歉我們該告辭了……保羅，如果你想在天黑之前回到家的話。拉文達小姐，在近期內我會親自再來回聲莊這兒叨擾您的，然後會在這兒住上個幾天。」

「如果你打算只住一個星期，我會讓你留在這兒兩個禮拜！」拉文達如此威脅著。

第28章 王子回歸眩惑宮殿

學期的最後一天到來，期末考如期舉行完畢，安的學生們繳交出的優異表現證明了他們的努力。考試結束後，學生們送給安一封致謝函與寫字檯。所有女孩子與老師都哭了，有些男孩子後來也加入她們的行列，雖然他們堅決否認有這一回事。

哈蒙·安德羅斯夫人、彼得·史隆夫人和威廉·貝爾夫人，在結伴回家路上談論起此事。

「孩子們看起來和安如此親近，她的離職眞是場悲劇。」彼得·史隆夫人嘆氣，她有個對每一件事情都要嘆氣的習慣，即使因此會破壞她的笑話。「可以確定的是……」她急促地補上一句：「我們知道，明年我們同樣會有一位傑出的老師。」

「琴會盡力做好她的職責，這一點我毫不懷疑。」安德羅斯夫人拘謹地說。「我想她不會告訴孩子們這麼多幻想故事，或者花這麼多時間跟他們在樹林中散步，但她仍舊讓督察在榮譽表上留下她的名字，而新橋鎭的人們因她的離開而處在一個麻煩的狀態。」

「我眞的很高興安能夠去上大學。」貝爾夫人說。「她一直很渴望繼續深造，而且那邊也會有非常美好的事物在等待她。」

「這個嘛，我不知道。」在那天，安德羅斯夫人決心不去贊同任何人。「我不認爲安需要更多教育。她可能要嫁給吉伯啊，如果吉伯迷戀安的程度夠持久到大學畢業，那麼一個女孩子家又爲什麼要學拉丁文和希臘文呢？如果大學會教這些小女孩如何駕馭一個男人，說不定對她而言還來得更實用些呢。」

哈蒙．安德羅斯夫人是艾凡里中最會說長道短的長舌婦，卻從未學過如何管理她的『男人』，結果安德羅斯家完全沒有一個家庭中該有的和諧快樂。

「我知道夏洛特鎮要在長老教務評議會前聘請亞倫先生過去。」貝爾夫人說，「我想我們也快失去他了。」

「在九月前他們是不會走的。」史隆夫人道，「這對我們艾凡里來說是很大的損失。雖然我老覺得以一個神職人員的夫人來說，亞倫夫人的穿著實在太妖豔，但我們自己也不是很完美。你有沒有注意到今天哈里森先生看起來特別乾淨，嘴裡還唱著歌？我從未看過一個人有如此大的改變啊！他現在每個星期天都會上教堂了，還會開始捐錢了呢。」

「保羅．艾文不也長成一個大男生了嗎？」安德羅斯夫人說，「他剛來到艾凡里的時候，還是個這麼瘦弱的小東西呢！現在啊，我都快認不得他了，他長得越來越像他爸爸了。」

「他是個非常聰明的孩子呢！」貝爾夫人說。

「他是夠聰明，不過……」安德羅斯夫人壓低她的聲音，「我相信他老愛說些怪力亂神的東西。上星期不知道哪天，葛麗絲從學校回家，講了好長一段毫無意義的東西，就是保羅跟她說的什麼

『有關那些住在海邊的人』的故事，眞是鬼話連篇！沒有一個字是眞的！我告訴葛麗絲，別去相信那些鬼話，哪有什麼住在海邊的人，然後她說保羅沒眞的要她相信，但既然他不想讓人相信，又做什麼講這些有的沒的給她聽啊？」

「安說保羅是個天才呢！」史隆夫人說。

「他也許是，你永遠都猜不透那些美國人在盤算些什麼。」安德羅斯夫人說。在她僅有的認知裡，「天才」只等於「怪異的天才」這句形容的略稱，而「奇怪的天才」也不過是普羅大衆送給少數擧止特出的人們的表面讚美罷了。她和瑪莉．喬很可能在這點上達成共識，認爲保羅的那顆腦袋瓜裡一定有什麼地方不對了。

場景轉回學校教室，安正一個人坐在書桌前，就像她兩年前來到這個學校的第一天，兩手托住雙頰，眼睛被淚水濡濕，就像湖面上閃爍的水光一般。她的心情正因爲要與學生告別而難受，掩蓋掉她卽將要上大學的喜悅。她仍感覺得到安妮塔．貝爾的手臂緊環住她的脖子，耳邊迴響著這個孩子的嗚咽，「我再也不會愛其他的老師像愛您一樣深了，雪莉小姐，不會的，不會的！」

這兩年來，安秉持著她的信念，全心全意認眞工作，雖然犯了許多錯誤，但也從中學習到更多。她已經得到回報了，她教導了學生許多事，但她總覺得她從他們身上學到的更多——溫柔啓示、自我控制、大智若愚還有赤子之心。也許她尙未成功「激勵」出學生們的偉大抱負和理想，但在這些年裡，她已經教導了他們，以她自己溫和的特性作爲榜樣，遠比口頭上的箴言忠告來得更好、更不可或缺地具有影響力。這讓他們深深了解，用心高貴地生活、誠實不愧於心、謙虛慷慨的爲人，要比任何事物都來得珍貴。也許他們都沒發現，在無意識中大家已經習得這樣的課程了，但在他們逐漸淡忘阿富汗首都名與玫瑰戰爭的日期時，他們仍會長久記得這些美德，並在生活中付諸實踐。

「我人生中的又一章節已經結束了。」安忽然大聲對自己宣布，並將教室書桌上鎖。她確實爲她的離開感到悲傷，但「章節結束」這浪漫的想法又讓她被小小地安慰了一下。

假期中，安幾乎每晚都待在回聲莊裡，而回聲莊的每個人也都獲得了一段很美好的時光。

她帶著拉文達小姐到鎮上，來了趟趟採購遠征之行，安說服她買下一件新的薄紗洋裝，再來是令人興奮的裁衣過程，將剪好的布片縫合，快樂的喬洛特四世幫忙將布片用粗針固定，然後將剪落的布屑整理起來。拉文達小姐抱怨道她對製作洋裝一點都不感興趣，然而，當她穿上美麗的洋裝時，眼神中重新閃耀起光芒。

「多麼可笑啊！我眞是個盲目的人。」她嘆著氣。「我應該感到羞恥才對……穿上這樣一件全新的薄紗洋裝，儘管這顏色叫做『勿忘我（忘憂草）』，我也能爲此這麼高興。一個有良心、會額外捐獻給外國孤兒的人是不應該這樣做的。」

在回聲莊作客的這段期間，安找了一天回到綠色屋頂之家。她縫補了雙胞胎破洞的長襪，將累積了很多問題的德比整頓好，在傍晚前往海岸路探望保羅．艾文。當她經過艾文家客廳低矮的正方形窗戶時，她瞥見保羅正趴在某個人膝上，但在下一秒鐘，男孩就飛奔到走廊上來了。

「噢！雪莉小姐！」他激動地哭著，「您無法想像發生什麼事了！這眞是太教人高興了！爸爸在這兒……就是這樣！爸爸就在這兒！請快進來。爸爸，這是我那位漂亮的老師，您曉得的，爸爸。」

史蒂芬．艾文帶著笑容走過來和安寒暄。他是位身材高䠷、舉止紳士的中年男子，鐵灰色的頭髮、深陷的幽藍色雙眸、輪廓完美的前額與下頷、剛毅而憂愁的神態，他的臉孔就像羅曼史裡的英雄模樣。安不禁對這一切感到由衷地滿意，一股熱情和激奮自心中湧出。因爲，要是原本想像中高大挺拔的英雄，在實際見面後才發現居然是個禿頭或彎腰駝背的普通男子，可是會讓人感到失望的。安想著，要是拉文達小姐曾經的戀人此刻只剩那般缺乏男子氣概的形象，那該是多麼乏味的景況啊。

「這就是我兒子一直喊著的漂亮的老師嗎？我在之前已經聽聞過你很多事了。」艾文先生熱誠地與安握手。「保羅的信中經常提到你，雪莉小姐，這也讓我感到好似在見面以前就與你熟識一般。我想好好謝謝你對保羅的教導，我想你的影響力對他而言正是他所需要的。我的母親是一位很好的女性，但她冷硬、缺乏情感的蘇格蘭式教育無法像你一樣了解保羅的性情，她所缺乏的讓你彌補上了。在你的指導下，保羅這兩年來的表現相當理想，已經超過一個沒有母親的男孩所能表現出來的優秀了。」

任何人都喜歡被人感激，在艾文先生的褒揚下，安的臉就像燃燒一般火燙起來，好比鮮豔的玫瑰花。而這個無時無刻不在、臉帶倦容的男人正在看著她，他從沒見過一個少女比眼前這位擁有一頭紅髮與聰慧眼神的學校教師更加蒼白瘦弱。

保羅充滿喜悅地坐在他們之間。

「我從沒想過爸爸會回來。」他高興地說，「就算是奶奶也不知道。這眞是個超大的驚喜！在平凡的生活裡……」保羅興奮地搖晃他的棕色捲髮，「我不喜歡驚喜，驚喜會讓你失去所有等待的樂趣，但像這樣的就沒關係了，昨晚爸爸是在我上床睡覺後才回來的。等到奶奶和瑪莉．喬那驚喜的心情平復後，奶奶和爸爸就到樓上來看我，但他們沒有叫醒我，本來是打算讓我睡到早上的，但那時候我卽刻就清醒了，然後就看見爸爸在那兒，我立刻跳向他！」

「像熊一樣地抱上來呢。」艾文先生微笑地說，將他的手臂搭在保羅肩上。「我快認不出我的小男孩了。他已經長得這麼大，被曬黑了，還健壯起來了。」

「看見爸爸回來，我都不知道我和奶奶誰看起來更高興了。」保羅接著說，「奶奶整天都在廚房做爸爸愛吃的東西，因爲她不相信瑪莉．喬的手藝，又說這是她要展現高興的方式。我最喜歡跟爸爸聊天了，但我現在想要離開您一下，如果您准許的話。我必須幫瑪莉．喬餵牛，這是我的『每日任務』！」保羅蹦蹦跳跳去做他的「每日任務」了，艾文先生此時和安分享了許多事，但安總覺得艾文先生在談天的同時，腦裡還在想著其他事情，而且逐漸影響到他的表情。

「在保羅上次的信中，他提到他和你去拜訪一位……我的老朋友，住在葛夫頓那裡，住在石屋中的……路易斯小姐。您跟她熟嗎？」

「是的，的確是，她是我一位非常親近的朋友。」安端莊地回答。艾文先生的這個問題正讓她心中的興奮感迅速膨脹，毫無關聯卻從頭到腳刺激著她。安以本能感覺到，那段羅曼史正在她附近的角落窺視。

艾文先生站起來走向窗戶，注視外頭那一片廣袤無際、波濤洶湧的金黃海洋，一陣強風就像彈撥豎琴般滑過海面。在這短暫時間裡，沉默充滿這處陰暗的小房間，艾文先生轉過頭，勾起自嘲卻柔軟的微笑，回望安的滿臉同情。

「我在想，你知道多少了？」他說。

「我都知道。」安急促地說。「您明白的。」她匆忙解釋，「拉文達小姐和我非常親密，她不會把這麼私密感情的事告訴每個人，我們是擁有相同靈魂的人呀。」

「我相信你是。那麼，我有個不情之請。如果拉文達小姐願意的話，我想去探望她。你能幫我問問嗎？」

她不願意嗎？噢！她一定肯的！是的，這是個浪漫的愛情故事，同時也是非常眞實的事，伴隨所有韻詩、故事與夢想的魅力。也許有點遲，像玫瑰本應在六月開花，卻姍姍來遲地在十月才盛放一樣，不只是玫瑰，所有的甜美與芬芳的香氣，都隨著金黃色的花蕊綻放在它心頭。隔天早晨，安的腳底彷彿生出積極的使命感，催促她快速走過海岸林道。她在花園中找到拉文達小姐，興奮得不得了，緊張得雙手都冰冷起來，聲音也跟著沉下來。

「拉文達小姐，我有些事要告訴你，非常重要的事。你要不要猜看看？」

出乎安的預料，拉文達小姐猜中了，分毫不差。只見她的臉色立刻黯淡下來，然後低聲詢問：「史蒂芬．艾文回來了？」那聲音低沉微弱，彷彿所有色彩與光芒都在瞬間消逝一般。

「你怎麼會知道？誰跟你說的？」安以失望的哭腔嘆道，同時也困惑於拉文達小姐的反應竟不如她所想的那般驚訝。

「沒人跟我說。從你問我的樣子，我就知道一定是這樣。」

「他想來看你。」安說，「我能告訴他可以來嗎？」

「是的，當然。」拉文達小姐感到心跳起伏不定。「他沒理由不能來，就是一個好久不見的老朋友來拜訪我而已。」關於這個，安的心中自有看法，她迅速進入屋內，坐在拉文達小姐的桌前寫起信來。

「噢！生活在故事情境裡眞是件令人感到愉悅的事！」安興高采烈地想，「這個故事結局當然是美好的，一定是，保羅將會有位母親陪伴他、貼近他的心，他和所有人都會很高興。雖然艾文先生會帶著拉文達小姐離開這裡。誰知道這棟小石屋會變成什麼樣？事情總是一體兩面，而且看起來世上的每一件事情好像都是這樣的。」

重要的信箋已寫好，安帶著它來到葛夫頓郵局，將郵差攔截下來，麻煩他將這封信帶去艾凡里郵局。「這眞的很重要。」安緊張地說。這郵差看起來是那種無法化身爲邱比特幫人傳遞訊息的人，感覺上，他的性情頗爲乖戾，安不大信任他可以記得她的囑咐。但這老郵差說他會盡他所能地記得將信送到，這點讓安感到很滿意。

那一整個下午，喬洛特四世覺得石屋中有股神祕氣息充斥、圍繞四周——一種只有她一個人無法進入的神祕狀況。拉文達小姐心緒不寧地在花園中胡亂走動，安也像是被惡魔控制了一樣，一會兒走、一會兒坐、一會兒爬上、一會兒爬下。喬洛特四世很有耐心地忍耐，直到她認爲再這樣秉持這項美德也不會有結果，她鼓起勇氣，在那個滿腦子浪漫幻想的女孩第三次毫無目的遊蕩過廚房時，出手攔住了她。

「拜託！雪莉小姐，」喬洛特四世說，將她頭上的藍色蝴蝶結憤怒一甩，「你和拉文達小姐是不是在偸偸計畫些什麼？而且這麼保守祕密，都不肯告訴我！我想，我這樣說可能會太直接，雪莉小姐，告訴我這不是眞的，我們不是好朋友嗎？」

「噢！親愛的喬洛特，假如我有秘密，早就全部都告訴你了，但這是關於拉文達小姐的。你知道，但我會把這些都告訴你，如果沒有任何事情降臨的話，對一個仍存在於世的靈魂來說，你一定會無法順利呼吸地吐出任何一字。你曉得，那位極具魅力的王子今晚就會到來，他以前曾經來過，卻在一個很愚蠢的情況下離開了，走得遠遠的，遠到他忘了通往夢幻宮殿的那條魔法道路的秘密。在那座宮殿裡，那位公主一直秉著一顆忠誠的心，全心全意地等待他。最後，他再度記起那段小徑，而公主也仍在等待，因爲除了公主她自己，還有她最愛的王子外，沒有任何人能夠得到她。」

「噢！雪莉小姐，這是什麼天方夜譚啊？可以說得直白點嗎？」喬洛特四世喘著氣，覺得自己被騙了。

而安笑著回答她，「最直白地講，就是拉文達小姐的一位老朋友今晚要來拜訪她。」

「你是說她以前的男朋友？」缺乏想像力的喬洛特四世反問。

「這差不多就是我想表達的。更坦白地來說……」安嚴肅地回答，「就是保羅的父親——史蒂芬．艾文先生。雖然上天知道這一切發展，但我們仍要抱持著更美好的希望，喬洛特。」

「我希望他會娶拉文達小姐。」喬洛特明確地回應，「有些女人從一開始就打算要當個單身貴族，我很怕我也是她們之一，雪莉小姐，因爲我有點怕男人。但拉文達小姐並不是這樣，這令我一直很擔心害怕，當我長大而必須去波士頓時，拉文達小姐卻還是孤單一人在這世上。我們家沒有其他女孩了，親愛的，你曉得她的個性，如果她找了個陌生人來，她們會譏笑她的妄想，或是隨便亂放東西，並且沒有人願意被稱呼爲喬洛特五世。或許拉文達小姐會找到一個不像我那麼不幸、會摔破盤子的人，但那個人不會像我一樣那麼愛她。」

忠實的小女僕吸了口氣，打開烤箱門。

這天晚上，她們一如往常途經農場，在回聲莊裡喝茶。但是大家都沒吃什麼東西，喝完茶，拉文達小姐走進她房間，穿上那件嶄新的「勿忘我色」薄紗洋裝。安幫忙她打理頭髮，兩人都相當興奮，拉文達小姐卻佯裝鎮定，試圖表現得無關緊要。

「我明天真該來縫補一下窗簾了。」她擔憂地說，彷彿那是現在唯一重要的一件事情。「這些窗簾一點也不舊，它們好用得很。想想我付的錢，親愛的，話說，喬洛特又忘記要清掉手扶梯上的灰塵了。我真的必須再跟她說一下才行。」

當安坐在門廊階梯上，就發現史蒂芬·艾文出現在小巷口，穿過花園而來了。

「唯有這裡，時間好像靜止不動似的。」他說，用喜悅的眼神環顧四周，「這裡的花園與房子幾乎沒什麼改變，在我二十五年來這裡時，就已經是這幅景象了。這使我覺得我好像又年輕了起來似的。」

「您知道時間在魔法宮殿中是靜止不動的。」安認真地說，「只有當王子再度來到此地，所有事物才會再度鮮活起來。」

艾文先生的臉上揚起一絲悲傷的微笑，園裡仍保存所有的青春與承諾。

「有時候王子卻來得太遲了。」他說，並沒有要求安解釋她說的一切，彷彿相同的靈魂得以互相了解一般。

「噢！不是的，如果是真正的王子與公主，那肯定不遲的。」安甩甩她的紅髮，堅定地說。

她打開客廳門，在艾文先生走進來後緊緊關上門，然後迎面遇到走廊上的喬洛特四世，她向她揮手，點頭微笑。

「噢！雪莉小姐！」她深吸一口氣。「我從窗戶那邊偷看到了，他真的好帥！年紀配拉文達小姐也剛好，還有，雪莉小姐，你覺得要是去門那邊聽他們講些什麼，會不會被發現呀？」

「這麼做會被討厭的，喬洛特。」安嚴肅地說，「所以你跟我遠離到誘惑範圍以外吧。」

「我什麼事都不能做，只能在這邊徘徊等待，眞是讓人感到煩躁。」喬洛特說，「畢竟他沒有答應什麼吧？雪莉小姐，你不能完全相信男人。我的大姊——喬洛特一世，她曾認爲自己可以跟她的男朋友訂婚，後來對方卻有了不同的選擇，之後她便再也不相信男人了。我也聽過別的例子，一個男人對一個女孩示好，其實是想要追她的姊妹。當一個男人連自己的心思都無法釐清，雪莉小姐，一個可憐的女人該怎麼去相信他呢？」

「我們去廚房吧，銀湯匙都還沒洗呢。」安說。「這個任務是不需要思考的，我今晚已經無法再動腦了。這事多少可以打發點時間。」

一個小時過去，安擦亮最後一根銀匙，在放下它的同時，她們聽到前門打開的聲音。兩人擔心地互相看了看對方。

「噢！雪莉小姐！」喬洛特發抖起來，「如果他就這樣走了，就不會有什麼事情發生了，將來也不會了！」

兩個女孩飛奔到窗邊，發現艾文先生看起來並沒有要告辭的意思。他和拉文達小姐漫步在園中小徑上，就要走去長石凳那兒。

「噢！雪莉小姐！他把手臂環在她的腰上呢！」喬洛特四世興奮地尖叫，「他一定向她求婚了！否則她不會允許的！」

安扣住喬洛特四世胖胖的腰，和她在廚房裡繞圈子跳起舞來，直到她們喘不過氣爲止。

「噢！喬洛特！」安高興得哭了。「我不是女先知，也不是什麼先知的女兒，但我現在就可以預言，在楓葉變紅以前，這棟老石屋裡就要舉辦一場婚禮了！需要我再解釋得白話些嗎？喬洛特？」

「不用了，我可以理解！」喬洛特說。「就是一場如詩一般的婚禮！爲什麼？雪莉小姐，你在哭！爲什麼？」

「噢！因爲所有的一切實在是太美好了！多麼精彩絕倫的故事啊，如此羅曼蒂克……卻又帶著那麼一點哀愁……」安眨了眨她泛起淚光的眼，淚水順著臉龐蜿蜒流過。「這眞是太完美了，令人感動的愛啊！但不知怎麼的，其中也混合著一點點傷感呢……」

「噢，這是當然的啦！不管嫁給誰呀，都是一種賭注。」喬洛特四世直言不諱，「但是，當過去所做出的一切都無法再改變以後，雪莉小姐，這其中本來就有許多事情，是比擁有一個丈夫還要來得糟糕的呀。」

第29章 詩與文

爲了下個月的喜事，以艾凡里的日常來說，安可說是一直沉浸在興奮中呀！她現在已將全心全意投注在拉文達的婚禮上，連要到雷蒙學院報到的準備工作都被擱到第二順位去了。拉文達小姐也爲了自己的婚禮正準備著，石屋裡從早到晚充滿了籌畫場地的討論聲，喬洛特四世同樣高興地在大家周圍盤旋。她們請來裁縫師，興高采烈地挑選起時下最流行、最適合她們的禮服款式。安與黛安娜一天裡幾乎有一半時間都待在回聲莊，有時安甚至睡不著覺，腦中只想著要勸拉文達小姐別選擇海軍藍，而應該選擇咖啡色的洋裝才更適合旅行，也不要忘記那件像公主裝束的灰色絲質洋裝。

每個人對於拉文達小姐的消息都感到相當開心。保羅．艾文一聽到他父親告訴他這件事，立刻歡欣地以他最快的速度跑到綠色屋頂之家告訴安。

「我知道，我能夠相信爸爸會娶一個很棒的新媽媽給我！」保羅感到十分驕傲，「能夠有一個讓你信賴的爸爸眞好，老師！我很喜愛拉文達小姐，奶奶也感到相當滿意，她說她眞的很高興爸爸沒再娶一個美國人做他的老婆。雖然我媽媽是個很不錯的妻子，但這種好運不代表還會有第二次。林德夫人也說她完完全全贊同這一對新人的結合，又說拉文達小姐就要結婚了，是時候放棄那些不切實際的怪念頭，變得跟其他正常人一樣了。雖然我還是希望她別捨棄那些『不切實際的怪念頭』，老師，因爲我很喜歡那樣，而且我也不希望她變得跟其他人一樣無趣。這世上已經有太多無趣的人包圍著我們，老師，您可以了解的。」

喬洛特四世也是一臉喜氣洋洋。

「噢！雪莉小姐，這一切變得多麼美好呀！當艾文先生與拉文達小姐從他們的旅行回來後，我就可以去波士頓和他們住在一起了，而那時我也才十五歲而已，姊姊們都是到十六歲以後才能去波士頓呢。艾文先生是個很好的人，對吧？他對拉文達小姐所生活的地方感到崇敬，而且當他看著她的時候，他的眼神讓我覺得很奇妙，那是無法用言語形容的，雪莉小姐。我眞的很感謝老天，他們是這麼深愛著彼此，這是最好的方式了，雖然有些人也不用這樣生活在一起。我有個姑媽結過三次婚，她說她第一次結婚是因爲愛，而後面兩次則是爲了自己的生計打算，雖然這三次婚姻都很幸福，除了在他們死去的時候，但我依然覺得她這是在下賭注，雪莉小姐。」

「噢！這一切都是如此地浪漫啊！」在那個夜晚，安低聲向瑪麗拉感嘆道，「如果那天我去金博先生家的途中沒有走錯路，我就不會認識拉文達小姐了。如果我從未見過拉文達小姐，就不會帶著保羅到她那兒去，保羅也就不會寫信告訴他父親，有關我們去拜訪拉文達小姐的故事了，正巧就在艾文先生準備前往舊金山的時候。艾文先生說當他看到那封信，就改變主意讓他的合夥人到舊金山去，而他決定回到這裡了。自從他聽說拉文達小姐結婚的消息後，他就不再主動去打聽或詢問關於她的任何事情，足足十五年！而現在，所有一切又回歸正途，步上它應有的軌道，而我有這雙推動命運之輪的手。也許林德夫人會說，萬物的一切都是註定好的，而且無論如何，該發生的就會發生。但我認爲，卽使這樣，把自己想像成是一個由命運所驅動的傀儡也挺不錯的呢！的確如此，這實在太羅曼蒂克了！」

「我一點也無法了解這一切有多浪漫。」瑪麗拉不帶情感地說。她認爲安對於這件事太過於熱心了，上大學也有很多前置工作要忙碌，她卻三天兩頭跑去回聲莊幫忙拉文達小姐做這做那。「起先是有兩個年輕人愚蠢地吵了一架，把兩人關係弄得十分不快，然後史蒂芬·艾文就到美國並且結了婚，這一切也都完美快樂。然後他的夫人死了，隔了一段時間後，他覺得該回來看看他的第一個女人是不是有了別的男人。同時，也許是因爲沒有什麼看得上眼的人，所以這個女人也仍是孤家寡人一個，接著他們見了面，也同意結婚了，就這樣。這有什麼好羅曼蒂克的？」

「噢！您這樣說當然一點也不浪漫呀！」安驚駭地倒抽一口氣，好像有人對她潑了桶冷水，「我想您是以散文記敘的方式來看待這件事的，但如果您用詩的心情去詮釋您所看到的一切，我想這會變得更美的。」安平復下心緒，雙頰酡紅、雙眼閃閃發亮，「用詩的心情去看。」

瑪麗拉本想再說些話諷刺諷刺，但一看見安光采煥發的年輕臉龐，她立卽打消了這個念頭。也許有些事以這樣的想法來詮釋的確會比較好，就像安一樣，「與生俱來的想像力與天分」——在這世上，你無法將這樣的能力贈與他人或是逕行取走，擁有這種能力的人，能夠將一切賦予新的意義，讓每一件事物彷彿都裝飾有天使的光環、身著眩目光輝，或者清新脫俗有別於凡塵。而像瑪麗拉或喬洛特四世這樣的人們，也只能透過散文的心情去欣賞了。

「婚禮在何時舉行？」短暫的沉默後，瑪麗拉提出疑問。

「八月的最後一個星期三。儀式會在花園裡那座布滿忍冬花的拱架前舉行，二十五年前，艾文先生就是在那兒向拉文達小姐求婚呢！瑪麗拉，這即使用散文的方式來看也是很浪漫的呀！保羅的奶奶、保羅、吉伯、黛安娜、我還有喬洛特四世跟她那一群表親們都會來參加婚禮，然後這對新人會搭六點的火車離開，前往太平洋海岸來一趟蜜月旅行。他們預定在秋季歸來，保羅和喬洛特四世就會跟著他們一起到波士頓生活，回聲莊依然維持原樣。當然，他們會先把家禽賣掉，把窗戶都釘上木板，每年夏天再一家子回來這裡住上一陣子，這令我感到非常欣喜。明年冬天，當我在雷蒙大學想到那親愛的石屋裡空蕩蕩、冷冰冰的樣子，或是更糟的——有其他人搬進裡面住了！我會感到非常難過的。但我相信事不至此，我可以想像，就像我一直以來想的那樣，等到來年夏天，所有歡笑與生命力都將重回小石屋的懷抱！」

除了這棟小石屋裡的中年愛侶之外，這世上還有許許多多浪漫情節正在進行著。某天傍晚，安穿過森林小徑要到果園嶺去，在經過貝瑞先生的花園時，突然間遇到了這般景象：黛安娜與佛雷德·萊特一同站在一棵茂密的柳樹下，黛安娜雙眼低垂、臉頰深紅，單手被佛雷德握著，佛雷德俯身靠近黛安娜，可以斷斷續續聽見他與黛安娜說話，語調低緩而誠懇。猶如這世上只有他們倆一樣，沉醉在這親密的氣氛當中，他們的眼中只有彼此，所以並沒有發現安就在他們附近。安一見到這個情況，立刻了然於心，她轉身踮起腳尖，無聲走回森林裡，毫無停頓地奔回綠色屋頂之家。她奔進自己的房裡，靠著窗調整她的呼吸，並且試圖理清思緒。

「黛安娜與佛雷德兩人彼此相愛啊！」安喘著氣，「噢！這眞是太……太……太讓人難以相信，他們長大了，再也回不去了！」

安最近總是有一種感覺，察覺到黛安娜似乎早已放棄從前夢想過那種拜倫風格的憂鬱男子，但就如同「眼見爲憑」，或者說一如預期，當現實逼上眼前了，足以製造出無懈可擊的、更上一層樓的震撼感，幾乎讓安驚嚇得無以復加。這一幕成功地令她感到一股奇異及孤單的感受——不知怎麼了，黛安娜似乎就要踏進一個嶄新的世界去了，然後她關上兩人之間的門閘，留下安獨自一人站在門外。

「世事變化之快，眞是讓人備受打擊呀。」安心想著，忍不住升起一點點愁緒。「我眞害怕這會讓我跟黛安娜的感情漸行漸遠。我確定，從此以後，我已經無法再將秘密告訴她了……也許她會告訴佛雷德？而且爲什麼她會看上佛雷德呢？他是很好也很幽默的一個人，但是……他也只是佛雷德而已呀！」

這永遠都是個迷惑人心的問題——爲什麼人不會看中另外一個人呢？在這之後不管有多麼幸福，假如大家看到的都是一樣的——呃，在那情況中，就如一個年老的印地安人所說：「每個人都想要我的妻子。」如此這般，這就是黛安娜看中佛雷德的某項特質，而安卻抱持保留態度的原因。隔天傍晚，略帶憂思而害羞的黛安娜來到綠色屋頂之家，在東邊那陰影籠罩的隱密房間裡，將所有事情經過都告訴了安。兩個女孩一起哭泣，一起親吻彼此，最後一起歡笑。

「我真高興。」黛安娜說：「但只要一想到我已經訂婚了，就感到這一切都相當荒謬。」

「訂婚是怎麼樣的感覺呢？」安好奇發問。

「嗯，這就要看你訂婚的對象是誰了。」黛安娜這樣回答，好像自己經歷了什麼了不得的事一樣，「與佛雷德訂婚是如此甜蜜美好，如果是跟其他人訂婚，那訂婚一定很恐怖！」

「那在座的另一個人就很可憐了哪！佛雷德好像只有一個耶！」安笑著說。

「噢！安！你不懂啦！」黛安娜惱怒地說：「我不是那個意思……天啊！真難解釋，算了，總有一天，當你遇到的時候，你就會知道的。」

「你要保重呀！我最摯愛的黛安娜，我了解你所說的，就算我沒辦法以你的立場去看，但我可以想像得到的。」

「到時候，你一定要來做我的伴娘。你懂的，安，答應我，不管你在哪兒，我結婚的時候你一定要在場。」

「就算我當時在地球的終點，我也會立刻出現在你面前！」安慎重地答應黛安娜。

「當然，不過，這事還久得很。」黛安娜紅著臉說道：「最少也要等到三年後。我現在才十八歲，媽媽說她的女兒得在二十歲以後才能嫁人，而且佛雷德的爸爸會買下亞伯拉罕．佛列傑的農場給他，他也說必須再付三分之二的錢才能把那片農場轉到他名下，正式擁有它。但是三年時間實在不夠讓我準備好管理家務——我連刺繡都不會！但我從明天開始就要織小墊巾，蜜拉．吉利斯結婚的時候帶了三十七條小墊巾去夫家，我一定要超過她。」

「我也認爲只有三十六條小墊巾是無法完美管理家務的。」安承認道。雖然她的表情裝得很嚴肅，眼神卻在閃爍著。

黛安娜看起來好像還是被安的言語刺傷了。

「我眞不敢相信你居然這樣笑我，安！」黛安娜抗議地說。

「親愛的，我不是在取笑你。」安後悔道，「我只是開個小小的玩笑而已，我認爲你將會成爲這世上最甜美的小主婦，而且也覺得你一定可以將你未來的小窩規劃得甜蜜又溫馨。」

在安說到小窩計畫的那一瞬間，她隨即就愛上這個字眼，並開始發揮她的想像力。當然，男主人一定是個皮膚略黑、驕傲且略帶憂鬱的人，但很奇怪的是，吉伯竟然也出現在這幅景象裡，就在一旁晃來晃去，幫她把畫掛好、修繕花園，連那驕傲憂鬱的人覺得有傷尊嚴的雜物也一併處理妥當。安試著把這傢伙趕出她的西班牙城堡，但他就是一直待在那裡，於是安在腦中加緊裝潢的腳步，放棄將吉伯趕出腦海，開始建造她夢想中的小窩。在黛安娜開口前，她已經將所有家具都擺設妥當了。

「我猜你一定覺得很好笑，安，我所喜歡的佛雷德與我們當初想要婚嫁的那種高高瘦瘦的男子完全不一樣吧？但我不希望佛雷德也變成那樣的人，因爲若變成那樣，你不覺得那就不是他了嗎？當然……」黛安娜傷感地繼續說，「我們將會是一對可怕的矮胖夫妻，但這比一個人又矮又胖，一個人又瘦又高來得好吧。這種組合就像摩根．史隆和他的夫人一樣，林德夫人說她看到他們倆的時候，就會想到『一長一短』這樣的形容詞。」

「不管怎麼說。」當晚的就寢時分，安坐到鍍金框的鏡子前，一邊梳頭一邊對自己說：「我很高興黛安娜是如此幸福快樂，但在輪到我的時候……如果哪天眞的能實現，我希望那個人能使我有心跳加快、小鹿亂撞的感受。原本黛安娜也是這麼想的，她曾說她不想嫁給一個平凡普通的人，對方一定要夠傑出才能贏得我們的芳心。但她已經變了，也許有一天我也會改變我的想法，但是我沒有，而且非常堅決地不會改變！噢，我想，當你的閨中密友訂婚時，所有事情總是會亂成一團的。」

第30章 石屋的婚禮

時序步入秋季最後一週，拉文達小姐的婚禮即將到來。再過兩星期，安與吉伯也要離開艾凡里前往雷蒙學院了，而這一週間，綠色屋頂之家早已將空出的客廳與客房準備妥當，等著林德夫人搬來同住。亞倫先生也準備在下星期日向大家傳布他離別前的講道。林德夫人愉快地在拍賣會上賣出原本閒置家中的日用品跟家具，亞倫夫婦同樣忙碌於打點行李。舊有的生活形態正在迅速改變，被新生活所取代，安雖然對此感到高興，但也不免有些傷感，纏在心頭揮之不去。

「雖然改變不全然令人感到高興，但最起碼是件不錯的事。」哈里森以哲學家的語氣如此說道，「一成不變的生活維持兩年時間已經足夠了，如果再持續下去，不長出青苔才怪！」

哈里森正在陽台上抽菸。他的夫人已經妥協，如果他要在家裡抽菸，就必須待在窗邊，開著窗抽菸。哈里森為了回報夫人的讓步，在天氣不錯時才會到屋外抽菸，共同維護家庭和樂。

安本次拜訪的目的呢，是來找哈里森夫人的，她想請她提供一些黃色的大理花。她和黛安娜這天晚上將借住回聲莊，幫拉文達小姐和喬洛特四世做好隔日婚禮的最後準備。拉文達小姐的院子裡沒有栽種大理花，她並不喜歡大理花，畢竟這種花跟她幽靜的花園也不搭調。

感謝亞博大叔預測的風暴在今年夏天的肆虐，艾凡里與臨近鄉鎮所有花種皆十分稀缺；安與黛安娜一致認爲，在貼滿紅色壁紙的石屋裡，一處略暗的樓梯角落，若能有一口泛著乳黃色、搭配上完美弧度的石製圓罐，並在裡頭插滿黃色的大理花，一定能讓石屋看起來更爲明亮。

「我想，你兩星期後就要去上大學了，是吧？」哈里森繼續說，「那麼我跟愛蜜麗將會非常非常非常地想念你。聽說林德夫人要搬去你家，但她怎麼可能代替得了你呢？眞是愛說笑！」

哈里森嘲諷的語氣聽來就像一張頑劣而不想被上墨的白紙，無視於他老婆與林德夫人的友好程度，在這般原因下，林德夫人與他之間的緊張關係也只能說是維持武裝中立，互不相犯。

「是的，我會去。」安說道：「我覺得非常高興，也感到萬般不捨。」

「我認爲，你在雷蒙學院一定能夠拿到許多獎章、獎學金之類的。」

「我會試著拿到其中一兩樣。」安的語氣不大確定，「但我現在已經不像兩年前那樣，那麼在乎是否有拿到這些榮譽了。最重要的是，我想從大學裡得到一些人生的知識和道理，並且將它活用，藉此來理解及幫助其他人們還有我自己。」

哈里森點點頭。

「這想法眞好，這就是大學之所以設立的義務啦，就算培養出一堆只會死讀書和充滿虛榮心的學士出來也沒什麼用處！你說的一點也沒錯。我認爲大學生涯對你不會有任何損失的。」

黛安娜和安在哈里森家用過午茶後，與夫妻倆邊聊天邊從院子中挑選花朵，採集完便帶著手中的戰利品，駕著馬車返抵回聲莊。

喬洛特四世看起來精力旺盛，在屋子裡忙碌地兜圈子，頭上的藍色蝴蝶結好像有生命似的，跟著她在走動之間四處飛舞。

「噢！謝天謝地，你們終於來了！」喬洛特四世熱切地說，「這裡有成堆的事情要做，餅乾糖霜都沒辦法凝固，所有銀器都還沒擦，大口的馬鬃皮箱現在空空如也，要被做成沙拉的公雞還在雞舍亂跑亂叫！噢！雪莉小姐，還有那做事一點都不可靠的拉文達小姐，我很感謝艾文先生的出現，帶著她到森林裡散步。戀愛中的人做事怎能讓人放心呀！噢！雪莉小姐，但如果你試著在同時烤餅乾和擦拭銀器的話，事情只會變得更糟！雪莉小姐，這是我目前的心得呀！」

終於，鐘響十點的時候，在安與黛安娜熱心幫助下，喬洛特四世才滿意地鬆了口氣，將自己的頭髮綁成很多小辮子才上床休息。

「但我很擔心，在我睡前又遺漏了些什麼。雪莉小姐，我好怕明天在最後一刻發現有東西沒弄好還是出了什麼錯，或是艾文先生突然暈倒，沒辦法來婚禮了，那該怎麼辦？」

「他應該沒有經常暈倒的症狀吧？」黛安娜試探地詢問她，微笑的嘴角旁浮起一對酒窩。對黛安娜來說，喬洛特四世雖然不美，但總讓她覺得有趣。喬洛特四世嚴肅回答：「沒有任何事情會經常發生，只是大部分就這樣出現了。每個人都很可能會暈倒，而且不用學就會。艾文先生有可能像我舅舅那樣，他有一天晚上要坐下吃飯時，就這樣暈倒了。但也可能什麼事都不會發生。活在這世上，我們只能抱持希望，希望好事一直跟隨我們，然後預防老天賜給我們的萬一。」

「我很擔心，明天如果天氣很糟的話，該怎麼辦才好？」黛安娜說道：「亞博大叔預測這星期會下雨，不知這次他說的到底準不準？」

安的心中卻比黛安娜還清楚，那次的風暴跟亞博大叔一點關係也沒有，所以她並沒有受到天氣預測的影響，躺在床上很快就睡著了。

不知道這會兒過的是哪個地方的時間，安總感覺她只睡了一點點時間，就被喬洛特四世給叫醒了。她醒來的當下只覺得實在是太早了，而且渾身疲倦都還沒褪去。

「噢！雪莉小姐，眞的很抱歉，這麼早就來叫你起床。」喬洛特四世的聲音從鑰匙孔另一頭傳了過來，「我們還有許多工作要做……喔，雪莉小姐，我眞的好擔心今天會下雨！你快起來看看這天氣，看看是不是快下雨了？」

安飛快來到窗前，希望那只是喬洛特四世爲了要順利把她叫醒才那樣說的，但是，唉，今早的天空看起來是多麼不吉利啊！窗外是拉文達小姐的花園，這一方天地原本該由潔白純眞、充滿讚頌的陽光所照耀，但現在只有一片灰暗的天空，沉重的黑雲覆住樅樹林，一點風都沒有。

「唉……怎麼會這樣呢？」黛安娜說。

「我看，到時一定會下雨。」哀傷的喬洛特四世慢慢踱進房間，形成一幅挺有趣的畫面，盤踞在她頭上的辮子被一條條白絲線緊緊綁住、四處亂翹，就像她的個性一樣。「這天氣肯定會持續到最後一刻，然後下起傾盆大雨，所有賓客都會被淋成落湯雞，弄得整個屋子沾滿小徑上的泥巴，這樣就不能在忍冬花下舉行婚禮了！沒有受到陽光照耀的新娘是不會幸福的！如果眞的變成這樣，你怎麼說呢？雪莉小姐，我知道，沒人攔得了它們，所有這些情況絕對都會發生的！」

喬洛特四世的悲觀就連伊麗莎．安德羅斯小姐都自嘆不如啊！

直到下午，天空仍舊烏雲密布，但尙未掉下來任何一滴雨。所有房間都被裝飾得美輪美奐，桌子也擺放在最完美的位置上，二樓裡，新娘端坐其間，正在爲了她的丈夫精心裝扮。

「看起來眞是漂亮！」安興奮地說著。

「美極了！」黛安娜回應安。

「一切都就緒了，安小姐，而且糟糕的事情到目前爲止都還沒發生呢！」喬洛特四世高興地回到自己房間，準備換上她美麗的洋裝。她解開所有辮子，將那一頭狂野的捲髮緊緊綁成兩束馬尾，這次她並不是在兩條馬尾上各加上一個蝴蝶結，而是各加上兩個，並且都是全新的亮藍色緞帶。別得靠上的兩朵蝴蝶結讓喬洛特四世看起來像是脖子上長出一對天使的巨翅一樣。她覺得這樣的打扮十分好看，她穿上她那燙得直挺的白色洋裝，十分滿意地從鏡子裡審視自己。

她的滿意只持續到走進大廳以前。她的視線穿越房門，看到一名高瘦的女孩，她穿著一件柔軟貼身的白色長袍，柔順一如波浪的紅髮像花一般美麗。

「喔！終其一生我都無法像雪莉小姐那樣美麗！」可憐的喬洛特在心裡想：「除非我生下來就是如此，否則無論練習多少次，也不會有那樣子的氣質！」

下午一點，亞倫夫婦與其他賓客相繼到達，亞倫先生將代替去度假的葛夫頓牧師主持婚禮。婚禮較爲隨興，沒有刻意拘泥在傳統形式上。拉文達小姐從階梯上緩緩走下，與她的新郎相見，當新郎牽起她的手，她抬起她茶褐色的大眼深情凝視他。喬洛特四世瞥見這一幕，心想主人這時的神態比以往都要令人驚異啊。他們走到鑲滿忍冬花的拱架下，亞倫先生就等候在那邊，觀禮的賓客們圍繞著他們。喬洛特四世立在安與黛安娜中間，一起站在石製長桌旁，緊張顫抖得冰涼的雙手各自抓緊安與黛安娜的手。

亞倫先生打開他那本藍色手冊，儀式順利進行。而當拉文達小姐與史蒂芬·艾文先生準備要互相宣誓爲夫妻的當下，一個非常美麗的象徵誕生了。沒有人預料得到，太陽從灰色的雲層中露出臉來，金色的陽光傾瀉一地，籠罩在幸福的新娘身上，散發出金色的光輝。片刻，在跳舞的儷影及搖曳的陽光陪伴下，整個花園再度鮮活起來。

多麼美的預兆啊！安在心中讚嘆，她跑過去親吻了新娘。當賓客圍繞這對新人聊天歡笑的時候，那三個女孩離開人群，回到屋子裡籌備接下來的宴會。

「眞是感謝老天爺幫忙！終於結束了呀，雪莉小姐！」喬洛特四世鬆了一口氣，「整個婚禮進行得很安全，沒有任何瑕疵，眞是值得慶幸！現在要發生什麼事情都沒有關係了！米袋都在儲藏室裡，舊鞋也放在門後了，發泡的奶油也在廚房裡了。」

下午兩點半，艾文夫婦準備啓程了，大家一同送他們前往車站。當拉文達小姐……喔，不，現在應該叫艾文夫人了，當她從石屋走出來，吉伯與女孩們將白米拋向她，喬洛特四世也準備好拋出舊鞋，但很不巧，它砸到亞倫先生的頭了！保羅替他們做了最美的送別，在走廊上突然熱烈敲打起原本裝飾在壁爐上的古老黃銅大鐘。他原本只想製造些歡樂愉悅的聲音，但在鏗鏘聲逐漸遠離後，從此處慢慢擴散的聲音穿越山林、躍過河川，回到這裡，就好似仙子在舉行婚禮般的鐘聲。清澈、甜美、隱微，卻令人沉迷，猶如拉文達小姐摯愛的回聲在為她送別。在這充滿祝福的甜美鐘聲裡，拉文達小姐就此揮別過往幻夢般的生活，進入另一個繁忙卻完滿的現實世界中。

兩小時後，安與喬洛特四世再次走下小徑。吉伯有件差事要到西葛夫頓一趟，黛安娜也得遵守與家人的約定早點回去。安與喬洛特四世回到石屋，將一切都收拾乾淨後上鎖。此刻的花園就像一汪池塘，裝滿太陽灑落的瀲灩金光，蝴蝶翩躚，蜜蜂嗡鳴，自在徜徉其中。伴隨在今日的歡樂之後，小石屋開始瀰漫起難以言喻的孤寂氣氛。

「喔，石屋看起來真是寂寞。」喬洛特四世吸吸鼻子，她這一路上一直哭哭啼啼的，「在婚禮結束後，也不比葬禮來得快樂啊！雪莉小姐。」

忙碌的傍晚跟著降臨，所有裝飾品都被取下來，餐盤也都清洗乾淨，沒吃完的美食將會被喬洛特四世帶回家給年幼的弟弟們。在一切收拾完畢後，安沒有休息，當喬洛特四世帶著她的戰利品返家後，安巡視起每一個房間，空蕩蕩的宴會廳裡，窗簾仍是敞開的。她將窗簾拉上，再將門鎖上，坐在白楊樹下等待吉伯回來。她覺得非常疲倦，思緒卻無法停歇。

「你在想什麼？安。」吉伯問道。他回來後將馬車放在路上，沿著小徑走向安。

「我在想拉文達小姐和艾文先生。」安猶如夢囈般回答，「這多麼美妙啊！他們兩個分開好幾年，最後又走在一起了。」

「是啊，的確很美。」吉伯堅定地看著安抬高的臉，「但你不覺得，假如他們沒有分開，而能攜手走過他們的人生，沒有這些孤獨的回憶存在他們兩人之間，這樣不是更美好嗎？」

在那一瞬間，安的心猛力跳動起來。第一次，她不敢直視吉伯的雙眼，紅著臉將自己的頭壓得更低。就像懸掛在她胸前的面紗一般，消失得無影無蹤，與自己的內心相對。

也許，在一切之後，羅曼蒂克的愛情沒有那樣華麗激昂，像狂浪的騎士突然出現在人生裡；也許它會像朋友般靜靜地出現，也許它看起來像一篇平淡的散文，直到有天突然一道光線竄出，輕盈橫跨過幾個頁面，奏出不同於以往平淡的獨特律動與樂章，也許……也許……愛情會自然而然，從美好的友誼裡展開，就像玫瑰金色的花蕊般，從花萼裡悄悄探出頭來。

面紗再一次覆蓋她的心，夜色緩緩降臨，安走進小巷，她不再像以前一樣是個快樂地駕著馬車大笑的女孩了。記載少女記憶的詩篇被無形的雙手翻過，緊隨其後的是成熟女人的章節，神祕而引人入勝，也是歡欣與悲傷的開始。

吉伯很明白地沒再說些什麼，但在這片沉默中，他從腦海裡搜尋起這四年來有關安臉紅的記憶。有認真的、有開心的……還有在學術中有所斬獲的喜悅，以及贏得傾慕的當下。

在他倆背後，花園裡的小石屋也在暮色中沉思。它看起來孤單，但它並沒有被遺棄。只要靜靜等待，未來還有許多個夏天，夢想、歡笑和美好的生活將會伴隨小石屋左右。黃昏下的紫色河水不停流動，淙淙水聲將會留住他們最美好的時光。

——《艾凡里的安》全文已完結，三部曲《安的戀情》敬請期待！

愛德華王子島

翁淑華

愛德華王子島簡介

愛德華王子島（Prince Edward Island，簡稱 PEI），位於加拿大東部，聖勞倫斯灣（Gulf of St. Lawrence）南岸，聖勞倫斯河通往大西洋的出海口，呈寬窄不一的狹長形東西走向，東西最長二二五公里，最窄處六．四公里，最寬六十四公里，面積五六五七平方公里。全島俯瞰形狀像一隻展翅飛翔的老鷹，是加拿大面積最小但最美麗迷人之省分，一八七三年正式加入加拿大聯邦。

愛德華王子島的面積不到台灣的六分之一，這對旅者來說也是個好消息，因爲跑的地點可以比較少，看的東西卻很多。全境依行政上的不同目的劃分爲三個縣或六個行政區，三個縣如今僅作人口普查之用，分別是東部的國王縣（Kings County）、中部的皇后縣（Queens County）和西部的王子縣（Prince County）；六個行政區由東而西則分別是：Points East Coastal Drive、Green Gables Shore、Charlottetown、Red Sands Shore、Summerside、North Cape Coastal Drive。

不論你是剛下渡輪，或是剛下聯邦大橋，一進入愛德華王子島，就能感受到它的特別。這是一個小而綠，綠而柔軟的地方，地形偶有起伏，處處綠草如茵，不然就是綠蔭成林。雖說全島各地有二十五個高爾夫球場，但其實整個島就是個極大的高爾夫球場。連路燈都要多一分浪漫，綠燈是圓形，紅燈是正方形……

喜歡歷史的人會說，愛德華王子島是加拿大聯邦的搖籃，若非一八六四年的夏洛特鎮會議，促進三年後加拿大自治領土宣言的產生，哪會有現在的加拿大？喜歡清秀佳人女主角安的人們則會說，安就是愛德華王子島的代言人。多虧有蒙哥瑪麗創造安這個角色，使得故事場景每年都爲愛德華王子島吸引許多海外觀光客，爲當地賺進不少外匯，這一切都應歸功於蒙哥瑪麗。

愛德華王子島可說是屬於安的島嶼，該島的汽車車牌更是曾經以「安的故鄉——綠色屋頂之家（Home of Anne of Green Gables）」自稱，還畫上梳了兩條長辮子的安畫像，直到跨海大橋落成後才改用大橋作爲車牌的設計主題。

愛德華王子島的命名由來

法國探險家卡提耶（Jacques Cartier, 1491-1557）曾於一五三四至一五四二年間三次前來北美探險，考察加拿大沿海到聖勞倫斯灣一帶。一五三四年六月，他發現愛德華王子島時，形容它是「前所未見的最美麗的土地」，因爲當天是聖約翰日，所以命名爲聖約翰之島。

島上的原住民 Mi'kmaq 族人則稱呼該島爲 Epekwitk，意思是「安穩在海浪上的地方」。而至今這個具有帝王氣概的名字，主要是於一七九九年時，爲紀念愛德華王子（英國維多利亞女王的父親）而改名的。不過現在看來，蒙哥瑪麗筆下的女主角——安似乎比王子有名多了。

蒙哥瑪麗的二十本著作中，便有十九本是以愛德華王子島的凱文迪許（Carvendish）爲背景，引發了許多安迷來此朝聖的欲望。日本甚至曾經把安的故事編進教科書裡。

氣候

平均日溫（攝氏）

都市	一月	二月	三月	四月	五月	六月	七月	八月	九月	十月	十一月	十二月
愛德華王子島	-7.2	-7.5	-3.0	2.7	9.2	14.8	18.8	18.4	14.0	8.6	3.1	-3.6

愛德華王子島省花

拖鞋蘭是愛德華王子島的省花。王子縣的薩默塞德（Summerside）市郊就有一條拖鞋蘭景觀公路（Lady Slipper Drive），這一帶盛產拖鞋蘭，沿著公路上的拖鞋蘭標誌行走，即可有一趟愉快的景觀藝術之旅。

愛德華王子島最主要的農漁產物

愛德華王子島以農、漁業為主，當地肥沃的紅土孕育出優質的馬鈴薯，幾乎供應了全加拿大半數所需，在王子縣中部的歐利瑞小鎮（O'Leary）更設有馬鈴薯博物館（Potato Museum）用以展示馬鈴薯的歷史。

愛德華王子島的海岸由礁岩和沙灘交接而成，海岸線毫無汙染，使得底棲性魚類、螯蝦、生蠔、貝類、蚌殼產量豐富。這個得天獨厚的海島是前往加拿大度假最好的選擇。運氣好（沒被搶購一空）的時候，旅客還可在該地麥當勞買到龍蝦捲、龍蝦沙拉及龍蝦堡等海鮮製品。

馬鈴薯之鄉招牌菜——馬鈴薯派

馬鈴薯是愛德華王子島最重要的農產品，最招牌的餐點就是馬鈴薯派，來此不可不嚐。

材料：去皮馬鈴薯三～四磅，磨碎的切達乳酪（Cheddar），一茶匙切碎的百里香，切碎的蝦夷蔥（新鮮或乾燥均可），一磅培根，鹽、胡椒少許。

作法：馬鈴薯切薄片，在派盤底先鋪上一層培根，鋪得超出派盤的半片長。鋪上馬鈴薯片，加上大量乳酪、蝦夷蔥和鹽、胡椒等調味。重複同樣動作，直到鋪滿派盤，把超出派盤的培根蓋回最上面，用烤肉串把培根接合處固定。派的中央部分應有四～五吋厚，以華氏三百五十度（約攝氏一百七十六度）烤上兩小時，切片裝盤後就可以享用熱騰騰的馬鈴薯派囉。

名勝介紹

◎夏洛特鎮（Charlottetown）——愛德華王子島省會

夏洛特鎮全市呈棋盤式布局，綠地很多，最熱鬧的街道在皮克碼頭（Peake's Wharf）到省議會和聯邦藝術中心之間，旅客們可以到遊客中心索取一份徒步導覽地圖，輕鬆悠閒地逛一下午。夏洛特鎮的街道兩旁有許多歷史悠久的建築，保存得相當良好，值得留意。

如果覺得只有逛街還不夠，想來點特別的行程，那麼還有聯邦藝術中心（Confederation Centre of the Arts）的夏季每日市區徒步導覽活動（需付費），由身穿當時服裝、裝扮成開國元勳的人物帶著逛大街。要注意的是，近幾年因旅遊業需求，才開始有部分店家在星期天營業，不然多數店家在星期天仍是不營業的。

◎省議會大樓（Province House）

省議會大樓為國家級古蹟，是加國聯邦的催生地。建於一八四七年，是一棟外觀呈土黃色的三層樓建築，前院散布著代表加拿大各省的石塊。一八六四年九月，英屬北美時代的愛德華王子島、新布藍茲維、新斯科細亞、加拿大省（今日的安大略及魁北克大部分地區）四地的殖民地代表首度在此聯盟，討論立國之可能，後來終於促成一八六七年七月一日加拿大聯邦的誕生（不過愛德華王子島遲至一八七三年才加入聯邦）。現在省議會二樓仍保留有當年召開代表大會的房間（稱為 Confederation Chamber），以及當時各省代表使用的圖書館和祕書室。

省議會由英格蘭建築師伊薩克．史密斯（Isaac Smith, 1795-1871）設計，屬於古典主義的喬治時代建築，融合古希臘建築的經典柱式元素，線條簡潔而優雅。參觀省議會的時間約為一小時，而省議會正對面的大喬治街（Great George Street）直通碼頭，一八六四年的夏洛特鎮會議與會代表上岸後，就是沿這條路走進省議會的。

◎聯邦大橋（Confederation Bridge）

聯邦大橋於一九九七年完工，連接愛德華王子島和新布藍茲維省，愛德華王子島從此不再是海上孤島。愛德華王子島這端的上橋處位在島嶼西南方的波登—卡爾登（Borden-Carleton），在新布藍茲維則從如曼岬（Cape Jouriman）上橋。

在聯邦大橋完成前，愛德華王子島只能靠渡輪與飛機和外界聯繫，跨海大橋完工後，對外交通更頻繁亦更方便，連帶地帶動了這座小島的經濟發展，創造更多來自觀光及農產品的收益。

聯邦大橋全長約三十公里，是全世界最長的跨冰海大橋，遠看就像是漂浮於蔚藍海面上的銀珠，限速八十公里。橋面與水面的距離特別拉高到六十一公尺（約等於兩百英尺），爲減少潮水和風的衝擊力，還設計了三個轉折彎道。橋上通常車不多，可以慢慢開，順便欣賞海洋的波瀾壯闊。天候不佳時大橋會關閉，事實上，當車在橋上遇上大風時，車身確實會晃動。

愛德華王子島的聯外交通採離島時收費，如果是從新斯科細亞到愛德華王子島再到新布藍茲維，只有離島時才會收費，因此收的僅有過橋費；若是從新布藍茲維到愛德華王子島再到新斯科細亞，收的則是渡船費。

◎聯邦藝術中心（Confederation Centre of the Arts）

西元一九六四年啓用，是爲慶祝夏洛特鎮會議百年而興建的藝術中心，由全加拿大人民每人捐十五分加幣所建造完成。每年五月底至十月中，夏洛特鎮音樂季（Charlottetown Festival）在此舉行。音樂季中最知名的表演，當然就是清秀佳人音樂劇了，該劇自一九六五至二〇一九年每年皆有演出，可說是世界上歷史最悠久的音樂季節目。

安的巧克力專賣店（Anne of Green Gables Chocolate）就在藝術中心旁的街角，附近也有一些頗有格調的小藝廊。

◎聖丹士坦大教堂（St. Dunstan's Basilica Cathedral）

聖丹士坦大教堂位於大喬治街上，是一棟建於十九世紀的哥德式建築。牆上裝飾有許多聖人浮雕，室內則金碧輝煌，每週日有主教主持撒彌。

◎愛德華王子島國家公園（Prince Edward Island National Park of Canada）

愛德華王子島國家公園是加拿大最小的國家公園，其分成兩個部分，主要部分位於愛德華王子島北部從史丹霍普（Stanhope）到凱文迪許沿岸的一條狹長型海岸，全長約四十公里，另有一小部分位在東方距離較遠的格林威治沙丘。此國家公園以沙丘、海灘、砂岩構成的懸崖和濕地地形爲主。沙灘柔美、沙丘脆弱，而粉紅色、暗紅色砂岩構成的海岸線則帶有一種夢幻，形成各式不同的景觀。凱文迪許海灘也許是蒙哥瑪麗生前鍾愛的地點之一。

◎**格林威治沙丘**（PEI National Park at Greenwich）

位在該島東北角的格林威治（Greenwich）直到一九九八年才劃入愛德華王子島國家公園的範圍，以加強對當地沙丘、濕地和棲息地的保護。這裡的沙灘僻靜，人跡稀少。格林威治解說中心有許多動畫式的解說，可以清楚解釋爲何此地生態脆弱，相當值得一看。

在文化上，此地也是原住民和英法兩國早期移民的遺址，極具考古價值。

◎**聯邦步道**（Confederation Trail）

愛德華王子島是一個沒有鐵路的島嶼。原有的鐵路在一八七一年興建，後來愛德華王子島爲了免於興建鐵路的債務，而在一八七三年加入加拿大聯邦。火車行駛了一百年後，還是競爭不過卡車，在一九八九年宣告停駛。後來決定將廢棄鐵道改建爲現今的聯邦步道，全長二七〇公里，在二〇〇〇年全島鋪妥。春夏秋三季可用來步行或騎腳踏車，雪季時則成爲雪上摩托車道。

在愛德華王子島最有趣的活動之一就是騎腳踏車環島，可以四、五天輕鬆騎完全程。聯邦步道的幹道橫貫愛德華王子島東北到西北，另外還有多條支線，舉凡河畔海濱、丘陵濕地……島上所有的美景都可以近距離賞玩。

小提醒：當地有業者專營腳踏車出租，並提供地圖和諮詢，可上愛德華王子島觀光網站查詢。

◎愛德華王子島果醬公司（PEI Preserve Company）

位於新格拉斯哥（New Glasgow）二二四和二五八號公路交會處。到凱文迪許時可以順道來品嚐果醬或用餐，餐後喝個英式茶。這是一家專門以愛德華王子島所產的新鮮水果釀製果醬的公司，算是該省的品牌產品，也是愛德華王子島人氣頗高的地方。公司前面是展示和試吃間，可以試吃各式果醬，後面是餐廳 Cafe on the Clyde，菜色不複雜但相當可口。

◎凱文迪許雕像公司（Cavendish Figurines Ltd.）

凱文迪許雕像公司爲一家私人公司，位在島上的跨海聯邦大橋上橋前。正門有安的雕像向訪客招手，店內專售紀念品、點心，並提供安的服裝供遊客試穿拍照。

關於蒙哥瑪麗與安

◎蒙哥瑪麗出生地（Lucy Maud Montgomery Birthplace）

其位於新倫敦（New London），在六號公路與二十號公路交會處。此地展示了蒙哥瑪麗的結婚禮服和筆記本等等。

◎**蒙哥瑪麗故居**（Lucy Maud Montgomery's Cavendish Home and Bookstore）

蒙哥瑪麗舊居位於六號公路上，自幼即居住於此，一系列清秀佳人的故事也在此完成。現在屋內有書店和博物館，由蒙哥瑪麗的後代經營。進入此處參觀需要門票。隔著十三號公路即是安的綠色屋頂之家。

◎**安的綠色屋頂之家**（Green Gables Heritage Place）

蒙哥瑪麗筆下的主要故事背景，也就是安居住的地方（其實是蒙哥瑪麗親戚的家），也是所有關於安的景點中，最必須被優先排進來的景點。綠色屋頂之家位於愛德華王子島國家公園內，是十九世紀中期的老建築，備受保護。一樓的起居間擺設有玫瑰花苞的茶杯，二樓則布置了安的臥室，牆上也掛有女主角喜歡的燈籠袖衣服，安的讀者看了一定能心領神會。

此處夏季時（通常在六月下旬到九月中旬）會有特別活動，如合唱、布偶戲等表演。

◎**清秀佳人博物館**（Anne of Green Gables Museum）

位在愛德華王子島的二十號公路上，距離凱文迪許約十五分路程。許多安迷喜歡來此喝茶，俯視閃耀之湖，此地當年曾給蒙哥瑪麗許多寫作靈感。夏季時分，更可以選擇在此搭乘馬車（即故事中馬修的馬車）。

國家圖書館出版品預行編目資料

清秀佳人．2，艾凡里的安/露西．蒙哥瑪麗(L．M．Montgomery)原著；王筱婷譯.
——四版.——臺中市：好讀出版有限公司, 2022.01
面： 公分，——（典藏經典；10）

譯自：Anne of Avonlea

ISBN 978-986-178-572-1（平裝）

885.357 110017443

好讀出版

典藏經典 10

清秀佳人2：**艾凡里的安【經典新裝版】**

原　著／露西．蒙哥瑪麗 L. M. Montgomery
翻　譯／王筱婷
總 編 輯／鄧茵茵
文字編輯／林泳誼
美術設計／李靜姿、吳偉光
行銷企畫／劉恩綺
發 行 所／好讀出版有限公司
407台中市西屯區工業30路1號
407台中市西屯區大有街13號（編輯部）
TEL:04-23157795　FAX:04-23144188
http://howdo.morningstar.com.tw
（如對本書編輯或內容有意見，請來電或上網告訴我們）
法律顧問／陳思成律師

讀者服務專線：(02)23672044 / (04)23595819#230
讀者傳真專線：(02)23635741 / (04)23595493
讀者專用信箱：service@morningstar.com.tw
晨星網路書店：http://www.morningstar.com.tw
郵政劃撥：15062393（知己圖書股份有限公司）
如需詳細出版書目、訂書，歡迎洽詢

四版／西元2022年1月1日
初版／西元2004年6月15日
定價：280元

Published by How-Do Publishing Co., Ltd.
2022 Printed in Taiwan

ISBN 978-986-178-572-1